10 years

太阳鸟十年精选

王蒙 主编

一生相思为此物

辽宁人民出版社

图书在版编目（CIP）数据

一生相思为此物 / 王蒙主编 . —沈阳：辽宁人民出
版社，2018.1

ISBN 978-7-205-09141-5

Ⅰ . ①一… Ⅱ . ①王… Ⅲ . ①中国文学—当代文
学—作品综合集 Ⅳ . ①I217.1

中国版本图书馆CIP数据核字（2017）第273932号

出版发行：辽宁人民出版社
　　　　　地址：沈阳市和平区十一纬路25号　邮编：110003
　　　　　电话：024-23284321（邮　购）　024-23284324（发行部）
　　　　　传真：024-23284191（发行部）　024-23284304（办公室）
　　　　　http://www.lnpph.com.cn
印　　　刷：沈阳旭日印刷有限公司
幅面尺寸：160mm×230mm
印　　张：16
字　　数：252千字
出版时间：2018年1月第1版
印刷时间：2018年1月第1次印刷
责任编辑：赵维宁　艾明秋
装帧设计：丁末末
责任校对：蔡桂娟
书　　号：ISBN 978-7-205-09141-5
定　　价：48.00元

总　序

PREFACE

　　这套"太阳鸟十年精选"所收录的文章均选自过去十年我为辽宁人民出版社主编的太阳鸟文学年选。太阳鸟文学年选作为每年国内出版的多种文学年选中的一种，已经坚持了近二十年。它说明辽宁人民出版社的这套太阳鸟文学年选具有相当的历史性，表现了辽宁人民出版社编辑们的坚持不懈，这也是年选权威性的一个方面。

　　太阳鸟文学年选近二十年来，纳入其编选范围的文体大致六种，即中篇小说、短篇小说、诗歌、散文、随笔和杂文，这一次编辑将选文的体裁限定在了"美文"，杂文记忆中也只选了三四篇。整套书共十三种，包括《途经生命里的风景》《异乡，这么慢那么美》《故乡，是一抹淡淡的轻愁》《这世上的"目送"之爱》《历史深处有忧伤》《愿陪你在暮色里闲坐，一直到老》《你所有的时光中最温暖的一段》《那个心存梦想的纯真年代》《一生相思为此物》《掩于岁月深处的青葱记忆》《在文学里，我们都是孤独的孩子》《艺术，孤独的绝唱》《那个时代的痛与爱》，除《那个时代的痛与爱》主题相对分散，其他内容包括国内国外、故乡亲人、历史人物、童年校园、怀人状物、读书谈艺，可以说涵盖了人生的方方面面，可供阅读群体广泛。集中国十年美文创作于一书，这个书系的作者也涵盖了中国当代文学写作，尤其是散文写作的大量作家，杨绛、史铁生、袁鹰、余光中、梁衡、王巨才、王充闾、周涛、陈四益、肖复兴、李辉、王剑冰、祝勇、张晓枫、刘亮程、毛尖、李舫、宗璞、蒋子龙、陈建功、李国文、刘心武、李存葆、陈世旭、梁晓声、陈忠实、贾平凹、铁凝、张承志、张炜、余华、韩少功、王安忆、苏童、周大新、格非、迟子建、刘醒龙、刘庆邦、池莉、范小青、叶兆言、阿来、刘震云、赵玫、麦家、徐坤等。还有黄永玉、范曾、韩美林、谢冕、雷达、阎纲、孙绍振、温儒敏、南帆、陈平原、孙郁、李敬泽、闫晶明、彭程、刘琼等艺术家和评论家。他们的阵容，令人想起改革开放以来中国当代文学的版图。

为了"优中选优"，我重新翻阅了近十年的太阳鸟文学年选散文卷和随笔卷，并生出一些感慨。文学应该予人以美，包括语言之美、结构之美、韵律之美，更包括思想之美、情感之美、叙事之美，言之有思，言之有情，言之有恍若天成的启示与灵性。美好的东西总是让人念念不忘，文章也是如此。重读这些当年选过的文章，依然让人或心潮澎湃，或黯然神伤，或感同身受，或心向往之，一句话，也就是我最入迷的文学品性：令人感动。

大概十年前，为了继承和发扬赵家璧先生在良友图书公司主持"中国新文学大系"的传统，我曾为出版社主编过"中国新文学大系"第五辑，我在序言中曾说，文学是我们的最生动、最刻骨铭心的记忆，是我们的"心灵史"。我希望这套选本，也能不辜负读者与历史的期待。

2017 年 9 月

目录
CONTENTS

六棵树

贾平凹

———————

　　回了一趟老家，发现村子里又少了几种树。我们村在商丹川道是有名的树园子，大约有四十多种树。自从炸药轰开了这个小盆地西边的牛背梁和东边的烽火台，一条一级公路穿过，再接着一条铁路穿过，又接着修起了一条高速公路，我们村子的地盘就不断地被占用。拆了的老院子还可以重盖，而毁去的树，尤其是那些唯一树种的，便再也没有了，这如同当年我离开村子时那些上辈人使用的那些农具，三十多年里就都消绝了。在巷道口我碰到了一群孩子，我不知道这都是谁家的子孙，问：知道你爷的名字吗？一半回答是知道的，一半回答不知道，再问：知道你姥爷的名字吗？几乎都回答不上来。咳，乡下人最讲究的是传承香火，可孩子们却连爷或姥爷的名字都不知道了。他们已不晓得村子里的四十多种树只剩下了二十多种，再也见不上枸树、槲树、棠棣、栎、桧、柞和银杏木、白皮松，更没见过纺线车、鞋耙子、捞兜、牛笼嘴、曳绳、裤枷、檐簸子。记得小时候我问过父亲，老虎是什么，熊是什么，黄羊和狐狸是什么，父亲就说不上来，一脸的尴尬和茫然。我害怕以后的孩子会不会只知道了村里的动物只是老鼠苍蝇和蚊子，村里的树木只是杨树柳树和榆树？所以，就有了想记录那些在三十年间消绝的花草树木、飞禽走兽、农耕用具的欲望。

现在，我先要记的是六棵树。

皂角树。我们从村子分涧上涧下，这棵皂角树就长在涧沿上。树不是很大，似乎老长不大，斜着往涧外，那细碎的叶子时常就落在涧根的泉里。这眼泉用石板箍成三个池子，最高处的池子是饮水，稍低的池子淘米洗菜，下边的池子洗衣服。我小时候喜欢在泉水里玩，娘在那里洗衣服，倒上些草木灰，揉搓一阵子了，抢着棒槌啪啪地捶打。我先是趴在饮水池边看池底的小虾游来游去，然后仰头看皂角树上的皂角。秋天的皂角还是绿的，若摘下来最容易捣烂了祛衣服上的垢甲，我就恨我的胳膊短，拿了石子往上掷，企图能打中一个下来，但打不中，皂角树下卧着的狗就一阵咬，秃子便端个碗蹴在门口了。

皂角树是属于秃子家的，秃子把皂角树看得很紧。那年月，村人很少有用肥皂的，皂角可以卖钱，5分钱一斤。秃子先是在树根堆了一捆野枣棘，不让人爬上去，但野草棘很快被谁放火烧了，秃子又在树身上抹屎，臭味在泉边都能闻见，村人一片骂声，秃子才把屎擦了。他在夹皂角的时候，好多人远远站着看，盼望他立脚不稳，从涧上摔下去。他家的狗就从涧上摔下去过，摔成了跛子，而且从此成了亮鞭。亮鞭非常难看，后腿间吊着那个东西。大家都说秃子也是个亮鞭，所以他已经三十四五了，就是没人给他提亲。

秃子四十一岁上，去深山换包谷，我们那儿产米，二三月就拿了米去深山换包谷，一斤米能换二斤包谷，秃子就认识了那里一个寡妇。寡妇有一个娃，寡妇带着娃就来到了他家。那寡妇后来给人说：他哄了我，说顿顿吃米饭哩，一年到头却喝米角粥！

但秃子从此头上一年四季都戴个帽子，村里传出，那寡妇晚上睡觉都不允他卸下帽子，邻居还听到了，寡妇在高潮时就喊：卫东，卫东！村人问过寡妇的儿子：卫东是谁？儿子说是他爹，他爹打猎时火枪炸了，把他爹炸死了。大家就嘲笑秃子，夜夜替卫东干活哩，秃子说：替谁干都行，只要我在干着。

村人先是都不承认寡妇是秃子的媳妇，可那女人大方，摘皂角时看见谁就给谁几个皂角，常常有人在泉里洗衣服，她不言语，站在涧上就扔下两个皂角。秃子为此和女人吵，但女人有了威信，大家叫她的时候，开始说：喂，秃子的媳妇！

秃子的媳妇却害病死了，害的什么病谁也不知道，而秃子常常要到坟上去哭。有一年夏天我回去，晚上一伙人拿了席在麦场上睡，已经是半夜了，听见村后的坡根有哭声，我说：谁哭哩？大家说：秃子又想媳妇了。

又过了两年，我再一次回去，发觉皂角树没了，问村人，村人说：砍了。二婶告诉我，秃子死了媳妇后，和媳妇的那个儿子合不来，儿子出外再没有音讯，秃子一下子衰老了，五十多岁的人看上去有七十岁，他不戴帽子了，头上的疤红得像烧过的柿子，一天夜里就吊死在皂角树上，皂角落得泉边到处都是。这皂角树在涧上，村人来打水或洗衣服就容易想起秃子吊死的样子，便把皂角树砍了。

药树。药树在法性寺后的土崖上，寺殿的大梁上写着清康熙初年重建，药树最少在这里长了三百年。我记事起，法性寺里就没有和尚，是村小学校，铃声是敲那口铁铸的钟，每每钟声悠长，我就感觉是从药树上发出来的。药树特别粗，从土崖上斜着往空中长，树皮一片一片像鳞甲，村人称作龙树。那时候我们那儿还没有发现煤，柴火紧张，大一点的孩子常常爬上树去扳干枯了的枝条，我爬不上去，但夜里一起风，第二天早晨我就往树下跑，希望树上的那个鸟巢能掉下来。鸟巢是可以做几顿饭的。

药树几乎是我们村的象征，人要问：你是哪儿的？我们说：棣花的。问：棣花哪个村？我们说：药树底下的。

我在寺里读了六年书，每天早晨上操听完校长训话，我抬头就看到药树。记得一次校长训话突然就提到了药树，说早年陕南游击队在这一带活动，有个共产党员受伤后在寺里养伤住了三年，解放后当了三年专员，因为寺里风水好，有这棵龙树。校长鼓励我们好好学习，将来也成龙变凤。母亲对我希望很大，大年初一早上总是让我去药树下烧香磕头，她说：你要给我考大学！

但是，我连初中还没有读完，"文化大革命"就开始了，辍学务农，那时我十四岁。

我回到村里，法性寺小学也没了师生，驻扎了当地很大的一个造反派的指挥部。我们从此没有安宁过，经常是县城过来的另一个造反派的人来攻打，双方就在盆地东边的烽火台上打了几仗，好像是这个造反派的人赢了，结果势力越来越大。忽然有一天，一声爆炸，以为又武斗了，母亲赶紧关了院门，不让我们出去，巷道里有人喊：不是武斗，是炸药树了！等村人赶到寺后的土崖上，药树果然根部被炸药炸开，树干倒下去压塌了学校的后院墙。原来造反派每日有上百人在那里起灶做饭，没有了柴火，就炸了药树。

村里人都傻了眼，但村里人没办法。到了晚上，传出消息，说造反派砍了药树的枝条，而药树身太粗砍不动也锯不开，正在树上掏洞再用炸药炸，队长就和几位老者去寺里和指挥部的人交涉，希望不要炸树身，结果每家出一百斤柴火把树身保全下来。

树身太大，无法运出寺，就用土掩埋在土崖下，但树的断茬口不停地往出流水，流暗红色的水，把掩埋的土都浸湿了，二爷说那是血水。

村人背地里都在起毒咒：炸药树要报应的！果不其然，三个月后，烽火台又武斗了一场，这个造反派的人死了三个，两个就是在药树下点炸药包的人，而"文化大革命"结束后，清理阶级队伍，两个造反派的武斗总指挥都被枪毙了。

我离开村子的那年，村人把药树挖出来，解成了板，这些板做了桥板就架设在村前的丹江上。

楸树。高达二十米，叶子呈三角形，叶边有锯齿，花冠白色。楸树的木质并不坚实，有点像杨树。这棵树在刘新来家的屋后，但树却属于李书富家。刘新来家和李书富家是隔壁，但李书富家地势高，刘新来家地势低，屋后的阴沟里老是湿津津的，很少有人去过。楸树占的地方狭窄，就顺着涧根往高里长，枝叶高过了涧畔。刘家人丁不旺，几辈单传，到了刘新来手里，他在外地工作，老婆和儿子在家，儿子就患了心脏病，一年四季嘴唇发青。阴阳先生说楸树吸了刘家精气，刘新来要求李书富把楸树伐了，李书富不同意，刘新来说给你二百元钱把树伐了，李书富还是不同意。

刘新来的老婆带了儿子去了刘新来的单位，一去三年没有回来。那时候我和弟弟提了笼子拾柴火，就钻进刘家屋后砍涧壁上的荆棘，也砍过楸树根。楸树根像蛇一样爬在涧壁上。砍一截下来，根就冒白水，很快颜色发黑，稠得像胶。我们隔院门缝往里看，院子里蒿草没了台阶，堂屋的门框上结个大蜘蛛网，如同挂了个筛子。

李书富在秋后打核桃的时候从树上掉下来，把脊梁跌断了，卧床了三年，临死前给老伴说：用楸树解板给我做棺材。他儿子在西安打工，探病回来就伐倒了楸树，伐楸树费老了劲，是一截一截锯断用绳吊着抬出来，解成了板。李书富一死，儿子却没有用楸树板给他爹做棺材，只是将家里一个老式板柜锯了腿，将爹装进去埋了。埋了爹，儿子又进城打工了，李书富的老伴还留在家里，对人说：儿子在城里找了个对象，这些木板留着做结婚家具呀。我也要进城呀，但我必须给他爹过了百天，百天里这些木板也就干了。

百天过后，李书富的儿子果然回来接走了老娘，也拉走了楸木板，也在这一天，刘新来家的堂屋倒坍了。

香椿。村里原来有许多椿树，我家茅坑边就有一棵，但都是臭椿，香椿只有一棵。这一棵长在莲菜池边的独院里，院里住着泥水匠，泥水匠常年在外揽活，他老婆年龄小得多，嫩面俊俏。每年春天，大家从墙外经过，就拿眼盯着看香椿的叶子。

男人们都说香椿好，前院的三婶就骂：不是香椿好，是人家的老婆好！于是她大肆攻击那老婆，说人家走路水上漂是因为泥水匠挣了钱给买了一双白胶底鞋，说人家奶大是衣服里塞了棉花，而且不会生男娃，不会生男娃算什么好女人？

三婶有一个嗜好，爱吃芫荽，她在地里种了案板大片的芫荽，每一顿饭，她掐几片芫荽叶子切碎了搅在饭碗里。我们总闻不惯芫荽的怪气味，还是说香椿好，香椿炒鸡蛋是世上最好的吃食。

社教的时候，村里重新划阶级成分，泥水匠原来的成分是中农，但村人说泥水匠的爹在解放前卖掉了十亩地，他是逮住要解放的风声才卖的地，他应该是漏划的地主，结果泥水匠家就定为地主成分。是地主成分就得抄家，抄家的那天村人几乎都去搬东西，五根子板柜抬到村饲养室给牛装了饲料，八仙桌成了生产队办公室的会议桌。那些盆盆罐罐都被砸了，院子里的花草被踏了。三婶用镰割断了爬满院墙的紫藤蔓，又去割那棵香椿，割不动，拿斧头砍，就把香椿树砍倒了。

从此村里只有臭椿，臭椿老生一种椿虫，逮住了，手上留一股臭味，像狐臭一样难闻。

苦楝树。苦楝树能长得非常高大，但枝叶稀疏，秋天里就结一种果，指头蛋儿大，一兜一兜地在风里摇曳，一直到腊月天还不脱落。

先前村里有过三棵苦楝树。一棵在村口的戏楼旁，戏楼倒坍的时候这树莫名其妙也死了。另一棵在涧上的一块场地上，村长的儿子要盖新院子，村长通融了乡政府，这场地就批给了村长的儿子作庄宅地。而且场地要盖新院子，就得伐了苦楝树，这棵苦楝树产权属于集体，又以最便宜的价处理给了村长的儿子。这事村人意见很大，但也只能背后说说而已，人家用这棵苦楝树做了椽子，新房上梁的时候大家又都去帮忙，拿了礼，燃放鞭炮。

最后的一棵苦楝树在村西头，树下是大青石碾盘。碾盘和石磨称做青龙白虎，村西头地势高，对着南头山岭的一个沟口，碾盘安在那儿是老祖先按风水设计的。碾盘旁边是雷家的院子，住着一个孤寡老人。我写完《怀念狼》那本书后回去过一次，见到那老汉，他给我讲了他爷爷的事。他小时候和他娘睡在上屋，上屋的窗外就是苦楝树和碾盘，夏天里他爷爷就睡在碾盘上，那时狼多，常到村里来吃鸡叼猪，有一夜他听见爷爷在碾盘上说话，掀窗看时，一只狼就卧在碾盘下，狼尾巴很长，直身坐着，用前爪不断地逗弄着他爷爷，他爷爷说：你走，你走，我一身干骨头。狼后来起身就走了。我觉得这个细节很好，遗憾《怀念狼》没用上。

这棵苦楝树是最大的一棵苦楝树，因为在碾盘旁可以遮风挡雨，谁也没想过砍伐它。小时候我们在碾盘上玩抓石子，苦楝蛋儿就时不时掉下来，嘣，一颗掉下来，在碾盘上跳几跳，嘣，又掉下来一颗。述君和我们玩时，一输，就用脚踹苦楝树，他力气大，苦楝蛋儿便下冰雹一样落下来。

苦楝蛋儿很苦，是一味药，邻村的郎中每年要来捡几次。后来苦楝树被人用斧头砍了一次，留下个疤，谁也不知道是谁砍的，不久姓王那家的小女儿突然死了，村里传言那小女儿还不到结婚年龄却怀了孕，她听别人说喝苦楝蛋儿熬出的水可以堕胎，结果把命丢了，于是大家就怀疑是姓王的来砍了树。

一级公路经过我们村北边，高速公路经过的是村前的水田，但高速公路要修一条连接一级公路的辅道，正好经过村西头，孤寡老人的院子就拆了，碾盘早废弃了多年，当然苦楝树也就伐了。老院子给补贴了二万元碾盘一分钱也没赔，苦楝树赔了三千元，村人家家有份，每户分到一百元。

这次回去，我见到了那个郎中，他已经是老郎中了，再来捡苦楝蛋儿时没有了苦楝树，他给我扬扬手，苦笑着，却一句话都没有说。

痒痒树。这棵痒痒树是我们村独有的一棵痒痒树，也可以说是我们那儿方圆十里内独有的树。树在永娃家的院子里，是他爷爷年轻时去山阳县，从那儿带回来移栽的。树几十年长得有茶缸粗，树梢平过屋檐。树身上也是脱皮，像药树一样，但颜色始终灰白。因为这棵树和别的树不一样，村人凡是到永娃家来，都要用手搔一搔树根，看树梢颤颤巍巍地晃动。

树和人在一起时间长了，不是树影响了人，就是人影响了树。五魁家的院墙塌了一面，他没钱买砖补修，就栽了一排铁匠蛋树，这种树浑身长刺，但一般长刺却是软刺，他性情暴戾，铁匠蛋树长的刺就非常硬，人不能钻进去，猫儿狗儿也钻不进去。痒痒树长在永娃家的院子里，永娃的脾气也变了，竟然见人害羞，而且胆小。当一级公路改造时，原本老路从村后坡根经过，改造后却要向南移，占几十亩耕地，村人就去施工地闹事，永娃也参加了，但那次闹事被公安局来人强行压服，事后又要追究闹事人责任，别人还都没什么，永娃就吓得生病了，病后从此身上生了牛皮癣。他再没穿过短裤短袖，据说每天晚上让老婆用筷子给他刮身子，刮下屑皮就一大把。村人都说这病是痒痒树栽在院子里的缘故，他也成了痒痒树。他的儿子要砍痒痒树，他不同意，说，既然我是人肉痒痒树，你把树一砍，我不也就死了。他儿子也就不敢砍了。

前三年的春上，西安城里来了人，在村里寻着买树，听说了永娃家院子里有痒痒树，就来看了要买。永娃还是不舍得，那伙人就买了村里十二棵紫槐树，三棵桂花树。永娃的儿子后来打听了这是西安一个买树公司，他们专门在乡下买树，然后再卖给城里的房地产开发商，移栽到一些豪华别墅区里，从中谋利。永娃的儿子就寻着那伙人，同意卖痒痒树，说好价钱是一千元，几经讨价还价，最后以五百元成交，但条件是必须由永娃的儿子来挖，方圆带一米的土挖出。永娃的儿子那天将永娃哄说去了他舅家，然后挖树卖了，等永娃回来，院子里一个大深坑，没树了，永娃气得昏了过去。

永娃是那年腊八节去世的。

去年，永娃的儿媳妇患了胆结石来西安做手术，那儿子来看我，我问那棵痒痒树卖给了哪家公司，他说是神绿公司，树又卖给一个尚德别墅区，他爹去世前非要叫他去看看那棵树，他去看了，但树没栽活。

原载《美文》2007年第8期

老　院

石舒清

───────

记得小时候，村子里常常会挖出东西来。

一天早晨，马应江家就挖出了东西。我们赶去的时候，日头已出来了，马应江家里里外外都站满了人，人们像树冠里受到惊扰的麻雀那样，起劲地聒噪着。挖出来的东西很多，很细碎，远远看去，像晒了一小片被踩扁的羊粪牛粪。有不少是麻钱，都说这个不很值钱，值钱的是那些手镯啊簪子啊什么的。马应江家门口有一棵大榆树，大家一直吵吵嚷嚷到吃午饭的时候了还不得歇息，阳光穿树而过，给我留下了怪异又深刻的记忆，一生中能被这样长久记住的上午是不多的。不久马应江一家却从村子里搬走了，留下一个塌朽一空的院子，使人觉得莫名的不安。原来马应江一家本就不是我们村里人，他们在村子里住了还不足三十年，村子的坟院里，还没埋过他家的一个人。这个以前倒是不知道的。后来听说我的一个堂舅也挖出了不少东西，有不少是银元，这个却只是听说而已，并没像马应江家那样，被大家都看在眼里。都说堂舅一家是夜里打着手电筒挖出来的。你会发现人们的传言总不会是空穴来风，过了几十年，堂舅一家的光阴忽然地就好起来了，好得那么之快，就像一个人走着走着，突然地变成了另一个人似的。他买了几辆日野车跑运输，送自己的父亲去沙特朝觐，送儿子到西安自费上大学，人们看着这些，就想起多年前那个传言来，想堂舅一家真是能沉得住气啊，过了二十多年才伸出一点爪爪来。

我家那时也挖出几只大缸来。其实不能说是挖出来的，一场暴雨后，我家的果园突然地坍塌了下去，就露出缸的样子来，这是很令人兴奋的事，于是顺势挖开去，就挖出几口大缸来，但是都空着的。即使装宝贝，也不可能用这么大的缸来装的，那得有多少宝贝才可以？一定是装粮食的，那么粮食呢？粮食也是没有。把大家搞了个稀里糊涂，白忙活一场，空喜欢一场。但别人总还是不信的，总认为我家挖出了什么，不然，把那么多空缸埋在下面做什么呢？除了挖宝贝，那时候村里人还会时不时挖出一样东西来，那东西人们是不喜欢的。什么呢？有时候是一只小瓶瓶，里面装着一根系有红线的绣花针；有时候是一个瓦片，上面写着神秘莫测的文字，有时候这文字是写在一块骨头上，说来也是林林总总，不一而足。刘嘎瑟家就挖出了一个小坛子，高兴得很，紧张得很，打开来一看，是一根系着红线的小针扎在一只小刺猬上，小刺猬已轻得像一朵干草，红线也已经蜕变了颜色，像从刺猬的身体里出来的血，早就凝住了似的。挖出这样的东西来，不但没有什么欢喜可言，反而会使人立坐不安，害怕发生什么祸端。果然这祸端不久也就发生了，家里的一个妇人或女子，原本好好的个人儿，原本还在那里踏踏实实地做着什么，忽然地把两手一拍，胡言乱语起来，胡打乱闹起来；或者是怪叫一声，倒在地上，口里将白沫溢出来；或是家里的主人骑着车子去干什么，开着手扶拖拉机去拉什么，眼看着端端的一条大路，但就是把不住车子，看着它往路边的阴沟里拐下去。至于自己的家里，那更是看什么都不对劲，看什么都有意味。要是男人坐在炕上喝茶，突然地把茶蛊丢向女人，女人除了莫名的骇惧外，对此是不会意外的；或是女人盛了饭给炕上坐着的男人端去，快要递到手里的一刻，她突然地变了脸色，把一碗饭大笑着砸到地上，或哭闹着砸到丈夫的身上，这样的事都是有的，男人及时地躲闪着，不会意外，他似乎知道女人为什么突然间成了这样。说来简直是过不成个日子，但日子总是得过的，于是就请人来看。总是有一些人能看这样的病。据他们讲，这样的病总是来自于地方（院落）的原因，他们被请来看病谓之"看地方"，他们果然就来了，就在这已被一种奇怪的东西弥漫和统治了的院子里转一转，他们这里那里地看着，神情警觉，目光深邃。那时候他们让这家人把圈里的那头牛宰掉，不用说，牛嘴里的草都没咽下去就会被宰了的；那时候他们要说把这堵墙推倒，轰隆一声，那堵墙就会不用商量地倒下来；他们要说，把那几棵树挖掉吧，于是很快就会看到那几棵树露着树根躺在那里；他们要是说，这个房子不对劲，说来简直令人不能信，辛辛苦苦一砖一瓦盖起来的房子也会被扒了的。总觉得那一刻那些人身上有着奇怪的力量，他们的一种表情，一个眼神，都显得意义重大，非同凡响，他们的话一旦出口，立即会转化为有力的行动。我就记得小时候村里的一些街门的方向总是变来变去，两天向南的，两天又向了北；两天向东的，忽然又向了西。这种视觉上的不稳定和混乱实在是很可怕的，那种门楼朝向的频频改变，使你觉得你总是住在一个陌生的村子里，一个变来变去不知要变成什么样子的村子里。在这样的变化里，似乎一切都不可捉摸，一切都难以保证。当你看到一个前两天还东向的门楼，突然地更改了一个朝向时，你会有莫名的惊惧和不安。你知道一定是发生了什么，你知道一定有什么在发生着，你不清楚究竟在发生着什么，但是却一定有什么在发生着。你不敢从那门前走过去了，那门已使你有了恐惧。你更不敢看到它的正面，不敢看到它的全部。它是新盖成的，墙还没有干透，搁在门楼上的工具还没有收拾去，还显出某种弱不禁风的脆弱来，似乎你从它面前经过，会引起它的变化，会使它突然地转过头来看你；会使它突然地转过头去给你一个后脑壳；会使它突然地轰隆一声塌掉，然后在腾起的烟尘里让你觉得意味重重又莫得其详，只好绕道而行。但有时候你绕道过去，又会看到一个不知什么时候变换了方向的门楼在那里，像早就知道你会从这里过，因而做好了一切准备似的。简直是无路可走。对于挖出来的东西，那些被请来看地方的人会仔细端详，有时候他们脸上会显出惊愕的意思来，使病者的家属更为惊惧和不安；有时候他们也会看着看着，流露出一丝嘲讽的意思来，这会被围观者立即收入眼里，而且轻轻地为之舒一口气，觉得已经暗地里得到了一个安慰和保证似的。

除了挖树、放墙、改易门楼的朝向等一系列手段，看地方的人还有着似乎最要紧的一着，那就是在仔细研究了挖出来的东西后，他也会弄一些什么埋入院子里去。所埋的东西与挖出来的东西大致上没有两样。有时候他好像兴之所至，或是计上心来，于是也不另备埋入的东西，而是把那个挖出来的瓦片或骨头翻过来，在它的背面写上许多爪爪牙牙奇形怪状的字，然后埋下去。说来几乎每家的院子里都埋有一块或多块这样的东西的，真是说不清有多少埋在村子下面，总之比宝贝们要多的吧。但我们宁愿不挖出宝贝，也不要将它们挖出来。小时候，大人们总是告诫我们不要在院子里胡挖，在别人的院子里也不要胡挖。要是看见我们拿着小铲子在院子里挖辣辣或红根子吃，不要说别的，大人们那走向我们的样子就会使我们魂飞魄散的。

说来把门楼子换个方向还算是轻的，有些人家不知挖出了一个什么来，竟是整个院子也不能住了，房子拆了，院子扔了，迁到别处去住了。这一拆一迁，于土里头刨食的乡亲们而言，实在是不容易的啊。村里有好几家这样丢弃着的院子，院门几乎都被荒草遮掩了，除了牛羊偶尔进入去吃几口草外，人们是不大进去的。

记得这样的一件事。

我的一个堂叔，就住在离我家几十米远的一个院子里。已经在那院里住过好几辈人了。后来堂叔结婚了。我还记得一次暴雨过后，太阳重新出来的时刻，麦场里无数的积水坑儿闪闪发亮，孩子们提了裤腿，赤着脚踩水坑玩，这时候就见新婚不久的堂叔，穿了新鞋新袜，小小心心地绕了一个个水坑走过去。记得堂叔穿着一双蛇纹形尼龙袜，在雨后的阳光里格外显得惹眼。那时候村里的男人们多是光脚板套在鞋里走路，大都不怎么穿袜子的，穿尼龙袜的人更是稀见，像堂叔，也只是趁着做新女婿的机会，才有了一双那样的尼龙袜子可穿，因此给我留下了很深的印象，历数十年之久而难忘。但是不知为什么，堂叔后来一连生了两个儿子，都是残疾人，而且残疾得很是厉害。这就得请人来看了。那时候堂叔家倒没有挖出什么东西来。但是人们无不相信虽则没挖出来，但并不能说明没有，一定是在什么地方悄悄发生着它的作用。那时候堂叔一家人倒很希望能挖出什么东西来，但他们自己自然是不敢挖的，他们也不知道挖到哪里才合适。他们希望请来看地方的人挖，或者他不亲自挖也可以的，他可以立在旁边，指教着他们来挖。堂叔家请了好几个看地方的高人也没能从院子里挖出什么来。那时候挖不出比挖出来更是使他们胆战心惊，寝食难安。那时候好像没有个计划生育的，而且堂叔生了两个那样的儿子，也不能让计划生育的。那么不小心再怀上了怎么办呢？不小心再怀上了，还是那样子，该怎么办呢？真是不想犹可，想想真是心上着火，火上浇油。后来请来一个看地方的人，周周遭遭、里里外外转了一圈，倒是干脆，说再不要瞎指望了，只有搬出这个院子，一切才有望好转。通过一大段时间的折腾，堂叔一家对这话是很容易听入耳里的。堂叔家的院子很大，院里种满了桃树梨树，堂叔家拆房子搬离的那天，是个好日子，是看地方的人专门看的，满院的果树正竞相开着花儿，不知从哪里飞来的蜜蜂也嗡嗡嗡的，似乎共同在庆贺着一个什么。

于是堂叔家住了几辈子的院子只好让荒着了。

后来有这样一桩事，几十年来不想犹可，一想就使我不得安宁，总是要想方设法将这个念头岔开去。

说来是我叔叔结婚的时候发生的事。那时候人虽然穷，但结婚时人们很郑重，场面大，来的人多，远处来的人还要住在家里。家里实在没处住，连磨坊里也铺了麦草什么的住着人了。我就说到堂叔家的空院子。之所以说到堂叔家的空院子，是因为那院子里还有一个窑洞没有被拆去。那原来是用作伙房的，后来堂叔的邻居似乎胆大，就用那窑洞装了自己的麦草，装了半窑。而且里面的炕也还没有拆，炕洞也还在的。大姑姑的儿子麻乃却心动了，麻乃那时候二十来岁，正是血气方刚的时候，咋咋唬唬地就要去那里睡。又约了一个小伙子，我们就去了那里。果然是半窑麦草，正好用来烧炕。炕上什么也没有的。铺了些麦草，盖着皮袄什么的，也就睡下了，那些天苦累了的缘故吧，也没有顾上过多地害怕，就睡着了。

但是第二天早上醒来，我们却吓了一跳，原来麦草前面的地上睡着个人。那人我们都认识的，叫哈什目，是一个老乞丐，从我们生下来就见他走村串户地讨要着吃。哈什目的身下铺了一层麦草，就那样囫囵了身子睡着。他似乎睡得很香。但是察觉到什么一样，他很快就醒来了，用红巴巴的眼睛看着我们，然后像一个怀孕的牛那样爬起来，拎起门侧的面袋和棍子走掉了。

我当时就吓得不轻。

几十年来一想起这情景，还有一种强烈的不安和莫名的恐惧会干扰我，将我侵袭，会干扰得很厉害，会侵袭得很深，我不知道我看到的是不是真的哈什目，我担心我所见的和真实的不一样，我甚至会疑心到那夜里和我同睡一炕的两个人身上去。我觉得我不能确信，更不敢深想。我发现病原来是很容易得上的。我忙忙岔开去不想这些，但是它却像一个深深的刀痕刻印在我的心上，怎么也不能把它消了去。

原载《天涯》2007年第3期

铁

郑小琼

————

　　我对铁的认识是从乡村医院开始的。乡村是脆弱的、柔软的，像泥土一样，铁常常以它的坚硬与冷冰切割着乡村，乡村便会疼痛。疾病像尖锐的铁插进了乡村脆弱的躯体，我不止一次目睹乡村在疾病中无声啜泣。每当我经过乡村医院门口时，那扇黝黑的铁门让我心里凉凉的，它沉闷而怪异，沉淀着一种悬浮物，像疾病中的躯体。有风的时候，你便会感觉一个脆弱的乡村在医院的铁门外哭泣。疾病像幽魂一样在乡村的路上、田野、庄稼地里行走，撞着一个人，那个人家里通亮的灯火便逐渐暗淡下去，他们挣扎、熄灭在铁一般的疾病中，如铁一样坚硬的疾病割断了他们的喉咙，他们的生活便沉入了一片无声的疼痛之中。我在乡村医院工作了半年后，无法忍受这种无可奈何的沉闷，便来到了南方。

　　在南方，进了一家五金厂，每天接触的是铁，铁机台、铁零件、铁钻头、铁制品、铁架。在这里，我看到一块块坚硬的铁在力的作用下变形扭曲，它们被切割，分叉，钻孔，卷边，磨刺头，变成了人们所需要的形状、大小、厚薄的制品。我在五金厂的第一个工种是车床，把一根根圆滑闪亮的铁截成一小段一小段的丝攻粗坯。一根大约十二米长的钢条放进自动车床，车床的钢铁夹头夹住钢条的左右、上下、前后，在数字程序控制下，车床进退移动，钢条被锋利的车刀切断，又被剥出一圈圈细而薄的铁屑。铁屑薄如纸样，闪烁着迷人的光泽，在冷却油的滴漏下，掉下去，丝丝连接着的铁屑断了，变成细碎的铁屑，沉入塑料盆里。

　　一直以来，我对钢铁的切割声十分敏感，那种"嘶、嘶"的声音让我充满恐惧，它来源我自小对钢铁的坚硬的信任。在氧电弧切割声里，看着闪着的火花和被切割的铁，我才知道强大的铁原来也这样脆弱。面对氧电弧的切割，我感觉那些钢铁的声音像从我的骨头里发出来，笨重的切割机似乎是在一点点一块块地切割着我的肉体、灵魂，那声音有着尖锐的疼痛，像四散的火花般刺人眼目。相当长的一段时间里，我顽固地认为那些嘈杂而零乱的声音是铁在断裂时的反抗与呐喊。但是在五金厂，在那些凝重的冷却油的湿润下，铁是那样悄无声息地断裂了，分割了，被磨成了尖锥形，没有一点声音。十二米长的圆钢被截成了四五厘米长的丝攻坯，整齐地摆在盒子中。整个过程中，我再也听不到铁被切割、磨损时发出的尖锐的叫喊，看不到四处纷飞的火花。有一次，我的手指不小心让车刀碰了一下，半个指甲便在悄无声息中失去了。疼，只有尖锐的疼，沿着手指头上升，直刺入肉体、骨头。血，顺着冷却油流下来。我被工友们送到了医院。在那个镇医院，我才发现，在这个小镇的医院里原来停着这么多伤病的人，大部分都像我一样，是来自外地的打工者，他们有的伤了半截手指，有的是整个的手，有的是腿和头部。他们绷着白色的纱布，纱布上浸着血迹。

　　我躺在充满消毒水味道的病床上。六人的病室里，我的左边是一个头部受伤的，在塑胶厂上班；右边一个是在模具厂上班，断了三根手指。他们的家人正围在病床前，一脸焦急。右边的那个呻吟着，看来很疼，他的左手三个指头全断了。医生走了过来，吊水，挂针，然后吩咐吃药，面无表情地做完这一切，又出去了。我看着被血浸红又变成淡黄色的纱布，突然想起我天天接触的铁，纱布上正是一片铁锈似的褐黄色。他的疼痛对于他的家庭来说，如此的尖锐而辛酸，像那些在电焊氧切割机下面的铁一样。那些疼痛剧烈、嘈杂，直入骨头与灵魂，他们将在这种疼痛的笼罩中生活。这个人来自河南信阳的农村，我不知道断了三根手指，回到河南乡下，他这一辈子将怎么生活？他还躺在床上呻吟着，他的呻吟让我想起了我四川老家乡村的修理铺里电焊氧切割的声音，那些粗糙的声音弥漫在宁静而开阔的乡村上空，像巫气一样浮荡在人们的头上。在这座镇医院，在这个工业时代的南方小镇，这样的伤又是何其的微不足道。我把头伸出窗外，窗外是宽阔的道路，拥挤的车辆行人，琳琅满目的广告牌，铁门紧闭的工厂，一片歌舞升平，没有人也不会有人会在意有一个甚至一群人的手指让机器吞噬掉。他们疼痛的呻吟没有谁听，也不会有谁去听，他们像我控制的那台自动车床夹住的铁一样，被强大的外力切割、分块、打磨，一切都在无声中。

伤口在我的手指上结痂，指甲盖再也没有原来那样光滑与明亮，与其他九个相比，虬起而斑驳，过程就像一次生硬的焊接。平静的时候，我看着这个在伤痛之上长出来的指甲盖，犹如深渊生长出来的一个异物，如此突兀地耸立在内心深处。我知道，它是那些尖锐的疼痛积聚起来的，在斑驳凹凸的纹路上，还停留着疼痛消失之后的余悸。疼痛在我的感觉上彻底消失了，但是那感觉潜伏在我内心的深处，不会消失，也不会逝去。在无人安慰的静夜，我目睹着我曾经受过伤的手指，慢慢思考着与它有关的细节，仿佛听到乡村那个修理铺师傅的电焊声在我的耳畔响起，"嘶——嘶——"那钢铁的断裂声透迤而来。我听到的只是声音的一部分，更多的声音已经埋藏在肉体之中，埋藏在结痂的疼痛里，甚至更深处。在那里，已经消失了的，以思想的反光昭示着它们的存在，在我的手指与我的诗歌上凝聚，变得更加坚硬。

我是来南方后写下第一首诗歌的，准确地说，是在那次手指甲受伤的时候开始写诗。因为受伤，我无法工作，只有休息。而手指的伤势还不足以让我像邻床的病友一样在呻吟中度日。窝在医院里，我逐渐变得安静起来，手上裹着的纱布也在两天后习惯了。我开始思考，因为从来没有过这样节奏缓慢的日子，这样宽裕而无所事事的时间。我坐在床头不断假设着自己，如果我像邻床的那位病友一样断了数根手指以后会怎么样？下次我受伤的不仅仅是指甲盖我会怎么样？这种假设性的思考让我充满了恐惧，这种恐惧来源于我们根本不能把握住自己的命运，太多的偶然性会把我们曾经有过的想法与念头撕碎。我不断地追问自己，不断聆听着内心，然后把这一切在纸上叙述下来。在叙述中我的内心有一种微微的颤动，我体内原来有着的某种力量因为指甲受伤的疼痛在渐渐地苏醒过来。它们像一列在我身体里停靠了很久的火车一样，在疼痛与思考筑成的轨道上开始奔跑了，它拖着它钢铁的身体，不断地移动。

我一直想让自己的诗歌充满着一种铁的味道，它是尖锐的、坚硬的。两年后，我从五金厂的机台调到五金厂的仓库，每天守着这些铁块，细圆钢，铁片，铁屑，各种形状的铁的加工品，周身四方都摆着堆着铁。在我的意识中，铁的气味是散漫的、坚硬的，有着重坠感。我感觉仓库的空气因为铁而增加了不少重量。两年的车间生活，我开过车床、牙床，做过钻孔工，我对铁渐渐有了另一种意识，铁也是柔软的、脆弱的，可以在上面打孔，画槽，刻字，弯曲，卷折——它像泥土一样柔软，它是孤独的、沉默的。我常常长时间注视着一块铁在炉火中的变化，把一大堆待处理的铁块放进热处理器里，那些原本光亮苍白的铁渐渐变红，原本冷彻的亮度变得透明而灼热。我这样注视着，那些灼热变成了红色，透明的红，像眼泪一样透明，看得人直流泪，那些泪滴落在灼热的铁上，很快消失了。直到现在我还顽固地认为，我的那滴眼泪不是高温的炉火蒸化的，而是滴入了灼热的铁中，成为铁的一部分。眼泪是世界上最为坚硬的物质，它有着一种柔软而无坚不摧的力量。炉火越来越红，那股烧灼的铁味越来越浓，铁像一根燃烧的柴，只剩下一道红色的发光体，它们像一朵朵花在炉火中盛开着。在我视野里，它渐渐消失了固体的形体，变成了液体的火，气态的光，有着空阔与虚无，这空阔与虚无吞噬了呈现在我面前的铁，它们不断地闪耀，又不断地穿越征服着另外一些尚未发光的铁。

但是在铁质的火焰中，我觉得我周围的工友们的表情总是那样模糊，一种说不出的力量将我们本来清晰的面孔扭曲了……我们的脸上，呈现的不过是一些碎片的光，只在短暂的时刻被它照亮，更多的剩下灰烬，苍老，迷茫，像堆在露天废物场的铁屑碎料一样，被扔下了。

生活让我渐渐地变得敏感而脆弱，我内心像一块被炉火烧得柔软的铁。而我周身的事物却在一瞬间，都长满了刺，这些刺不断地刺激着我那颗敏感而脆弱的心，让那颗心不停地疼痛。我看到了一个个的工友们，他们来了，走了，最后不知所终，隐匿于人海之中。他们给我留下的只是一张张不同的表情，热情的，冷漠的，无奈的，愤怒的，焦急的，压抑的，麻木的，沉思的，轻松的，困惑的；这些表情来自于湖南、湖北、四川、重庆、安徽、贵州，最后不知去了哪里。他们曾与我有过的交谈、碰面、记忆，这一切都像是铁在外力切割时留下的细碎的火花，很快便归于熄灭。曾经相遇时有过的那种淡而持续的感受渐渐远去，像远过的火车一样，无法再清晰地记起，只有一声声模糊如同汽笛一样的东西不断在脑海中重现。他们来了，走了，对于同样在奔波中的我来说，他们什么也没有带走，什么也没有留下，我的内心在这样一次次相识、相谈、相交中有过的眺望、波动和想象也像一块块即将生锈的铁一样，搁置在露天的旷野。时间正从窄窄的、弯弯曲曲的钟表声响中涌上来，像锈渍一样一点点、一片片地布满了这块铁，最后遮住、覆盖了这一切，剩下一片模糊的红褐色的铁锈，日渐变深，看不见了。

　　血在手指甲盖上结痂，像生锈的铁一样，一股血的气味在我的口腔里弥漫。我在乡村医院工作时，每天都接触病人、伤口和血，那时我从来没有把血与铁锈联系在一起。在五金厂，我不断地感受到铁锈一样的味道，潮热，微甜，咸。我坐在病床上，看着结痂的指甲盖，有如铁皮厂房那根外露的钢筋，让雨水侵蚀出一种斑痕。打工生活原本是一场酸雨，不断地侵袭着我们的肉体、灵魂、理想、梦幻，但是却侵蚀不了一颗液体的心，它有着比钢铁更为强大的力量。我从热处理器里取出那些灼热的铁放进冷却剂里面，一阵淬火的气味直冲过来，从鼻孔深入肺叶，顽固而矜持。我一直把淬火的铁看做受伤的铁，它淬烈的疼痛在冷却液中结痂，那股弥漫着的气味就是铁的血，黏稠而腥热。

　　我的一个朋友曾在诗句中写道，南方的打工生活本是一个巨大的熔炉。两年后，当我在写打工生活的时候，写得最多的还是铁。我渐渐没有了刚来南方时那种兴奋与眺望，但也没有别人那种失望与沮丧，我只剩下平静。我不断地试图用文字把对打工生活的真实感受写出来，它的尖锐总是那样的明亮，像烧灼着的铁一样，烧烤着肉体与灵魂。我知道打工生活的真实不仅仅只是像我这样在底处的农民工，同样还有一些在高处的管理层，但是我无法逃脱我置身的现实，这种具体语境确定了我的文字是单一向度的疼痛。

　　在这样巨大的炉火间，不断会有一种尖锐的疼痛从内心涌起、蠕动，它不断在肉体与灵魂间痉挛，像兽一样奔跑，与打工生活中种种不如意混合着、聚积着。疼痛是巨大的，让人难以摆脱，像一根横亘在喉间的铁。它开始占据着曾经让理想与崇高事物占据的位置，使我内心曾经眺望的那个远方渐渐留下空缺。我站在不知所措的沼泽边沿，光阴像机台上的铁屑一样坠落，剩下一片黑暗在内心深处摇晃。我不知道在打工的炉火中，我是一块失败之铁还是有着铁的外貌却实际上成为硫一样的焦体。我看到自己青春将逝，活在不断从一个工业区到另一个工业区之间的奔波，不知下一站在哪里。时间开始在我的额头开挖着一条条沟壑，它们现在一小段一小段，但是渐渐便会成为整齐的排列，不需多久，它们会在我的肉体开掘一条巨大的河道。日子在我的心中是发黑的陈旧的颜色，和远处工业区的厂房相似，灰暗、阴湿，带着忧伤的味道；它不断地讲述着站在楼角生锈的铁、失败的铁，微弱的声音在我内心中颤抖。

疼痛像一块十马力的铁冲撞着打工者的命运，受伤结痂的手指沉淀出一种巨大的能量，它不断让我重新思考自己的命运。一块铁在这个周遭喧嚣的南方工业都市里，它的嚎叫不再像在乡村的嚎叫那样触目惊心，它的叫声让世间的繁华吞没，剩下的是叹息，与钢铁一样平静。伤口不断淤血肿胀，无声息的病痛不断折磨着我轻若白纸的思想。我试图在现实中学会宽容，对世俗从另外的角度观察与思考，我不止一次转换一个底层打工者小人物的视角，但无论如何，我都无法抹去内心那种固有的伤痛。我远离车间了，远离手指随时让机器吞掉的危险，危险的阴影却经常在睡梦中来临，我不止十次梦见我左手的食指让机器吞掉了。每当从梦中醒来，我便会打开窗户，看夜幕下的星空、树木，一层铁灰的颜色遍布在我的周围。铁终究是铁，它坚硬、锋利，有着夜晚一样的外壳，而我的肉体与灵魂原来是如此脆弱。是的，我无法在我的诗歌中宽容它带给我内心的压抑与恐慌。拇指盖的伤痕像一块铁扎根在我内心深处，它有着强大的穿透力，扩散、充满了我的血液与全身。它在嚎叫，让我在漫长的光阴里感受到一种内心的重力，让我负重前行。

原载《人民文学》2007年第5期

动物三种

严　敬

————

驴

这头驴藏在我记忆的深处，只要我想起了它，就可以把它牵出来遛遛。不仅仅是人们对驴没有好感，我也是的。这头驴有一个毛病，它爱尥蹶子，动不动就尥，搞得人都十分惧怕它。如果有事你尥上一回，我们会理解，没事还要尥，就是惹是生非。打它身边过的时候，我们瞅得准，它已经在蹬腿了，我们远远地绕开去，让它尥个空。它依然怒气不减，蹬起一团灰尘，让几粒泥沙弹射到我们身上。这头驴是公的，脾气大得很。很长时间我们不理解它的脾气为什么这么大。

一个糟老头子驾驭着这头驴。老头子总像在害眼病，一天到黑眼泪汪汪，他伸手去牵驴，这驴怪得很，居然忘记了尥蹶子，它跟在他的身后，亦步亦趋。老头子让它退到车杠里，又给它挽上辕套，再一挥鞭子，驾，它就起步走开了。它迈着均匀的碎步，相当平稳地驾着粪车，而且还有一定的速度。我们从来没有看见它撂开四蹄奔跑，也不知是怎么闹的，它也知道了我们的粪车和坐在车杠上的糟老头子是经不住它这样折腾的。到了卸粪的地方，老头子说一声"驭"，这驴就收住脚，停下来，耐心地等待老头子往下卸粪。趁这会儿工夫，它要假寐一回，解解乏。它眯上眼睛，耷下大耳朵。卸完粪，老头子轻拍驴屁股，告诉它，该回去了。这样，他们一起回来了，又开始下一轮的工作。我们猪场多亏有了这头驴，它天天往外运猪粪，否则，猪粪就会堆得像山一样高，弄得生产无法进行。

但有一回，那糟老头子生病，不能上班，场长派另一个人拖粪，结果这头驴欺生，表现不好。它先是不肯退到车杠里去，接着又不愿挽辕套，最后还冲着新驭手尥开了蹶子。幸好这人机灵躲得快，不然的话准给它踢破肚皮。这人愤怒不已，操起鞭子要抽打这狗日的，你知道这驴不是傻驴，它早一溜烟跑掉了。由于这头驴的不合作，耽误了当天的工作，全场的猪粪堆成了小山包，场长很是生气，他追着驴要揍它，驴也忘记了尥蹶子，吓得跑出好远，它一蹿一蹿，活像一只大兔子。

我们的驴仅只闹了一天的脾气，因为那个糟老头子的病一天就好了。闹过之后，它就加倍地努力工作。老头子说，驾，它就起步，说，驭，它就收步，默契得很。

我们从老头子身上认识到，光有驴不行，还得有一个驴把式。

驴不干活的时候，就到处啃草皮，它在尘土里打滚，四肢朝天，立起来时，又头冲着天，抻长脖子昂昂地叫唤。按照这头驴的想象，不远的地方应该有一头年轻的母驴。然而我们场实在没有这样的一头母驴。

这时候驴总忍不住要显露它的本性，太阳出得大时，它会亮出它的阳具，搁到自己的影子外去晾晒一番。它的阳具有如棒槌，像灵巧而又诡异的大蛇那样游曳一阵之后，又无可奈何地藏回去。

我们待在猪舍里看见驴打滚、叫唤，没有人敢走近驴，因为这时候它爱尥蹶子，不仅如此，它还张嘴咬人。场长从它那次闹事后，认识到只有一个人能驾驭它是不行的，设若那老头子多病了几天或者干脆死掉了，岂不要误事？他开始训练其他的驭手，但是，这头驴极其恋旧，换了新人无论如何也不肯套辕套，硬是不配合。即使场长亲临现场指导，这驴也一点不给场长面子。场长是个有主意的人，他琢磨开了，而且一琢磨就让他琢磨准了。

一天，场长叫那老头子用绳子拴住驴的四条腿，老头子不解，场长说，叫你拴你就拴，老头子就俯身拴驴脚，现在它闹不了啦。场长招手叫来几个人，其中一个人手持一根木杠，他将木杠插入驴被拴的两条前腿中，用力一撬，就将驴撬翻在地。又上来一个人，用另一根木杠伸进驴的后腿，其余的人一起上来压在木杠上，把驴牢牢地摁在地上。驴不知道人们要干啥，它高声叱责着这些无礼的人。它拼命挣扎了几下，显然，我们场里人行事太有章法，竟没余下一丝一毫的纰漏让它有机可乘，最后它只得对自己如此不体面地躺在地上被人摆弄而痛心疾首地嘶鸣。

场长捧起挂在驴屁股下的蛋蛋，端详了几眼，他说，一袋子骚气，都是它闹的，摘了它。

我们场有的是高明的兽医，这种活真正是小菜一碟，话未落音，兽医就像摘瓜果一样把驴的宝贝蛋蛋拧掉了。

蒙辱的驴没有痛不欲生。它甚至不知道自己失去了何物。它歇息了一天，又歇了一天，第三天，它又挽起了辕套。我们再也看不到它别在胯间的那个亮晶晶的、圆硕的、茄子一般的物件。它似乎变得简洁和利索了。但此后它却蔫了，不叫唤，也不准备尥蹶子了。它垂着长耳朵，服服帖帖，所有的人都可以来驾驭它。甚至有人伸手搔它那空口袋一样干瘪的阴囊，它也不生气。

它曾想象我们场里有一头母驴，或者说它盼望我们场有一头母驴，对于它来说，这永远成为往事。及至有一天，真有一头母驴开始在我们场蹦蹦跳跳，它也视而不见。

黄鼠狼

二三十年前，我们村子还是一个很有魅力的地方。为什么呢？因为那时村子周围林幽草密，村子里除养了许多狗外，村外日夜还出没着一群群有着赤褐色皮毛的黄鼠狼。这种小兽既令人讨厌，又让人觉得神秘。大家口口相传，黄鼠狼嗜好吃鸡，故村人多憎恨它。我们同学中有个爱好书法的，过年的时候，给鸡笼子写了一幅"鸡鸭鹅成群"的字，写完觉得余兴未尽，又信手写了"黄鼠狼成阵"贴上。这是实话，当时村里就是这种情况。他父亲觉得丧气，便将他大骂一顿。村里也当作笑话传开。由此可见人们对黄鼠狼的偏见之深。

黄鼠狼既多，使村里人忧心忡忡起来。村里不是养了许多的狗吗？狗抓兔子是好手，然而对黄鼠狼却无能为力，显得很不中用。黄鼠狼有保护自己的绝招，如果不幸和狗相遇，它龟孙子想的当然首先是逃之夭夭，也不知是黄鼠狼真的跑不过狗呢，或者是它耍的心眼，只见狗马上就要撵上黄鼠狼的节骨眼上，小东西忽然冲着狗放了一个骚屁。这屁厉害极了，居然将狗老兄熏得原地团团转，不知所向，坐失了大好时机。有人看见黄鼠狼据此从容而去，甚至还要回头嘲笑起狗兄。等到有许多次丢脸的经验后，我们村的狗便懂事了，不再和黄鼠狼过意不去了。

能和黄鼠狼过不去的是我们村的木匠水洋师傅。他靠捕捉黄鼠狼博得了比他手艺还要响十分的名声。

水洋师傅当过兵，当兵以前他跟他父亲学木匠，转业之后又重操旧业。他这个人脾气很缓，同样的活，别的师傅半天干完，他要干上差不多一天，俗话说，慢工出细活，他正应了此话，他的活干得就是精致。不过，在村人眼里，很慢的工出很细的活，比较起来终究是划不来的。所以，村里人家里如果有木匠活儿，大多不叫他，宁愿请外村的木匠师傅。他也不觉得什么，如果队里也没有木匠活做，他就扛着锄头下地。

　　当那些可爱的、浑身赤褐的黄鼠狼频频出现在村里时，水洋师傅便开始琢磨开了。他首先拿出的是一张弓。弓全部由竹片做成。村里人还没有见过这玩意，他就演示给大家看。他掰开弓，插好机关，然后用一根树枝去捣那机关，突然，"啪"的一声，张开的弓合拢了，死死地夹住了树枝。水洋师傅很响地咽了一口唾沫，然后静静地等待人们的反应。没有谁发表高见，这似乎是对他的发明表示怀疑。他环视了大家一眼，提起他的弓就走了。第二天，在村头的桑树下，人们看见他正在给一只黄鼠狼剥皮。桑树脚下靠着那张沾着血迹的弓。他给上前观看的人介绍说，这张弓夹到了这只黄鼠狼。因为水洋师傅和他的弓，我们村里的人才得以这样真切细致地看到了黄鼠狼的面目。黄鼠狼面目细巧，嘴尖尖的，显得滑稽可笑。此后，就有多只黄鼠狼被水洋师傅的弓夹住了。有被夹死的，有虽被夹住但仍活着的，有一只黄鼠狼被夹到了后腰，这只黄鼠狼居然拖着夹它的弓挣扎着逃出好远。印象最深的是，有一回水洋师傅提着一张弓，弓上面夹着黄鼠狼的一只前腿，却不见黄鼠狼。水洋师傅惋惜地说："黄鼠狼咬断了自己的腿，跑了。"我们围观的小伙伴面面相觑，不知是该跟着水洋师傅可惜，还是应为逃掉的黄鼠狼庆幸。因为水洋师傅每晚都可夹住一两只黄鼠狼，所以我们越来越怀疑这种叫作黄鼠狼的害人精是否真的像传说中的那样聪明狡猾。假若它是聪明的话，为什么会屡屡中了圈套呢？

　　渐渐地，水洋师傅黄鼠狼夹得少了。以前，他总是将弓安在大门旁的小石洞上，只要黄鼠狼过洞入室就逃不了厄运。现在这一招不灵了，说明黄鼠狼已经在总结经验了。

有好几天，水洋师傅都拢着双手默不作声。直到有一天清晨，在村口，水洋师傅扛出了一个细长的木笼子。他走到池塘边，把木笼子用力摁进水里，十几分钟过去，他将木笼子拖上岸，打开笼门，倒出一只被溺死的黄鼠狼。我们小伙伴这才恍然大悟，这就是水洋师傅用来代替弓的、新的对付黄鼠狼的武器。这木笼做得精巧，上面也埋伏着机关，妙不可言。水洋师傅常常白天四处勘察黄鼠狼出入的踪迹，待夜深人静，便将木笼子安放在黄鼠狼必经之处，木笼子里置有黄鼠狼喜食之物。对笼子里的美餐黄鼠狼总是留恋不舍的，兴奋中，或者犹豫之后，黄鼠狼就入了我们水洋师傅的彀中。只是笼子里的美味既然这么具有诱惑力，那么会是什么好东西呢？是一只很肥的老母鸡吗？起初，我们认为当然是。后来，这个秘密叫我们当中的一个小伙伴窥破了。"不是老母鸡，"他说，"是什么，你们猜。——是一只死老鼠。"

水洋师傅对于自己造出这样得心应手的器具自是喜不自禁，但是随后他就感到苦恼，因为被抓的黄鼠狼仍然活蹦乱跳，生有尖牙利爪，如果以手相抓，必遭撕咬，水洋师傅断不敢做此尝试。于是他便想出溺死黄鼠狼的招数。后来，他又觉得黄鼠狼皮毛见水会有损质量，便改用它法：用一条麻袋笼住笼门，等黄鼠狼进入麻袋后，便抡起麻袋将它摔死。看来这办法的确很省事。但是有一回，水洋师傅关住了一条很大的黄鼠狼，从笼缝望进去，这条黄鼠狼无论个头，还是毛色，都从未有过，水洋师傅欣喜若狂，他急忙操过一条麻袋笼在笼门上，黄鼠狼呼啦一下就钻进了麻袋。他将麻袋抡过头顶，用力朝下砸去，谁知，他手中的麻袋轻飘飘的，一点重量都没有。他好生奇怪，用手掂了掂麻袋，又打开来看，麻袋里竟空空的什么也没有。他不相信，再看笼子，笼子也是空的，他重新张开攥紧的麻袋口，的确，黄鼠狼简直像变戏法，踪影全无。他一下子坐在笼子上，呆住了。直到许多年后，说起这回事，他都大惑不解：莫非这条黄鼠狼学会了遁法？

俗语道：跑掉的是大鱼。如果仅只如此，倒也罢了，谁知，自此以后，水洋师傅竟常常梦见这条大黄鼠狼，有时梦见他又抓住了它，正郑重其事地准备下手，千不该万不该，不知怎么又给它逃掉了；有时梦见它对着他窃笑。有一夜，子夜时分，月光如霜，许多赤褐色的黄鼠狼围住了水洋师傅的屋子奔跑，像是飞速旋转的火圈。它们一边奔跑，一边发出令人惊异的叫唤，像是哀鸣，又像是怒声。鸡鸣方去。水洋师傅说，这不知是梦，还是果有其事。

因为水洋师傅作为一个木匠师傅的别出心裁，使黄鼠狼们终于悟到了我们村对于它们的危险，便决定不再到我们村来嬉戏玩耍了。在以后的日子，它们总是远远地避开我们的村子。

又过了一些年，不但在我们村见不到它们的踪影，连旷野上也难寻它们的踪迹。

水洋师傅虽然中止了他的猎狐生涯，但是，一种难闻的、令人失敬的气味笼罩着他，使他苦不堪言。特别是到了夏天，这种气味要飘过家家户户。大人们，还有，我们，这帮孩子，全都学着当初村子里那群撵着黄鼠狼的狗的模样，突然龇牙咧嘴起来。

狗

一

一条黑狗嘴里衔着一团黑乎乎的东西迎面走来。黑狗兴高采烈，我猜狗嘴里衔的大概是一只羊的什么的，说不定还是一只兔子？

待它走近了我才看清楚它嘴里衔的是一只黑色的塑料袋，风将塑料袋吹得满满的，让狗以为是一件了不起的东西，才值得它这样高兴一番。等到风从塑料袋消失了，它也弄清楚了，它刚才只不过是捕获了一股风而已，它是否还这么高兴？

也许这只狗并不需要深究这个问题，无论是过去，抑或是将来，只要它现在快乐就行。

这只现实主义的狗从我身边一闪而过，带着它的满足的心情继续享受它的生活。天就要黑了，它要马上赶回家。现在的狗不再喜欢在夜里游逛了，夜生活让人类去享受会更合适。

二

我在逛街。除了我之外，很多人也都是闲着的。一些女人总是把自己打扮得像春天一样。其实她们不是春天。她们只有春天的一部分，就是欲藏还露的那一部分。

在一家颇为热闹的店铺前，两只黑颜色的狗当街干起了它们的美事。第一次，公狗爬上去，努力了一会儿，竟毫无结果地下来了。看得出来，这只狗被欲火无情地主宰着，几乎就在它前爪落地的同时，它又跳起来爬到了母狗的背上，屁股疯狂地摇摆起来，拼命朝前掘进。母狗这时候的态度起着决定性的作用，只要它稍有不从，公狗的所有努力又将归于乌有。这只母狗表现出极大的耐心，以温柔、驯服、鼓励和渴望的样子期待着公狗的成功。这次，公狗没有辜负母狗的愿望，实现了它雄伟的理想。

当两个肉体融合在一起的时候，无疑是幸福的时刻，对于两只狗来说，当然也是这样，但是同时，这也是它们最尴尬的时候，它们被紧紧地连在一起，密不可分。这是狗最脆弱的时候。它们很容易失去生命。在以前物质贫乏的年代，聪明的人常使用此法猎杀公狗，甚至有的人专门饲养母狗，诱捕那些被激情弄昏了头的公狗。此外，由于活生生的场面，它们的爱情丧失了体面，一览无余地展现在众人的面前。

所幸的是，今天，没有人来管狗的闲事。但两只狗仍然垂头丧气得厉害。

最后两只狗终于脱离了关系，公狗弯下身一个劲儿舔舐着自己的阴茎，它以为它这个部位刚才受到了重创，它悉心呵护自己宝贝的样子像一个母亲对待自己受委屈的孩子。但是，那只母狗显得丝毫无损，又在接受另一只早就守候一旁的公狗的爱情。

傍晚，在饭堂前，一个女人追赶着一只矮小的公狗，那只成熟的公狗一意孤行朝前奔跑，丝毫也不理睬女主人的召唤。莫非它也有了意中情人？女主人生气了，她最见不得这种忘恩负义的狗。

我的记忆里有各种各样的狗。它是我的想象中的一个生动的角色。

原载《天涯》2008年第3期

生态七记

王文杰

蜈　蚣

斑驳的墙壁上，常有蜈蚣出没。时慢、时快。慢时，如絮款动；快时，疾若流星。

蜈蚣栖朽木石缝间，生晦阴潮湿处。小时，逮蟋蟀时，常见于碎砾败草间，但从未仔细观察过。某日，写作正枯坐冥思苦想时，偶觉眼前有物动。细窥，墙上一蜈蚣正慢悠悠爬动。那蜈蚣背面紫红色，一道淡蓝色的脊梁。约三四寸长，形扁、油亮，头部有一对不断抖动的触角。体由数多环节而成，每环节生脚一对。虽身长约半个手指头，然脚多得无计其数。有多少环节，有多少脚。环节连环节，脚连着脚。我惊奇了：世界上环节和脚最多的动物莫过蜈蚣了！难怪研究昆虫的老祖宗为之赋名：百足。

忽来一丝灵感，由蜈蚣联想到创作。由蜈蚣的体态，想到创作时的状态；由蜈蚣的爬行的姿态，体味到写作时的心态。创作，是件繁杂浩瀚的劳作，而蜈蚣的爬行也是奥妙无穷的运动。创作，是形象思维和抽象思维杂糅相间，忽前忽后，或左或右，不可名状的一种复杂多变的脑细胞群在活动：有时，以形象思维为进入楔口，让它提纲挈领，统略主导，横贯首尾，而这一主线的下面却伏着抽象思维。就像一块隆聚的肉，或扁，或方，或圆，但必须有骨头赖以柱其间，否则，这块隆聚的肉就成一摊泥——这骨头即是抽象思维。有时，创作则以抽象思维为躯干，让理性的浆液催发出一片片形象的枝叶，使一株创作之树纹理清晰，无一庸枝杂权。常听作家言，他写作时完全是凭感觉。感觉是什么？我说感觉就是蜈蚣爬行：行无常形，无定势，无固态。很难辨清，蜈蚣爬行时，先迈哪只脚，后迈哪只脚？是左脚支配身子行走，还是右脚带着全身移动？就像作家写作，是先有了形象思维，还是先有了抽象思维一样。

立志写作者，该拜蜈蚣为老师。"太昊师蜘蛛而结网"（《抱朴子·对俗》），自伏羲起人类就从蜘蛛结网学会了织布，学会了用网打鱼捕兽。作家也应该从蜈蚣爬行的轨迹找到自己的影子。只要有脚，就能走出路来。脚越多，走出的路越复杂；路愈复杂弯曲，愈耐人寻味。重要的是先别问你应当迈哪只脚，后出哪只脚，是先出左脚好，还是先出右脚对，而是先把脚迈出去。路是为脚预备的，路有了脚才有意义。脚能把路的梦想变成现实，路让脚怀抱着永远的梦想。脚是路的翅膀，路是脚的双翼。无路之脚要蜕化，无脚之路要荒芜，脚之于路就像江河与之舟船的关系一样。没有舟船的大海是死海，失去大海的舟船是朽木。

凫　鹤

水边有鸟名凫。水边还有鸟名鹤。

凫喜水，鹤亦喜水；凫以水泽为乡，鹤亦以湖泊为家；凫以鱼虾作食，鹤亦以水族为生；凫在泽地生儿育女，鹤亦在水国传宗接代。凫和鹤同与水结下不解之缘。二者生活习性、捕食方法、繁殖后代，皆与水有缘，酷肖。然外形大异。

凫腿短，短极；鹤胫长，长极。凫与鹤结伴，腿短的和腿长的在一起，两相对比，参差错落，修短各俱，对应成趣。历数不清的水禽家族中，足最短者，莫过于凫；足最长者，莫过于鹤。不然，人们不会用"鹤立鸡群"来形容鹤之超群脱俗、高人一等。

凫与鹤各得其性，错落中倒给人一点哲学的灵性。

凫足短，无法涉深水捕食，然鱼虾常匿于深水中。水深足短，凫只好守候于水中浮凸不动的岩石小岛上，或浮萍水草间，捕食觅物，逐一跳跃，以咫尺之跳，渡江湖之宽，以寸步之移，量广袤之阔，以岛之长，补足之短，以萍草作舟，搏水激浪。当在水中游动偶觉身后有鱼时，凫遂灵巧地掉头追击，少有齿下漏网者。凫腿虽短，然极尽吃"回头鱼"之能事，亦其乐陶陶，理同"船小好调头"。

鹤腿长，常枯立于深水中。有鱼横贯而过者，垂下长颈，箭嘴一啄，可一饱口福。鹤用不着像凫那样，穿梭蹦跳石岛萍草间，凭着天然的优越，涉深水，弯长颈，擒鱼虾。可当发觉身后有鱼时，它却远不及凫那样灵巧地回身，只好让脖子曲绕打弯，扭过头去。但往往颈至鱼遁，收获寥寥。家乡人常用"长脖子老等"来形容长着长颈的一类水禽的愚笨、执傲和可爱，进而惠及这一类长相和性格的人。

泽中常落雨。一颗颗雨的凝重的逗点、句号、惊叹号，还有一串串删解号，落在平静的湖泊上，自然别有一番风韵。但如刮起风，就会水天相连，白浪逐天，惊涛拍岸，卷起千堆雪，破坏了这幽致。对风尤为敏感的是鹤。所谓"风声鹤唳"，大概就是说鹤感风而泣，应声而泣，仰天而啸，百感交集吧。风来时，鹤无遮无挡，绵密羽毛，膨胀似帆，立不安稳，行不自主。此皆怨它腿长，且不能回弯。腿长，涉水捕鱼养身时见其长，而避风护身时又见其短。此时，凫鸟却尽逍遥：它伏地而卧，头隐两翅，体缩一团，任风吹拂，岿然不动，此皆缘腿短之宜。凫足涉水捕食时露其短，而避风养身时见其长。

由此可见，鹤胫虽长，但长有所短；凫脚虽短，但短有所长；长者续之不得，断之亦不得；短者长之不得，短之亦不得；性长非所断，性短非所延。截鹤之长续凫之短，无异于续凫之短断鹤之长。物，皆禀性受形，天造而成。修短明暗，肥瘦强弱，大小宽窄，都应顺自然之理，不可违失天性，拂去本真。强扭硬掰者等于截鹤续凫之胫。

庄子死了，可庄子塑造的两个哲学形象活了2000年。以后，还不知要活几个2000年呢。

喜　蛛

如夜里伏案绞脑汁一样，那个墙角的小蜘蛛又出来抽丝了。

见蜘蛛的人，大凡会产生一种本能的厌恶感，尤其是在寓所住宅里：它四处结网，纳蚊虫，粘灰尘，毁室内之美容，玷房间之清洁。于是，人们常用手捉拿，脚踏踩，扫把驱之，掸子拂之，蛛常常落个网破"鱼"死的下场。可我家那只小蜘蛛除外，不但免遭其他蜘蛛那种厄运，还常常受到呵护。

那小蜘蛛红眼睛、红嘴巴、红腹、红背、红脚，连身上的细细绒毛都是红的，通体皆红，无一杂色，像巧匠精心雕制的红玛瑙。母亲说，这是喜蛛，不能伤害它。害它，会破喜，带来灾害。我倒不是迷信，但我确实无伤生害物之心。母亲为何称红蜘蛛为喜蛛，现在我也不明其故。我揣摩，大概是红色吉祥，凡事图个吉祥吧。

那红色的小喜蛛新结了一个莹亮的网。那网由疏而密、错落有致。网中央坐着红喜蛛，偶尔喜蛛爬动一下时，蛛动，网亦动，赤蛛银丝，银丝四射，光的中心来自喜蛛，宛如一颗太阳放射着光彩。我真幸运，我的屋里沐浴另一颗太阳哩！

有了一种友好的心情和审美的视角去观察蛛与网，还会感悟到它的美学意味。我们平素看到的结满尘垢、粘着蚊蝇的蛛网，就觉蛛网是不洁之物。其实，蛛从肚里吐出的丝本身是干净的。不洁之物不是蛛网本身，而是那些附物。愈有不洁之物的衬托，愈觉网之洁净。我忽觉那张网成了一面镜子，镜明则灰垢不止，止则非明照。我又忽觉那张网成了一轮太阳，日亮则纤尘飞扬，不扬则非亮日。

小时的事记得非常清楚。常常把一根铁丝弯个圈拴在麻秆一端，然后去网蜘蛛网，粘蜻蜓。那阵性子急，只网到一两张蜘蛛网，就去寻找目标了。结果，蜻蜓未捕着，反而网上倒出了一个洞。再去屋檐下，角落里，寻找更多的蜘蛛网，结果是网越结越厚，黏度越来越浓，后来用手撕都撕不破，蜻蜓一粘一个准，无一漏网，百发百中。我惊奇：细细蛛丝，一根根势单力薄，难成气候，积累多了，拧成一股劲，再细弱的东西也会变得粗壮起来。

蛛网，网着一种哲理……

馋　猫

养猫者主要是为了驱老鼠捉害虫，也有为了驱寂寞和无聊的，在人与动物的交流中获得一种与本类动物难以获取的愉悦。不过，我是属前者。

家里老鼠成精，搅得人昼夜不安，于是索邻家一只猫，起名猫咪，驯养起来。它的父辈不知谁家野种，它的母亲可是个捉鼠能手：个大体硕，双目犀利，四肢矫捷，疾若闪电。

转眼间，猫咪长大成人了。很漂亮，色白，无一杂色，鸳鸯眼，一只眼深蓝，一只眼淡黄，一阴一阳，一蓝一黄，对映成趣，满有点哲学大师的味道。猫咪看上去满招人喜欢，可它表里不一。父辈的野性一点也没继承，母亲的优长也看不出来多少。夏天，它躲在饭桌下避暑纳凉；冬天，缩成一团在炕头上取暖避寒，毛茸茸如一团迷蒙的梦。阳光太刺眼了，猫咪便垂下睫毛，闭目养神，超然若仙，任温暖的阳光在身上漫步。偶有清风拂来，绒毛微颤，像一团蒲公英在和风絮语。睡到夕阳西下时，猫咪才张开嘴巴，打打呵欠，伸伸懒腰，抖动一身的懒散，梳理梳理胡须，好像一辈子睡不醒似的。然后绕到墙角的一碟前，伏地待食。若粗食淡菜，伸开细腻的粉色的舌头，漫不经心地舔几下，若发现鱼虾肠肚，则脾胃大振，大餐一顿，然后以爪抹抹嘴巴，舔舔毛发，一声轻吟，莲花碎步，悠然而去，仿入仙境。

小时，记得邻家有一小孩，娇惯、贪嘴，大家叫他"馋猫"。大概，这名字跟我们家养的那只猫应该是有联系的。

养猫咪意在捕鼠，可家里鼠不但未见少，反而鼠家日渐兴旺。一次，我见三只小鼠，开始战战兢兢，且进且退地在猫咪嘴巴下的碟里抢食，可猫咪旁若无鼠，像生来未见过似的。充满敌意的场面，被抹上一层蜜意，阵线分明的敌我双方被混淆成一锅粥。三只鼠陪着一只猫，如此和谐场面整个不是"三陪"吗，不，是"陪三"！气得我上前一脚，踢翻碟子。霎时，三鼠惊窜，夺路而去，落魄而逃。可猫咪倒先惊后定，镇静自如，若无其事，歪歪脑袋，看了一眼，复归故态。咳，真是只熊猫！于是气上添气，火上注油，我飞起一脚把猫咪踢得"噭"的一声惨叫。

自此，我不再朝碟里添食了。一向养尊处优、饭来张口的猫咪饿得开始满地找食，后来上蹿下跳，乞求声声。小儿欲给其食，我仍硬着心肠。某日，打了一只老鼠，送到猫咪嘴下，猫咪饥不择食，正欲张嘴，我忽地拎起鼠尾，向远抛去，猫咪腾地跳起，纵身一跃，奋扬四爪，半空中捕到那鼠，躲到一隅，狼吞虎咽，一会儿连骨头渣都没剩，连流在地上的血迹也舔得干干净净。自此，猫性复苏。那对鸳鸯眼变得也不那么温柔了，而是带有咄咄逼人的凶悍和志在必得的挑衅，温顺的尾巴常常硬朗地竖起来，像是揭竿而起的头领手中的旗杆。由此，野猫变家猫，家猫变驯猫，驯猫变馋猫，馋猫变懒猫，懒猫被逼入穷途，奋然又恢复了猫本性。

性在逼、在迫，不在养，养猫如此，养他物呢？

塘　鱼

居住的院子里，有一池塘。塘里有水，水里有假山，假山旁环游着鱼，尽管没有江河湖泊那种凫雏雁子、紫龟绿鳖、鸥鸟成群、游鱼如梭的野趣，然也觉沾了大自然的一点灵秀。嵇康在给山巨源写绝交书时悲愤交加，心情沉重，却还念念不忘"游山泽，观鱼鸟，心甚乐之"的那份雅兴。可见山泽鱼鸟和人类的密切。

池塘里金鱼们是各具风流的：有的额头上隆起一团美丽的菜花显示出不规则的自然美；有的拖着一条新娘的长裙像是走进新婚的殿堂；有的从眼里吹起两个泡泡糖像童子嬉戏；有的用尾巴摇起一个大蒲扇如老者摇扇纳凉；有的体态华贵如一富妇人悠闲无事；有的相貌娟秀躲在一角似村姑羞于见人。它们颜色各异，以黑红白者多，黑者如一洼墨，红者似一团火，白者若一处子。

金鱼，以塘为家，以石为岛，尽情环游，不分昼夜，不计寒暑，不知路漫漫其修远，水中上下而求索。游啊，游，时前，时后，忽左，忽右，尔高，尔低。

池塘附近，有一圆形花池，早午晚，有人围着花池转圈，有老人、中午、小孩、妇女。有体弱者强身的，也有锻炼身体想高质量多活几年的，还有无目的遛弯的。

池塘的鱼群围着假山在转圈游，花池外的人群绕着花池在绕圈走。一个在水中游，一个在陆地走。两者毫无关联，却相映成趣，似沟通着什么。

池塘里的鱼，不问目的漫无边际地游，好像游动就能达到目的，目的本身就是游动。我突然有了一点灵感：像鱼这样稀里糊涂地游动也是一种生活方式。假设，鱼知道它一辈子也游不出池塘，从生到死都在一个有限的水池里了结，它还会如此不知疲倦地那样游吗？大概鱼忘记了痛苦。庄子是个高人，两千多年前就看出鱼有欢乐。他对问他"子非鱼，安知鱼之乐"的惠子说："子非我，安知我不知鱼之乐？"庄子说得对极了！只知欢乐不知痛苦的鱼，从不掉眼泪，谁见过鱼的眼泪？鱼的眼泪流干了，几千年、几万年的眼泪，一滴一滴地汇聚成了江河湖海，江河湖海都是鱼的汹涌澎湃的眼泪！水坚贞不渝地拥抱鱼类，就是因为水是饱含着鱼全部情感的眼泪。可鱼不知道这些，没长那种脑筋，没有那种灵性的思考。它是愚极之物，唯愚者而智。愚极，亦智极。否则，池塘之鱼如此逍遥快乐之状你作何解释？

由鱼联想到驴。插队时青年点紧挨着做豆腐的小作坊，作坊里置一石磨，常从里传出石磨的滚动声。其声参差不等。大者，似春雷滚动，弱者，如小儿磨牙。石磨是由一头驴牵动。鱼以石为岛，驴以磨为岛。驴以磨为中心，环圆绕行，不知作了几千几万个圆规运动：那连接石磨的轴杆即是圆心点，那驴道上久经踩踏才磨砺出一圈凹进的蹄迹，这些不知耗了多少岁月带有沧桑感的蹄迹，形成了半径等同的圆周线，而那驴即是圆周线和圆心点的连接者。人言：牛是奴仆，马是忠臣，驴是狡黠小人。可作坊里那驴为何忠心耿耿守静如一地绕磨拉石，为主人效尽犬马之力？这情景让人觉得老祖宗创造的"犬马之劳"这句成语至少不够全面，应该修改成"犬驴之劳"，至少在中国成语词条中要增加这么一句。我细心观察过，每逢让那驴拉磨时，作坊里的人都以布蒙住驴眼，遮住视野的驴大概是以为自己是在走一条坦途，因此才环绕不止，兴致不减，乐此不疲。倘若驴不被蒙住眼睛，它能看清它眼前的一切（任凭走了千里万里，可还是寸步未离），它还能那样不知疲倦地绕磨环行吗？蒙面驴，有眼无珠，是个瞽者，唯其瞽才明。瞽至，明始。太明者不明，不明者方明。

由以石为岛的鱼和以磨为岛的驴，又推出了一些道理。大智者若愚，大巧者若拙，大白者若黑，大音者若哑，大明者若暗。哲学大师的话在有骨头有肉的生活中，更灵动而有形象作佐证。

鱼、驴如此，人呢？

曲　柳

窗下有一柳树，外有四时之变，其随寒暑感应，逢秋凋零，遇春抽芽，夏时一树绿荫，冬季枝条裸露，伴人枯荣，不知多少光阴，难数几度春秋。

爷爷那辈子时，某年某月某日某人，扯一根铁丝，作晾衣绳。一端系窗框，一端系柳树。那铁丝系的是死扣，解不开的结，而柳树长，久而久之，铁丝的结陷在柳树的皮肉里，勒出一个深深的槽。树愈长，槽愈深。铁丝嵌在柳树的骨肉中，柳树用铁丝作为自己的记忆。固定不变的铁丝结，拴着渐渐变化的年轮。

那柳树畸曲生成，有曲态美。树根，臃肿而不中绳墨，状如盘蛇，纠缠缭绕，如刻在地上的篆体字；树干，崎岖而不中规矩，骨节凹凸，似画家从油管中挤出的一注被风干了的油彩；树枝，舒卷而不中方圆，低垂拂地，像少女蓬勃而未经修饰的发丝。

柳，以曲闻名。而柳树家族者以倒垂柳为曲之最，人谓之：曲柳。曲者，倒者，歪也。倒垂柳可谓曲中生曲，屈中长屈，使本来曲之物又添几分曲的神韵。

曲是一种风格，一种境思，一种独特的美，一种有嚼头耐人回味的美。是高层次、高境界的审美。否则，人们不会称需要有很好修养和艺术眼光才能看出门道的一种文艺门类为：曲艺。曲艺，顾名思义。

由柳而想到文。贵曲者，文也。做文章要藏其意，幽其情，把笔锋埋在墨迹里，让思想寓在形象中，不能竹筒倒豆子，直来直去。曲文，能产生回肠荡气，余味绕梁三日不绝之效果。能留下空白让人创造填补剩余的想象。这是创作后的创作。这是文学的一种现象，也是艺术所独具的魅力。

由"曲"想到它的反义词。柳贵曲，文贵曲，而人的立身之道则与柳的立身之道与文的立文之道异。柳树，躯干扭曲，枝条委婉，那是美！可人不能这样。人之立身，贵豁达、畅快，要端庄、正直，站在那，貌堂堂，声朗朗，腰板杠硬，顶天立地，心地坦荡，虚怀若谷，不曲奉于世，隐诔于人，不偶于俗，附上罔下，附下罔上，当喜则喜，当怒则怒，当哀则哀，当乐则乐。有真情实感而曲隐幽藏起来的人谓之曲人，谓之伪人。曲人、伪人的立身之道不可取。

站着是一条汉子，躺着还是一条汉子。像大西北的胡杨，站着活一千年，躺着不朽一千年。人立身之道不能学柳。但做人有时还要懂得一点"曲"。人需戒太察、太白，太察太白者无恢弘之象，深邃之貌。人懂得一点"曲"，才能宽其心，容天下之物；静其心，应天下之变；平其心，观天下之理；定其心，窥天下之事；虚其心，纳天下之人。由此可得一理：人莫做"曲"人，但应掌握一点"曲"的技巧。你说呢？

天　井

邻人有观天者，极迷、极痴。常夜不能寐，坐凳枯坐，潜心观天，通宵达旦，不知疲倦。浩瀚无垠的宇宙，尽悉眼底，天河中数颗星辰，如数家珍，了然于心。

近日，观天者发现一处神秘莫测的"天体黑洞"，位于天秤星附近。黑洞里的景象是倒呈的，洞边外界的物体常常被吸进洞内融化，洞内的物体却被紧紧吸住，不肯离洞半步。

观天者成果常常叫那些持高度望远镜者瞠目。他观天处是在一个四合院中央。所谓四合院，当然是缭以围墙与外隔绝了。这四合院常使人联想到井。井以一孔窥天，四合院亦以一孔观天。井，是建在地下面的四合院（有的方井形同四合院），四合院是筑在地上面的井（有人索性称四合院一类的建筑物为天井）。

窥天鉴地，高墙深宅，人微星渺，眼小天巨，我常有一种幻觉，在地上井——四合院里的观天人犹如井中之蛙。人们习惯借用"井中之蛙"和"坐井观天"的句子来形容一种眼皮子浅、目光短的境态。可观天人一反常态，以眼之浅应天之深，以目之短测天之长。你看，当夜气清明时，他无言无语，无思无为，无心无怀，屏黜飞扬之气、粗粝之气，神游八极，潜心入地，洞彻于天，浩瀚天宇尽在"井"中，井中之景又含在他的眸子里。我甚至常常幻觉：天大还是井大？星星和眸子孰小？孰亮？由此可见，井中之人，虽有所短，亦有其长；坐井观天，虽一孔之见，但细密专一；愈细密，益广大；愈专一，益深妙，犹如愈收敛愈充拓一样的道理。

观天如此，做其他事情呢？

原载《解放军文艺》2008年

竹 思

高洪波

———————

竹文化是中国特有的文化，假如我们判断不错的话，竹文化应是与儒文化相得益彰的一种文化。在竹子身上，儒生们或看到气节、风骨，或看到虚心、谦恭，《岁寒三友图》是这方面最突出的典型，松、竹、梅从此成为屡屡出现在各种器皿上的图案。

中国文人中与竹子最亲近的当数蜀人苏轼，他的名言"宁可食无肉，不可居无竹。无肉令人瘦，无竹使人俗"，道破了苏东坡酷好竹子的心态，而他策竹杖的风姿，也从此凝固为一种"何妨吟啸且徐行"的造型，如果没有竹林衬映在苏东坡的身后，他迷人的魅力会大大消减。

也有不拿竹子善待的文人，譬如杜甫先生，他有名句云："新松恨不高千尺，恶竹应须斩万竿。"将竹给予如此恶谥，而且还要动一番手脚下决心"斩"之伐之，也是破天荒的事。杜甫为何如此憎恨"恶竹"，不得而知，但他在成都的草堂前不乏修竹若干，或许是后人代植的吧？

蜀南竹海，地处宜宾，有翠竹数百亩，依山而立，起伏若海，规模亦如一片波涛汹涌的大海。尤其是在高处鸟瞰，当云雾袭来之际，那种海的气势更扑面而来，耳畔似有涛声响起，如果此时有舟楫随绿浪起伏，注定是件毫不奇怪的事。

潜入竹海，同时也沉入绿海，呼吸着有淡淡清香的空气，感觉到绿色的氧气正源源地输入到自己的肺叶里，像清洁剂般清洗着因都市废气而吃力开合的肺，你几乎能够瞬间感到这种大自然珍贵的赐予。甜丝丝的滋味通过喉头气管，流向四肢百骸，流向大脑及每一根神经末梢和血管，而满眼充盈饱满的绿色，让你快意沉浮，真若化身为一尾鱼儿，沿着印满青苔的小径，管自游向竹林深处。

竹海中的竹子，以粗大的楠竹为主，也有苦竹、慈竹、龟甲竹及人面竹。与一位竹海作家闲聊，才知道竹子也分公母，母竹产笋，公竹则无。再细问，才知每根竹子的某一层竹节上都由最初的一根竹枝生出，这竹枝若分出杈的，便是母竹，不分杈者，则为公竹。

就是这么一点区分，简单，却又有大学问。记得若干年前走安徽，在出产砀山梨的一处集市上，我无意中也获得了类似的知识：梨如人类，亦分公母。母梨形大，且多汁甜美，公梨则逊色得多。

竹子与梨子岂止分雌雄，甚至还可能有自己的声音。近读《参考消息》，一篇题为《细听植物心声》的英国《泰晤士报》文章引起了我的兴趣，该文的副题更妙："采花花朵哭泣摘瓜黄瓜尖叫"，而且这项由波恩大学应用物理研究所完成的科研成果证明：如果配备合适的窃听装置，他们就能够区分健康与染病的蔬菜。同时波恩大学的科学家们认为，植物不仅仅互相交流痛苦与疼痛，就像人们在医院候诊室等候看病一样，它们还互相提醒面临的危险。

杜甫曾云："感时花溅泪，恨别鸟惊心。"就像他老人家要斩恶竹一样，这两句名诗无意印证了千年之后波恩大学科学家们的研究，诗人是大自然的一个特殊器官，越伟大越杰出的诗人越是如此，他们在倾听自己内心世界时也能倾听天籁，否则何来这千年之后的巧合？

蜀南竹海里的竹子，蓬勃旺盛到肆无忌惮的地步，坦然且坦荡地在竹子部落里快乐成长，较之城市庭院里那些盆景般缩在墙角里的同类，委实幸运和幸福得多。

当然，它们承受的关注甚至诗意的爱抚也少得多，这就是自由的代价。

竹海里的竹子们，肯定是有着自己的声音的，公竹和母竹会互相倾吐爱情；嫩绿的竹笋则会呼唤雨水和阳光；竹叶会在竹枝上迎风摇曳，把大粒的露珠调皮地抖落；土层下的竹根们会串门问好，甚至会互相提醒：跟头儿打声招呼，别忙着开花。

竹子一开花，就意味着生命的终结。竹海里听竹，一种人生的雅趣，也是机缘。是绿染灵魂绿透身心的一种洗濯，此刻，当炎夏渐渐袭来时节，写下"竹思"两个字，权当作一剂清凉解暑散热吧……

原载《羊城晚报》2009年9月

菜羹香

赵大年

改革开放三十年，北京像长了翅膀似的飞向现代化，"一夜之间的汽车城"，"地铁、高速、航空的立体交通"，"中国的硅谷"，"新奇建筑鸟巢、水立方、水上珍珠大剧院"，"规模空前的奥运会"，种种美誉加身之际，人们重新发现布衣暖、菜羹香，最好的饮料是白开水，最美的景致是绿地蓝天——人类亲近大自然的基因万年难改，生活在"钢筋水泥大森林"里又想返璞归真。

一群北京作家出访东南亚，时髦的话题也是生态环境和绿色食品。泰国作家协会主席素瓦·卡拉迪洛在欢迎会上夸耀曼谷水果，榴莲、荔枝、菠萝、椰子、芒果，一口气儿数了十几种，发誓请我们样样品尝。我也说出十几种北京的萝卜，心里美、大红袍、象牙白、鹅蛋圆、水蔓菁，如数家珍。只是难坏了翻译，他比画着说这又长又大的白萝卜形同象牙，大家鼓掌。而水蔓菁呢？他先说，这种扁圆的萝卜制作成酱菜水疙瘩，又软又面，没牙的老太婆喜欢吃，大家只笑不鼓掌。再说猪八戒也爱吃，西域国王款待唐僧师徒的斋宴就有金针、木耳、莴苣、蔓菁，这一解释更复杂了，幸亏猪八戒名扬海外，他爱吃的一定是好东西，大家热烈鼓掌。

隔年素瓦先生率团回访北京，白天游览颐和园，晚宴桌上就有一盘心里美萝卜雕刻的万寿山佛香阁。他惊叹不已，起身拍照，又问："《红楼梦》里有没有关于雕花萝卜的描述？这幅照片可以带回去做插图。"原来他的兄弟他威·卡拉迪洛正在翻译文学名著《红楼梦》，难点是书中大量的诗词。有个真实的笑话，英译毛泽东诗词里，"我失骄杨君失柳"被直译成"我失去骄傲的杨树，你失去了柳树"。有人规劝他威先生节译，舍去诗词。然而他威本人就是诗人，坚持全译。他做了多年准备，包括支持自己的华裔妻子读完北京大学中文系，让她先把《红楼梦》诗词的意思讲透，再由夫君自己用泰文写成诗。我们为他威先生严谨的治学精神叫好。至于盘子里的萝卜花，我说，色香味形器，是中华饮食文化的艺术统一，他威夫人攻读于北大，想必吃过这绿皮红瓤的心里美萝卜，它可以当水果吃，爱吃萝卜不吃梨，小贩吆喝的也是"萝卜赛梨啦！"

萝卜是北京人喜爱的菜。而菜，历来似乎并不显赫，难入典籍。朱元璋的"高筑墙，广积粮，缓称王"策略被毛泽东演绎为"深挖洞，广积粮，不称霸"，时差六百年，二人重视的都是粮。毛泽东说，手中有粮，心中不慌。军事家都懂得，兵马未动，粮草先行。人口大省四川也有句名言，储粮安天下。大概只有缺粮的时候才提到了菜，嗻，糠菜半年粮。瓜菜代。饥民面带菜色。如今有个新名词，曰"菜篮子工程"，是北京的市长们必须抓紧的大事情。在大米白面、鸡鸭鱼肉充足的岁月，北京人不分男女老少，又向大观园里的宝玉黛玉看齐了，惧肥厌甘，没有新鲜青菜怎么行呢？

民以食为天。这个天，包括蔬菜。皇帝佬儿的餐桌上要摆四十样菜肴，他当然吃不了，一样尝一口也吃不过来，只为了好看。原来好看也是好吃，乃有"秀色可餐"之说。吃不过来，派生了"滥竽充数"，可惜呀，《宰相刘罗锅》里的荔浦芋头不是也让乾隆爷大快朵颐嘛。

北京建都八百五十五年了，是全国文化中心，然而蜚声中外的八大菜系里没有北京菜。我看就因为地处北纬四十度，无霜期不足半年，四季供应鲜菜困难多多。

北京的蔬菜有粗细之分。细菜种植在园子里，"一亩园，十亩田"，说的是比粮田费工耗资，农艺要求甚高，由菜把式莳弄，园头管理。我见过菜把式播种小葱，先将细如纸屑的葱籽含在嘴里滋润片刻，再均匀地喷到阳畦里。阳畦，是精心打造的苗床：挖成二尺深、四尺宽、六尺长的畦，挖出来的土在北面筑起矮墙以挡风，低凹平整的畦面是拌了有机肥料的细碎壤土，向阳、保温、保墒，早春二月就可以抢播各种细菜了。此时平地尚未解冻，也可在风障地——挡风苇箔南侧的向阳地面"顶凌播种"小白菜、小油菜、小菠菜、小葱、小水萝卜，它们全都冠以小字，因为不等它长大，阳春四月就得上市，是北京百姓一年当中最早吃到的鲜菜。小葱拌豆腐，虾皮小白菜，小水萝卜尤其是萝卜缨蘸酱，都是爽口清热的大众美味。而阳畦里的细菜则另有乾坤，它们在聚合太阳能的温暖小气候里超前生长，到一拃多长就要移栽了。茄子、黄瓜、青椒、西红柿这些细菜的秧苗要带土移栽，也就是用小铁铲把每棵秧苗根部的土壤切割成小方块，菜秧要带着这块土一同移栽，以免伤根。移栽是很累的活儿。园子里那批小字辈儿的鲜菜刚上市，就得抓紧整地、刨埯。阳畦里起出来的菜秧要飞快地移栽到埯里，避免跑墒和冷风飕根。起苗的菜把式最辛苦，趴在阳畦边上，大头朝下倒控着，干半天儿脸都肿了。我是北京市农机研究所的科技秘书，知道农机部把我们列为国家的蔬菜机械研究所，任务就是研制菜田使用的农机具，然而"自古种菜如绣花"，农艺复杂，怎样才能实现蔬菜生产机械化呢？起初，我们在西郊四季青公社设计了一种阳畦板凳，让菜把式坐着起苗，大受欢迎，美其名曰"半机械化"，其实就是改善了一点劳动条件。

八大菜系里没有北京菜，北京城里却有它们的名店名厨。加之皇宫御膳坊，上百座王爷府，上千家士大夫宅邸，都有高级厨师和菜班子，他们选购蔬菜十分挑剔，黄瓜要顶花带刺儿，菠菜红根鹦鹉嘴，葱白盈尺，香椿寸芽。哈，您可知道，黄瓜秧开花坐果之后，这小小乳瓜是顶着花朵生长的，长到七八寸长，黄瓜特有的香味最浓、肉质最佳的时候从架上摘下来，若不轻拿轻放，或者隔几天出售，这瓜尖上顶着的花儿就会脱落，浑身的毛刺儿也被磨掉了。菠菜的红根又好看味道又甘美，是在土里埋了一冬，叶败根活，来年开春重新生出绿叶的越冬菠菜，活像一只只红嘴绿鹦鹉，漂在黄澄澄的鸡汤里是何等诱惑。一尺多长的葱白也是培土埋成的。而香椿芽，要在早春刚长到一寸左右就掰下来，又嫩，香味又浓郁，一如江南雨前采摘的细茶毛尖。经过宫廷御膳、府邸家宴、名店名厨的百般挑剔，百年挑剔，才逼出了京郊菜农这一整套高超的园艺学。

至于老百姓的看家菜，所谓的粗菜、大路货，就是产量甚高的大萝卜、大白菜。不知始自何年，郊区农家都要腌一大缸咸萝卜，这就是主菜。直至"文化大革命"中我到农村插队劳动吃"派饭"，基本上还是一天两顿棒燔粥——碾碎了的玉米稠粥，一碟咸萝卜条，家家如此，年年如此。农民只有过年才杀猪宰羊，平时吃块豆腐就是肉。城市平民则偏爱大白菜，一年里头有半年大白菜当家，真是百吃不厌啊。

大白菜大萝卜属秋菜，利用麦茬地抢种抢收。越冬小麦在6月中旬黄熟，城乡协力"双抢"战斗：机关、学校、工厂、部队年年组织上百万人下乡拔麦子。镰刀少，大家动手连根拔。拔麦子是一门原始功夫，休想戴手套，那可攥不住滑溜溜的麦秸秆，只能光着手攥紧了使劲拔，攥得越松越磨手，磨出血泡来，就更攥不紧啦。拔麦子不留麦茬，麦秸麦根都是农家宝贵的燃料。城里人拔麦子，村里人战斗在场院，夜以继日地脱粒、扬场、翻晒、扛口袋上囤。麦收最怕连阴雨，雨水一泡，麦粒发芽，非但减产，磨成白面也发苦发黏。此时正值雨季到来之前期，六月天，孩子的脸，哭笑无常。俗话说，听风就是雨。东边日头西边雨。乌云骤起，瓢泼大雨。云彩打滚儿，冰雹没准儿。双抢双抢，龙口夺粮！到嘴的白面馒头啊，岂可不抢。

再就是抢种秋菜。必须在雨季到来之前整地、播种，给它争取九十天生长期。秋菜要种植在垄上。垄，这个汉字很形象：土上一条龙。这亿万条龙的土从何而来？开沟，翻上来的土培成垄。沟里走雨水，垄上长白菜。此时我们研究所的"蔬菜起垄播种联合作业机"可露脸啦，开沟、起垄、播种、覆土、镇压，五道工序一次完成，一台机具能顶十几头牛骡和数十人手工作业。菜农缺钱，砸锅卖铁也要买。

大白菜上市，又是一场百万人马惊心动魄的战斗。家家要买几百斤、上千斤冬储大白菜，保证吃一冬啊！菜店门前大白菜堆积成山，必须赶在11月初霜之前售完，否则一冻一化，大白菜流汤，能臭一条街。拙作电影《车水马龙》就有运送大白菜的场面，北京禁止马车进城，此时大街小胡同统统解禁，马车把式扬眉吐气，鞭子抽得脆响，好不威风，警察也得吃大白菜呀，捏着鼻子给他一路绿灯。大叫驴拉帮套的骡车马车，各种拖拉机、大卡车，昼夜川流不息，真是车如流水马如龙啊。

副食品商业局的干部和菜店职工一律取消休假，昼夜加班，组织运菜收菜，分级过秤，按户销售。市民也是昼夜排队购买。几百斤大白菜从菜店搬回家，邻居互相帮助。双职工家庭有困难，请半天假买菜，不算私事，算公务。冬储大白菜一律由政府分级定价，便宜得让人心疼，而且不敢涨价，要想涨一分钱，可爱的市长们得讨论三年。包心严实的青口大白菜为甲级，每市斤三分半，乙级三分，丙级二分，搭配着卖，你有钱也不能全买甲级菜，大白菜面前人人平等。因为白口的大白菜不耐储存，家家都得买一部分，按计划先吃。

储存大白菜有一整套科学方法，不会不算北京人。收割之后，大白菜就地卧倒，大头朝南晒太阳，杀水分，菜帮菜叶疲软一些，装卸车减少损失。买到家，还要立在窗台或北墙根晒太阳。霜降以后，在四合院不冷不热的地方码垛，盖上麻袋片，防尘防冻还得透气。每月倒垛，剔除残帮败叶，过风散热，以免大白菜"烧心"，若有，必须摘除，防止"扩散"。每次倒垛，都要把保存得不好的拣出来，先吃。

大白菜营养丰富。鸡汤白菜，干贝白菜，海米白菜，火腿白菜，栗子白菜，属佳肴。芥末墩，菜包（菜叶包肉丝米饭），风味食品。醋熘白菜，辣白菜，虾皮白菜，凉拌白菜，熬白菜，渍酸菜，白菜馅包子、饺子、菜团子，是家常饭菜、大路货。

大白菜是一宝，与北京人血肉相连。邓友梅的小说《那五》获奖，中杰英的话剧《北京大爷》受欢迎，我都当众批评：你这位小山东儿，你这小老广，吃了我们北京五十年大白菜，还要写文章挖苦北京人，不说忘恩负义，也愧对菜农呀。

毛泽东提出"农业的根本出路在于机械化"，我也曾在农机战线身体力行，为此奋斗二十年。然而机械化的投资无法解决。改革开放新时期，经济搞活，乡镇企业如雨后春笋般兴起，农村富余劳动力有了出路，农民也开始有钱投资机械化了。转眼三十年过去，北京人也许忘了百万大军下乡拔麦子的壮举。如今仍须龙口夺粮，田间却看不见人，倒是电视里能见到联合收割机成群结队地在公路上跑，解说员会告诉你，数以万计的大型联合收割机提前南下，按照不同地区的麦熟期，有计划、有组织地由南到北逐步收割，收净了江汉平原再收华北平原，不但小麦连年丰收，这些"农机专业户"的联合收割机也大大提高了利用率——收割机手也会告诉你，如果只为了自家的麦子，不如用镰刀。只收割本村的麦子，买一台机器用三天歇一年，赔本买卖。现在是社会主义市场经济，从南到北有偿服务小半年，收取的劳务费扣除成本还能添置新农机，耕、耙、播、收加运输，全干，这盘棋就走活啦！

从阳畦、风障，到塑料大棚、钢化玻璃大型温室，北京菜农巧妙地抓住清洁廉价的太阳能，营造温暖小气候，抵御风刀霜剑，保障鲜菜生产，展现聪明才智。从申办到筹办人类最盛大的运动会，绿色奥运的东风也吹绿了北京的新式菜田——生态园。市场搞活，交通发达，仅我所识，南方的鲜藕、百合、茭白、慈姑、鲜笋、魔芋、薤头、芥蓝、荠菜、荸荠、凉薯、泡椒、鸡毛菜乃至鱼腥草，也不远千里端上了北京人的餐桌。更有荷兰豆、樱桃西红柿、紫红包心菜、绿菜花、西芹、玻璃生菜、鬼子姜等西洋蔬菜在北京生根落户。还有稀罕物，生态园的玻璃温室里是无土栽培的高架多层水生蔬菜，地面又长着很多百斤以上的美洲大倭瓜，充分利用空间，立体生产。有丈八长的蛇豆。也有枝蔓伸展数十平方米的西红柿树，一棵树结出几千个西红柿。众多大如篮球场、足球场的钢架玻璃温室，由电脑自动控制温度、湿度、光照，合理配给营养液，真的实现了四季常青、无污染鲜菜均衡上市。

三十年河东，三十年河西。北京啊，百万人下乡拔麦子，百万人冬储大白菜，怎的变成了双休日百万人郊游，吃农家饭，又亲手采摘新鲜的瓜果蔬菜呢？

原载《北京文学》2009年第2期

成都物候记

阿 来

————

腊 梅

前些日子，动完手术刚能走动就到医院园中散步，看到一株半凋的蜡梅，就以为在病床上错过了蜡梅花期。出院后某天，趁天气晴好去浣花溪公园散步，远远就闻见浓烈的香气，知道那是蜡梅香，循味而去，果然见溪边小丘上盛开着几树明亮的蜡梅。想走近看看，上面可落脚处却被至老年方焕发了文艺热情的人们占据了，正咿呀歌唱。歌声自然不会好听，所唱曲子也是"文化大革命"战歌，就想这些人都是当年的红卫兵吧，自然就止住了要看梅花的心情。

又一天午后，笼罩成都平原多日的雾气散开，天空中难得地洒下来淡淡阳光，自然要出门沾沾地气。就在自家小区花园最僻静的角落发现了几株蜡梅。隔天晚饭后，在小区公园的大道上散步，眼无所见，却又闻见了浓烈的香气，那种只是属于蜡梅的香气。星期六专门寻去，在公园平常不大去的东北角上，又发现了十好几株，有的正盛开，有的已然开始凋零。那些花瓣先是失去了明净的黄，失去了表面亮闪闪的蜡光，也失去了花瓣中的水分，萎缩在枝上，在微风中悄然坠地。但那盛开着的几株仍足以把心情照亮。使我有心情跑回家给相机充电，换上合适的镜头，去记录它们的容颜。

就在收拾相机的这一刻，忽然起了一个念头，该随时用相机记录下自己所居这座城市花朵的次第开放。这时是阳历的年头，阴历的岁末，正是开始做这事的好时候。还想好了总题目：成都的物候。我也知道，物候也者，虽然也包括了各种草本木本的花朵应时应季的开放与凋谢，但又不止于此，而包括了更多的物象。我只是喜欢这个词，只好装着不懂得物候的全部意义，就用了这个题目吧。

梭罗以自然笔记《瓦尔登湖》为世人所知，但可能好多人还没有读过他观察植物的书《种子的欲望》和一本观察物候的笔记（一时间忘了名字）。我想，我的笔记就应该类似于那样的东西。只是干上这活，寻芳觅香，要耽误许多喝酒和玩麻将的时间了，这在成都可是重要的社交。

我学习记录青藏高原的花开花谢已经数年时间，为什么不把所居城市的花开花谢也观察记录一番。而一旦起意就拿起相机，到小区花园里去拍梅花。不对，这么笼而统之说梅花不对，因为除蜡梅自己独成的这一科之外，还有一种也称为梅花属于蔷薇科的红梅，同样在出叶前开花。还与蜡梅一样的，是花朵都从枝上绽放而出，其实本是出于叶腋，只是那叶子还要一月有余才会出现，待那叶子出现时，这些花朵与它们的香气都幽渺远去，无迹可寻了。

这一天，是2010年元月16日。

在我镜头所及处，尖瓣的蜡梅普遍在凋谢，圆瓣的正在盛开。

第一次，这么仔细地观察蜡梅，才发现，以前以为就是一种的蜡梅，还是有许多分别，按植物学上的术语，就是有很多变种。这些变种是人工培植以后，被有意诱导出来的吗？还是当初在野生状态下就是如此。就我看到的有限的资料，好像都是人工培育而出的变种吧。有书说，变种有五种之多，而我看到的应该算是四种吧。

先是圆瓣和尖瓣的，分出两种；而圆瓣和尖瓣的，都又分别有红心与素心（也就是黄心）两种。如此共四种。

又看到资料有素心、馨口、九英等对这些变种的命名，自己一时还不能有十足的把握一一对应，就存疑吧。顺便补充一句，前次写博文《错过了蜡梅的花期》，几位网友来指教，说，"蜡梅"的"là"是这个"腊"。这里先谢过一字师了。你们说得都对，我写得也没错。腊梅是说其开放的时间是在腊月，而蜡梅是说其花瓣上那层光如涂蜡一般。大家都不错，两种用法都有人用，都有各自的道理。这其实和中国人的植物命名的随意有关，到了植物学家们那里，为了准确表述，他们都用拉丁文的学名，那是一个科学但我们看来未免生僻难解的命名系统。就这么糊里糊涂地似是而非着吧。

拍了蜡梅回家，又看到小区中庭两树红梅已经满枝蓓蕾，一旦蜡梅隐身，它们就要在春节前后热闹登场了。

还看见，从夏天到秋天再到初冬都不知疲倦的洋金花（木本曼陀罗），差不多掉光了硕大的叶片，质感介于草木之间的茎上、枝上，都已绽发出细小娇嫩的新叶了，如此说来，洋金花就是2010年最早吐芽的园中植物。

早　樱

"草堂人日我归来"。

和这座城里的很多人一样，节前回老家过年，节后返城。我回城在"人日"这一天，而且真去了草堂。

在成都，说草堂就是杜甫草堂，任何人都不会认为本市还有另一处草堂。这些年来，人日这天，草堂似乎都有围绕诗圣杜甫的活动。这天出门前百度一下，跳出好多行的"草堂人日归来"。打开来，都是当地媒体关于草堂祭拜诗圣活动的报道。今年的活动是有人穿了古装扮演高适和杜甫两个在台上对诗云云。

高适在蜀州刺史任上时曾给流落成都的诗人朋友很多帮助。他治所不在成都，在现成都市下辖的崇州市，今天上成温邛高速西行，不过20分钟左右车程，那时骑马坐轿，到成都可能得两天时间。公元761年大年初七这天，高刺史作了一首《人日寄杜二拾遗》，其中有句云："人日题诗寄草堂，遥怜故人思故乡。"多年后，杜甫离开成都飘零于湖湘，高适已经病故，他从故纸堆中翻检出高适的这首诗，不由百感交集，作了首《追酬故高蜀州人日见寄》，寄给谁呢？无处可寄，只是寄给自己的一腔哀思罢了："自蒙蜀州人日作，不意清诗久零落。今晨散帙眼忽开，迸泪幽吟事如昨。"

如今，如此深挚的友谊已经渺不可寻。要叫人穿了古人衣裳，在地理阻隔后更继之以阴阳阻隔的两位诗人相对吟咏确是大胆的创意，是对表演者要求很高的创意。所以到了草堂门口，还是不敢去看"诗圣文化节上的"演诗。其实本也不是为此去的，为的只是去看草堂四周的玉兰花。

回老家前的腊月二十八，就在草堂前看到有玉兰花开了，且有更多的枝梢擎着毛茸茸的花苞准备绽放。隔了一周回来，只见原来开放的肉质的花瓣已多半凋萎，原来含苞欲放的，却并未开放。人在远处，手机里每天还传来成都的天气信息，都是阴，都是降温，都是零星小雨。就这么从大年三十一路下来，直到了初七这一天。先开的玉兰被冻伤，未开的玉兰都敛声静息，深藏在花苞的庇佑中不敢探头了。

玉兰让人失望，不意间却见到了一树树白色的繁花。

李花？梨花？总之不会是梅花。梅花花期已到了尾声，早就一派凋零了。就这样，在没有一点期望的情况下，樱花展现在眼前。没有期望，是因为成都的文化中——至少是那些流传至今的诗文中，没有描述过樱花的物候——至少我没有读到过这样的诗词与文章。

初八日，去塔子山公园，也是要去看见过的几树玉兰。竹篱之中，牡丹正绽开初芽，间立其中的几树玉兰，也与草堂所见一样，节前开放的已被冻伤而萎谢，准备要开放的却因低温而仍沉睡在毛茸茸的花苞之中。走下园中的小山时，在将近山脚的地方，忽然看见一片浓云似的白。原来是一株十来米高的大树四周围着几棵干小一点的树，都开着一样颜色的白花。白色本是寂静的，但这几树繁花以数量取胜，给人一种特别热闹的印象。尤其是最大的那一株上，每一条枝上花都开得成团成簇，每一簇上定有三五十朵白色小花，结成了一颗颗硕大的花球。不由人不停下脚步，停留在那些花树间，晕眩在浓烈的花香里。

曾在5月份樱花季节里去日本旅行。第一站，就去看鲁迅写过的，"望上去确也像绯红的轻云"的上野樱花。看了很多很多樱花，领略了日本人浩荡出游赏樱的情景。当然也见到很多过敏体质的人被空气中弥漫的花粉所苦，戴着大口罩避之唯恐不及。之后一路北上，一周过去，竟然跑到樱花花信的前头去了。去一个私人博物馆参观毕，在露天里喝茶望远时，主人几次遗憾地说，要是晚来两三天，满坡漂亮的樱花就开啦。回想起来，那些樱花在我记忆中都是深浅不一的粉红，也是一朵朵花结成一个个花球，上面猬集着数十朵复瓣的花朵：美丽，精致，却有点不太自然——典型的日本味道。还得到一本日本友人见赠的和歌集，其中多有吟咏樱花的诗句，不独歌唱其盛开，更多是喟叹群英的凋落。一片一片花瓣被春风摇落，一条曲折小径被花瓣轻轻覆盖，确有一种幽冷的意韵。

我还是更喜欢看到花树们蓬勃盛开。

塔子山公园这几株樱花，一色的白，就在2月的天空下盛开着，而不是在日本建立起关于樱花记忆的五月。让我确认是樱花的是一块牌子，上面确切地写着：樱花，而且写的是"日本樱花"。到网上一查，日本樱花却是一个庞大复杂的家族。花形、颜色、花期、香气都各个不同，没有见过许多实物怕是弄不清楚。但得到一个大致的印象，凡是单瓣的，大概都更靠近野生的原种，而且是早开的。反之，复瓣越是繁复，越是人工诱导培育的结果，大致也都晚开。眼前这几株，不论花朵攒集得如何繁密，把花一朵一朵看来，都还是朴素的单瓣，都像蔷薇科李属的这个家族那些原生种一样，规则地散开五只单瓣，中间二三十支细长的雄蕊顶着金黄色花药，几乎要长过花瓣，簇拥着玉绿色矮壮的雌蕊。资料上谈到樱花的花期，都说是3到5月，也就是说，早樱开在3月，而晚樱一直可开进5月，但在成都，这些白色樱花在2月就开放了。

可惜的是，这片园林景观没有很好经营，这么漂亮的樱花树竟未形成突出的景观，而且，树的四周还横穿着电线，树下还放着垃圾箱，想拍一个全景都不能够了。

尽管如此，经过的游人也在感叹：好漂亮的花。

也在讨论是什么花。梨花。李花。杏花。遂想起两句诗："三月雨声细，樱花疑杏花。"看来不止我一个人没想到会遇到樱花。还是一个像是来自农村的老太婆说："樱桃嘛。"

植物学对樱桃这般描述："树皮紫褐色，平滑有光泽，有横纹。"那横纹却漂亮。细长，微微凸起，在紫褐的树皮上是浅浅的紫红，如细长眼眉。植物书上还说：樱桃的花有很好的观赏性，有几种亚洲樱桃品种是专门用来观赏的。这些观赏性樱桃是樱桃的变种。最主要的特点是：花的雄蕊被另外一丛花瓣所代替，形成了双丛花——也就是复瓣吗？因为缺少雄蕊，这些品种都不可能结果。

印象中樱花属于日本，看植物书才知道，其实中国才是樱花主要原产地之一。樱花真正的故乡是喜马拉雅山地。日本的《樱大鉴》中说，樱花从喜马拉雅山地先传到北印度和云南。如今日本樱花都由原生于腾冲、龙陵一带的苦樱桃演变而来，在人工培育下，花由单瓣变重瓣，并产生出从淡粉红到深粉红的种种颜色。苦樱桃？我在自己的小说《遥远的温泉》中曾描写过仍然生长在青藏高原上的野樱桃花，不过那花开在高原迟到的春天，开在6月。而高大挺拔，树皮上长着许多细长眉眼的野樱桃结出的鲜红多汁的果子确实是苦味的。少年时代，曾经攀爬过许多樱桃树，期望发现一棵果实甜蜜的野樱桃，结果自然是徒然。那些苦樱桃只合了做了鸟与熊的食物。

也有人说，中国人早在秦汉时期，就将樱花栽培于宫苑之中了。不知真是如此，还是外国人有的我们也有的心理在作祟。但"樱花"一词，确见于唐李商隐的诗句："何处哀筝随急管，樱花永巷垂杨岸。"而樱花原生于中国的青藏高原是确实的，那么，成都紧邻着青藏高原，我小说中写到的那种野樱桃，就遍生于距此不过100多公里的邛崃山脉的山谷中间。那么，至少在李商隐的时代，这城中也有樱花开放了吧。

据说日本有樱花，是12世纪后，即日本的平安时代的事了。还据说，当时日本人的本意是引进梅花，樱花是随那些梅花无意间夹带过去的。没见过确切的资料，算是"姑妄言之"的谈资，没有要轻视另一国文化的意思。

还是回到草堂，看草堂门口的招贴，"人日"活动的主题是怀念杜甫和赏梅花。其实，从节令上说，蜡梅早已开败，红梅也到了尾声，仍留在枝上的簇簇花朵也失去了盛开时的灼灼光华，倒是白色的樱花盛开了。也许，多年后，"草堂人日我归来"，人们要来此处赏樱，赏的就是中国的樱花了。识了这白色的早樱后，在城中四处走动时，就不时都看到有洁白的樱花在一树树开放，甚至在一环路上，一个加油站旁也看到开得非常繁盛的一株，而且，就在小区公园中也看到好几株，只是新栽没几年，那树还没有高过蜡梅，远看去还误以为是李花之类罢了。今年识了樱花，想必明年春天，就能预先滋养着看樱花的心情了。

紫　荆

六天时间下来，看看里程表，将近2000公里。

去了趟川滇交界的金沙江边。看到了那边天旱的景象。草几乎全枯了，海拔3000多米那些地方，箭竹也一片片枯死。扎根深的树，还是绿着，虽然绿得有些萎靡，但该开花的还是开出满树繁花。看见了红色的木兰，看见了高山杜鹃，因为干旱，那些肉质肥厚的叶片都很干瘦，也失去了叶面角质层上晶莹的蜡光，即便这样，还是捧出了一簇簇顶生的粉红色的花。只是，近看时，那些花瓣因为缺乏水分干涩不堪，光彩黯然，让人都不忍举起相机。我便提醒自己，观花不是我此行的主要目标。乡间道旁，五色梅依然在尘土中顽强开放。林下，干涸的河道，未播种的地头，肆行无忌的紫茎泽兰无处不在，开着满眼干枯的白花。听当地人说，过了江，继续南去，怕是再顽强的花都难以开放了。

从准备写作《格萨尔王》以来的三年多时间里，时常在川藏交界的金沙江边行走，访问，感受。去年出了书，不想似乎还缘分未尽，这次又特意到下游川滇交界的地带行走一番。为什么呢？我不确定，大概跟未来的写作计划相关。在高峰列列耸峙，河谷条条深切的这一地带，在清末，在民国时代，曾经上演许多悲壮纠缠的活剧，过去那些头绪纷繁的故事面目正日渐模糊不清，但余绪悠远，一直影响到今天的族群和文化与政治格局。我不知道，自己是不是已经准备好了，要一头深扎进去。所以这么说，是因为我在犹豫。

其实，抛开这个沉重的话题不谈，这么些年来，我对于植物的兴趣，就集中于青藏高原与横断山区。只是去年生病，体力不行，一时手痒难耐，才来关注所居城市的植物，内心里真正向往的还是西部高原。但既然做了这件事情，也该有始有终。毕竟，身居这个城市，这个城市的一切并不是我以为的那样，与自己没有太多关联。

昨天，不，是从前天，行经那些干旱许久的高山深谷时，天变阴了，有零星的雨水降落。稀疏的雨水中，飞舞的尘土降落下来，一直被尘土味呛着的嗓子立即舒服多了。行走在路上，仿佛能听到干渴的草木贪婪吮吸的声响。昨天黄昏，回程中翻越一座高山，先是漫天大雾，继而飞雪弥天，能见度就在三五米内，增加了道路的艰险，但想到这些湿润的饱含水分的雾气会被风吹送，去到山的背面，翻过一列又一列的山，给那里干渴的村庄与田野带去雨水，心里还是感到非常高兴。

成都真是一个自然条件得天独厚的地方，前一两个月，北方寒流频频南下，横扫北方与东南，但隐身于秦岭背后的四川盆地却独自春暖花开，当南方高原干渴难耐，盆地中的川西平原却还有细雨无声飞扬。这不，离成都还有200多公里，还在从高原上那些盘旋不已的公路上往盆地急转而下，手机响起，是成都郊区青白江的朋友说，那里樱花节开幕了，请我去聚聚，顺便看看樱花。

越靠近四川盆地，道旁的草木就越滋润，不时有树形壮大的桐树与苦楝开满繁花，撞入眼帘。这一来，眼睛真的就舒服多了。

正因为此行看够了干枯萧瑟，早上起来就出门去看盛开的鲜花。

特别要去看几棵此行前已拍过的紫荆，它们可能已经凋谢了。

紫荆是很早就开在身旁的。10年前住在另外一个小区时，楼下围墙边就有几株。每年春天，暖阳让人变得慵倦的日子，就见未长一叶的长枝上缀满了一种细密的红花。

那种红很难形容。上网查一下，维基百科有直观的色谱，给了这种红一种好听的名字：浅珍珠红。对了，在太阳下，这些密集的花的确闪烁着珍珠般的光泽。但那时的印象就是围墙边有几树开得有些奇怪的花。那么多细碎的花朵密密猬集，把一条长枝几乎全数包裹起来了。但就没有移步近观过。我想，这也就是大多数人对于身边花开花落的态度吧。也询问过这花的名字，"花多得把枝子全都包起来了，就像蜜蜂把蜂房包裹起来了一样。"问的并不认真，答的人也多半心不在焉，"也许……大概……可能……"不记得是不是有人真的告诉过正确的名字了。就这样，这花年年在院子里兀自开放。

后来，工作过的杂志挣了些钱，在郊区弄了一个园子。虽说是公共财产，但还是想尽量弄得漂亮一点。当然就是在建筑之外的十多亩空地上多植花木。也就是这个时候，识得了这种植物名字，叫做紫荆。当时所请的花工，叫的是这花的俗名：满条红，虽然土俗，却也贴切。离开那杂志有三四年了，不去那个园子也有三四年了，那里的花该是很繁盛了吧。不只是紫荆，还有紫薇、芙蓉、含笑、樱、桃、桂、梅……也是在循时开放吧？

真正近距离观赏紫荆，还是这两三年。不止看见漂亮的花色，看见满枝密聚的小花，更看清楚了朵朵小花也有精妙的结构。五片花瓣分成两个部分，三片花瓣在上部张开，两片在下面，合成袋形，前突出来，像某些食草动物前伸的下颚，雄蕊与子房就包裹在这闭合的两枚花瓣中间。书上说，紫荆是乔木，但在我们四周，作为一种景观植物，它却以灌木的姿态出现。也是书上说，这是因为紫荆强健，易修剪，因而不断被塑形，随意长成栽培它的人所希望的样子。

紫荆花期真长，2月底就拍过蚁附于枝上含苞待放的花蕾，3月中就尽数盛开了。今天看见整个植株，所有枝梢上心形的绿叶都尽情张开，快要形成绿色的树冠了，但那些红花还热闹地开着，至少还能在枝上驻留一周时间。

新叶萌发了，但花还在盛开。

现今城里很多观赏植物不是中国的原生种，但我写这组物候记还是尽量往中国的原生种上靠。紫荆是中国的原生种。既是原生种，就忍不住要找找古人的文章与诗词是不是写过。

真是有很多诗文写过紫荆，但在那些文字中，花本身的形象并不鲜明，依然是睹物寄情的路数。那花树不过是一种兴发的媒介罢了。

安史之乱时，流离中的杜甫与家人分在"两都"（长安与洛阳），"感时花溅泪，恨别鸟惊心"，某天写了一组《得舍弟消息》四首，其诗前两联："风吹紫荆树，色与春庭暮。花落辞故枝，风回返无处。"紫荆是何模样与情态我们并不知道，读这些文字所能感受的是诗人对不能返回故园与亲人团聚之悲苦的深长咏叹。

中国的古典诗歌，以物起兴，成功者就成为后来者的习惯路数。"昔我往矣，杨柳依依"，后来一路写下来，大多是柳色伤别。而紫荆兴发的情绪，也有一定指向，那就是离人思念故园。有韦应物《见紫荆花》为证："杂英纷已积，含芳独暮春。还如故园树，忽忆故园人。"

而我看见花树，就看见了树与花，只是想赞叹造物的神奇与这花具象的美，并没有唤起与古诗言及的类似的情感。这便是文化的变迁。文化的变迁重要的不是过什么节不过什么节了，穿什么衣服不穿什么衣服了，重要的是人思维方式与感受事物的路径的改变，是情感产生与表达方式的改变。为什么今天有人依律或不依律写五言七言我们不爱看，端的不在于形式，而是其中一脉相承的抒情表意方式，与我们今天的心境，已有千里万里之远。

泡　桐

等到有空有心情要写桐花的时候，城里的桐花都几乎开尽了。

其实句子还没有浮现出来陈述这个事实，仅仅是心里一个念头，想到桐花将要谢尽，就已经很不情愿。几天前还特意从华阳出城上了一次丹景山。根据热岛效应的说法，城外山上应该还有开得繁盛的桐花，不想城外的桐花更比城里还谢得干净彻底。山坡谷间，不只是桐花，所有在春天里该开花的树都开过了，只剩下满目的翠绿。而那绿色沉郁起来，像在暗中蓄积力量，使开花期中所有珠胎暗结的子房都变成可以期待的果实。草的生长也不再是一点点张望着，一点点地试探，它们都哗一声潮水拍岸般地醒过来，一个劲疯长。只有沟头路边，那些新翻出来的瘠薄新土中，苦荬多浆汁的茎上，细碎而有些寂寞地开满了小黄花。这个春天最早的那些花开始绽放的时候，苦荬就零星地开放了——在那些喧闹的花树下。即便在精心规划与打理的城中公园，林荫道旁，只要有一点点泥土还没被人工栽植的草与树所覆盖，也不需要谁播撒种子，苦荬菜就钻出土来，展叶伸茎，不知疲倦地一轮又一轮开着寂寞细碎的黄花。一批花凋谢了，结成了细小的籽实，它就自己用白色花絮打起一把漂流伞，随风寻找新的落脚之地。

就这样，苦荬会一轮轮一直开到秋天里去。

而这样的花我们是不会专门去看它的，我上山去，为的也是桐花的影子。但桐花确乎是谢尽了。原本想，看不到泡桐，会看到城里没有的更漂亮一些的油桐吧，结果，油桐花也已开尽了。油桐花漂亮，树形也漂亮，城里怎么就没有它的身影呢？于此，我想起了巴黎街头那些漂亮的栗子树，想起了在美国科罗拉多州立大学所在的高原小城波德，街边那些硕果飘香的苹果，是因为国人"远庖厨"的那点心思，城里的树只该开花，而不该结那些可以收获的果实，不然就俗气了吗？

扯远了，还是回到正题上来吧。

原来，开始写这组物候记时，是想让这些文字与花期同步，与一个个花信同时到达的，现在却越来越落到后面了。

首先，当然是因为春深时节花信来得太猛了——简直是花潮，一波未平一波又起。再者，虽然说，在这个仓促纷繁的世界中，我算是个闲人了，当潮头迭起的花信涌来，还是因为一些事务而应接不暇。

现在，差不多所有从早春里依次开放过来的先花后叶的植物都安静下来，自然之神会让我们稍稍静默一下，在静默中回味一下，然后，就该是那些先叶后花的树了。要不了多久，就是丁香的时节，槐花的时节，女贞的时节，夹竹桃的时节了，还有槐花的时节。

这些年城市绿化时引种的外来植物越来越多，城里土著植物成气候蔚为景观的地方已经不多了。泡桐正是这渐渐退隐的土著植物之一种。如今能在城里蔚为景观，有些气象的就是府河堤上，活水公园往西北去的那一段了。

3月17号，我在那里度过了一个午休时间。

那时，树上对生的卵形单叶一片也未曾萌发，十数米高的树上，所有的枝头都沉甸甸地坠着白中泛紫的花朵。

那些花朵每一朵都沉甸甸的，质地肥厚的花自身的重量把本该是钟状的花萼压成了盘状。

如果仔细观察，花冠的构成也奇特而精妙，五裂的花瓣分成上下两部分，上部两片翘起来，退缩，又向上翻卷，下部的三片却直伸而出，就这样一部分向后退缩，一部分又努力向前突出，亮出了深喉般的萼部，是要尽力释放出其中我们未曾听闻过的声音吗？

那些花朵不可思议地硕大繁密，若干朵花形成一个聚伞花序，若干个聚伞花序相复合，又构成一个圆锥花序。把一条条粗细不一的长长树枝坠下来，深垂向堤下的河面。

是太阳钻出云层的一瞬间，所有的花都在被照亮的同时，闪烁出光华，把这个城市在一段假寐般的沉静的中午，把府河两岸的桥、水面、路灯柱子，甚至桥头上天天卖着盗版碟的摊子都一下照亮了。好多本来对身边景物漠不关心的人在那一瞬间也被惊住了，立住脚，张望一番，这一时刻有什么不一样吗？还是原来的样子啊，水，桥，路，树，都是一样的嘛。树开花了，树嘛，当然会开一些认识或不认识的花。于是，云层又掩去了阳光。奇迹般的光消失了，一切又都回归到原样。那么多人，在那一刻，都受到了自然之神的眷顾，差一点就让内心关于自然、关于美的意识被唤醒了，但是，自然之神是从容自在的，自然之神不是政治家，并不那么急迫地要唤醒那么多人追随与服从。但我知道，我所以努力在靠近与体察，不是为了一种花、一棵树，而是意识到人本身也是自然之神创造的一个奇迹——也许是最伟大的奇迹，但终究只是奇迹之一，所以，作为人更要努力体味自然之神创造出来的其他的种种奇迹。

那一瞬间，我听到雄壮的华美的交响乐声轰然而起，我想起了康德的一句话："世界万物非瞬息之作。"

还想起了歌德说过这样的话："大自然！我们被她包围和吞噬——既无法摆脱她，又不能深入其内。未经请求和警告，她把我们纳入她的循环舞蹈，并携着向前，直到我们疲惫不堪，从她的怀抱里滑脱出来。"

哦，看见了大自然最华美亮光的人们，为什么又对这启示性的惊人的美丽垂下了眼帘。这就是先哲所说的"不能深入其内"？还是因为生存的疲惫从自然怀抱中滑脱出来了？是什么把我们变成身在自然之中，却又对自然感到漠然与困倦的存在？我们这些只能经历一次，或者说只能意识到自己一次生死的人，请记住歌德还说过这样的话："生命是自然之神最美好的发明，而死亡则是她的手腕，好使生命多次重现。"而花开花落正是我们可以历经的多次的生命重现。交响乐声是真切的。那是贝多芬的《第九交响曲》，我听见了最后那个乐章的雄浑合唱，那合唱曲正是歌德伟大的诗章！

花开满树，是生命的欢乐！满树繁花映射着阳光，使晦暗的事物明亮，是生命的华彩！风起了，花香四溢，一朵朵落花降到水面，随波起伏，更是生命深长的咏叹！

今天下午两点飞深圳。

上午在办公室跟文学院一个签约作家讨论他的小说，这是一部有着非常明显优点的小说，这个优点是与这个人的某种天赋相联系的。这是我看小说时非常看重的一个方面。同时这部小说在叙事与布局上还有很多待商量的地方。我与这位比我年轻的人商量，我想看看，有没有办法让这部小说变得更好。以后的结果如何我不敢预测，但我们谈得很好，好像找到了解决之道。出了办公室，这种好心情仍然还在，看看到机场还有一个小时左右的空子，便绕个弯子又去了一趟府河边，去看那城里唯一一处泡桐这种土著植物还蔚为景观的地方。

现在，一个多月前来拍过的那些树长满了硕大的，先端尖锐的掌形叶片，已经绿荫覆岸了。但花谢得却没有城外山上那么决绝。还有零星的花朵悬在枝头。有风吹过的时候，便有一管管的白花坠落下来。盛开的时候，泡桐花是白中泛紫的，尤其是敞开深喉的那个地方，更有片片的紫斑显现。但现在，子房受孕了，环绕着子房的花朵使命完成了，就松弛下来，从花萼处与之分开，待得一阵风来，就像一个空杯子脱落下来。当初活力充沛时那些紫色都消失了，只剩下一些灰白色，一个蜕尽了内在精气的空壳，委顿在草间……生命的结局总是这样，有些黯淡，总是这样，寂静无声而没有光华闪耀。

是的，这些花朵会成灰化泥，重新沉入土地，成为大地蓄积的能量，来年春天，让一些新的花朵绽放，让一些新的生命闪烁动人光华。

去机场的路上，就这样想着那些落花。后来，堵车，差点儿要误航班，一着急，就把这样的心情给止住了。4点钟到了深圳。6点半从酒店出来在深南大道散步，到处是盛放的夹竹桃、黄槐和三角梅，回来，又有了心情把所有这些都记录在案。然后，再次收拾心情，准备听取接下来的法律课程了。

原载《海燕》2010年第7期

紫　砂

徐　风

————————

壶之道

古人说，深情无可救药，所以只有越爱越深。

月亮升起，星辰消隐，一个行者在月色里夜奔，如一支从古代射来的响箭，疾风嗖嗖，余音袅袅。不知行了几时，有一塔状凉亭，廊柱文字斑驳，辨认半日，原是一个"禅"字。未几，忽闻裂帛之声，苍厚绵延，穿透云霄而满地余烬。那行者从容不迫，从袖中掏出一柄壶来，缓缓念出两字：玄石。（采用电视剧《紫玉金砂》资料）

许多年后，人们知道，原来那是一组紫砂壶。天地清朗，水流花开。那行者，前世的镜空法师，今生的紫砂艺人。他，就是吕俊杰。

青天总在雨色中，原本说的是天道无欺。殊不知，壶道亦不可欺。何谓壶道？道可道，非常道。那些终年伏于作坊的壶手，那些手艺精湛却无甚创意的工匠，那些试图将一团紫砂泥融入一个乾坤却举步维艰的艺人，当他们离开这个世界的时候，他们什么都懂得了，唯独未解壶道。庄子说，夫道，有情有信，无为无形，可传而不可受，可得而不可见。某一日，吕俊杰登场，怀虔诚之心，积多年苦功，如锥划沙。其作品格高境大，气清意醇。他面壁经年，向人们奉上诸多紫砂作品，或清瘦或丰腴、或端庄或妙曼、或时尚或高古。他带领我们穿越阴阳太极、海市蜃楼，于天水间发奇思妙想。那些壶的表情，有时会让我们会心一笑，如破解生命之谜，有时则直达我们内心的柔软部分。正所谓，梦入五色，境由心生。菩提心，善花婆娑；杨柳岸，晓风残月。那是无处不在的精灵，它们在吕壶的旗幡下集合、誓师。艺术家永远是自然之子，质朴、天真、童心。苍天厚土，子吾益多，奉上一瓣心香。

壶道，原是天地之道，仁爱、包容、宽恕、和谐。壶者扪心自问，你做到了吗？《圣经》里说，当你用一个手指头指着别人的时候，别忘记你的另几个手指正指着自己呢。

箫声断处，没有呜咽，只有轻盈笑声。那是壶音，如莲花盛开。吕壶一路祥瑞，行走于南方之岸，那里有河流、山川、峡谷、平原、桃花源里的人家。行遍了天下，只得一句偈语：相怜得莲，相偶得藕。

我们是何等幸运啊，一睁开眼睛，就看到了富贵土。宜兴小城是何等神奇啊，因为它容纳了全世界所有的紫砂。

这是一个歌者的吟咏，也是一个宿命的话题。吕俊杰在这样一个话题里生长、修炼，继而破茧飞翔。

一壶了却千般累，月白风清万里同。

这是雅者的诗。也是俊杰壶艺的写照。

古贤张旭，看裴将军舞剑，以笔作书；公孙大娘舞剑，运剑成风；怀素夜闻嘉陵江水不尽涛声，书道大进。风格即人，人即壶风。吕俊杰壶声满华夏，并非年少得志，乃经年练功、自修心志而有所得。老子说，"知其白，守其黑，为天下式"。壶器乃称"有"，壶中包含之空间乃称"无"，有生无，无载有。当一个壶手在做壶之时，岂止是在创造一柄饮器？壶的空间决定了它的形与神、韵与命。忽视或忘记壶中空间的作品，永远进入不了收藏行列。吕俊杰已然悟得个中三昧，他身手轻盈，蔑视那些制壶的陈规，与匠气格格不入。他的作品"百衲""风入松"，砂泥的每一个毛孔都被灌注了激情，砂壶的每一根线条都被赋予了旋律。"一团和气"，在匀称的对比与均衡中尽显和谐之美。平和幽远，乃壶之魂魄。

吕俊杰的绞泥作品，早年受当代紫砂绞泥开山人物、他的父亲吕尧臣大师指点。想当年，吕尧臣大师苦心孤诣，研制"吕氏绞泥"，俊杰则陪伴在侧，钟灵毓秀于心手合一。"吕氏绞泥"善以色彩的变化来抒情达意，于斑斓的色彩中传递出纯净高雅，使色彩与造型两相呼应、相得益彰。而今俊杰又独辟蹊径，抛弃芜繁，最终达到简约凝练之美境。

作品"紫气东来""牧童渡水"妙造了体、面、线、点的抽象之美。那祥兽、牧童，似从传统年画、民间木刻中走来，线条之神奇如古典书法，或工或草，静逸豪放，细致处密不透风，开阔处疏可走马。不求圆熟，但求妙曼，那妙曼是一种意境，今生若为清泉，前世必定明月。让俊杰敬畏的是一种叫"天籁"的东西。他做过许多梦，总是在苦苦寻觅的跋涉途中，忽一日雨过天晴，他于某处险要之峡谷旁，驻足谛听，一种浩大之声，分明是黄钟大吕，又清音如碧，习习而来，*丝丝入心*。那就是天籁了，让妙曼之器与天籁对接吧，让禅、明月、清风、菩提心、三生爱都来投入天籁的怀抱吧。

于是，俊杰的壶就在这里集合、出发，向着那个发出浩大之声的方向日夜行军。我们分明看见了，天籁妙曼，落地了，原本就是壶，是俊杰之壶吗？我们分明看到，在俊杰的祈祷下，那些壶正羽化而登仙，发出天籁的妙响。

壶之冥

缓缓向我们打开的，是一扇门，心之门。门内是枯荷、老藤、残枝、古陶、瘦石，扑面而来的是萧瑟的残秋气息。窗外，是古老而苍翠的蜀山，是蜀山下蜿蜒流淌的蠡河。那清莹的河水，天天从俞荣骏心里流过，他的心里，不经意间会开出一朵莲花来。那莲花最后落到一把壶上，那就是俞荣骏心血酿成的壶，荣骏壶。

庄子曾经对他的弟子说过一句妙语：以天合天。说的是，人的主观构思若能与自然界的原生形态巧妙结合，那就是一种合乎天地的大美。俞荣骏出生在供春制壶的金沙寺旁，一个偏远的山镇。他内秀、敏感、好学，有一种与生俱来的文人气息与感伤情怀。一个紫砂艺人的心境与素养，往往决定他选择怎样的道路。他的壶仿峋石、枯树、残花、败叶，寻觅那残存的山野趣味。他在"残荷"中冥思清静无为，俞荣骏正是通过残荷系列的壶品创作，来表达对世态炎凉的了然于心，以及平静面对的处世心态。

苦吟与苦行，是俞荣骏壶艺生涯的基调。俞荣骏崇尚的是一种孤独荒疏之美，老段泥，是他从五色土里反复锤炼而得，那里面有一份天荒地老的高古、一份万劫不复的荒凉。他不企盼圆满，不追求滋润，唯独向往那悲秋的孤独。看似孤独无助的生命，也将在大自然温暖的怀抱里，寻找到支撑的坚韧力量。他的作品"蜀山烟雨"仿佛一个落拓的骚客，于悲凉暮秋，在潇潇的雨色里品茗。山色朦胧，遥想那岁岁枯荣，壶中苦茶穿肠而过，冷暖自知。"磬泉壶"是作者对一种理想的天泉的苦苦怀想。壶若天池，荣枯自然有期，端起那古风森然的壶，我们能听到泉流汩汩，一直流过我们的心间。作品"莲"，枯残中自有一份清净，清瘦中守得一份筋骨。那逼真的纹理，似国画中写实与写意交替的章法，颇有八大山人的笔意。一枝老莲吟秋风，石上泉声林幽静。诗人在荷塘边怀古，品莲寻禅。无边的清寂中，他听到了鱼的愉悦欢声，枯荷丛丛，茗香幽幽。"寻幽""独吟"等作品，都是生命的吟唱之作，生活可以清贫，心灵不可贫瘠。如果说"树瘿"系列是俞荣骏对困顿人生及世事无常的情感表达，那么，"荷塘秋色"系列则是对返璞归真的宁静心境的翘首企盼。

看山喝茶，品莲做陶，俞荣骏苦旅遥遥，他从来只在那壶界的边缘，涵养自己的心灵。在无边的秋色里，那种此时无言胜有言的表达，是常人所没有的超越世俗的自由驰骋。

壶之音

书画与音乐，向来为中国的文人所青睐。那些充满了音乐旋律的诗文，如果体现在紫砂壶上，该是怎样的意境呢？

读储集泉的壶艺作品，我们真切地感到，真香是可以入玉的，花韵是可以销魂的。许多年来，他一直是这样的执拗，一定要把他钟爱的书画和音乐的韵味，渗透到他的紫砂壶里。

储集泉酷爱音乐与诗词，哀婉或者雄壮、缠绵或者激越的旋律，常常把他带进唐诗宋词的博大家园，那里的烽烟、古道、长亭、雁群，那里的渔舟、修篁、粉蝶、兰草，都可能进入他的壶中。那些壶肌理微妙、意蕴深厚，如霓裳、如水月、如晨岚、如烛影，演绎着优雅别致的中国风度。他的代表作"渔舟唱晚"的意境里，有文人士子的精神归宿。花蕊的芬芳是可以用心灵的温度来培育的吗？彩霞的水袖是可以用紫砂的神韵来表现的吗？那些泥绘、嵌泥、浮雕、贴塑的工艺，在储集泉手里已经融会贯通，变成寻常意义上的笔墨，变成传达心声的才情。"乾坤葫芦"是一件颇有深意的作品，把偌大乾坤装进一个小小的葫芦里，那是古人浪漫的想象，也是对博大的中国文化的精微探幽。但是在这里，它首先是一把壶，朝夕与茶为伴。诗人捧着它，可以遥想云水青山；将军捧着它，可以追忆烽火硝烟。不经意间，它又是一个葫芦，一个中国民间故事里的神物，纳福、聚财、辟邪、驱灾，它的神秘、魅力，往往消隐于寻常之间，又在不经意中绽放光华。在"蕉窗夜雨"中，储集泉匠心独运，把古典音乐中的几个典型元素信手拈来：窗格、灯盏、蕉叶、雨点，从而营造出一种别致的意境。

"汉宫秋月"把我们带到了悲凉的远古深宫。该壶强调了意境与实用的完美结合，彰显出器型的粗犷与工艺装饰的细腻。"凫壶"是储集泉与清华大学杨永善教授合作的作品。凫，是江南渔乡的一种水鸟，俗称野鸭。"凫壶"表现了一种张扬的生命姿态，水一般灵动的韵律。"红与黑"是他和著名画家韩美林合作的作品。现代感极强的造型，线条优美，装饰上的写意，让色调产生强烈对比。就是这样的一把壶，通过眼观、手触、心会，你会觉得它给人带来的愉悦，是对绝无完美、永难满足的人生的一刻补偿。那种一壶在手，不知身在何处、今夕何夕之感，令人流连。且沏一壶温暖，泼一盏苍凉，存一份铭心刻骨；寒夜无酒，清茶弥香。就这样，拥着一壶茶，可以一直到海角天涯。

壶之璨

紫砂壶与女红，有一份天然的亲近。有一些优雅的款式，仿佛天生就是属于女人的。女人把自己的心情糅进五色土里，用自己生命的温度去感动那一抔土。那土得了造化，便如精灵一般开出璀璨的花来；那花，常开不败，四季飘香，又映照着女人的美丽。

在许艳春的眼里，一把紫砂壶就像自己的一个孩子。她做的壶如她，率真、清新、素雅、干净。一个不矫饰的女人，她的壶当然也是浑然天成的。一个紫砂女跨进艺术学院的大门，接受正规的教育，然后又回到生她养她的紫砂窑场，她的壶艺作品就兼具了学院与民间两种气质。"绿泥嵌贝壶"仿佛充满浪漫情调的都市夜曲，韵律般的贝壳镶嵌于壶身，有一种活泼跳跃的动感。"夜巴黎"，欲望之都的喧嚣之页被轻轻翻过，留下的是灯火阑珊处的沉静、安宁。从器型上欣赏，它脱胎于古代漆器工艺，举手投足间隐现着古典作品的庄重与矜持。许艳春的闺心春梦，在这件作品里也可窥见一斑。许艳春的能力还在于把紫砂泥片像绸布一样折叠起来，如同香云纱，精致雍容。她的作品"四方如意"仍然是古典的款式，但制法的变化让壶的肌理竟然呈现出皮肤般的温情，率真与自由的品性，已然从森严的制壶法度中突围出来。那壶犹如祈求平安的卧佛，为人们默默地纳福迎祥。在制作工艺上，许艳春虽然遵循古制，但观其壶品，处处流露独特的性情与气质，打破一般意义上的工整与对称，寻求被释放的形体的自由。一种清新版本的"许氏"手法和语言，诠释着新的紫砂理念。"提苞"的自由与奔放，"竹壶"的气定与神闲；"意竹"的细腻与清婉，"壶与陶"的古意与新风。心意熔铸的壶，是这般灵气了得，自然流转无限风情。"柱鼎壶"是在传统作品"柱础"上的变形，似柱如鼎，又非柱非鼎，如一位敢扛鼎、有担当的辅君之相。如此的风范，演化在一把壶上，让人感到一壶即可浇却江山恨，且将世道当壶道。此壶的亮点还在于，通体陶刻装饰出自几近封刀的鲍志强大师之手，刀刀见功、满目生辉。

在紫砂壶的本体面前，前卫也罢，传统也罢，一切都将成为躯壳。只有从容与淳朴的本质，才能潜入紫砂壶的内心。许艳春始终以恬淡的微笑、沉静的心态，与她的壶一起穿越紫陌红尘，静候那人壶俱老的一天。

原载《青年文学》2011年第7期

树倒了

刘亮程

————————

砍 树

"嚓、嚓"的砍树声劈进人的脑子里。斧头在砍村里的一棵树，砍树声在劈人脑子里的一棵树。被砍的杨树有一百多岁了。一百多岁就是活老三代人的年月。老额什丁当村长的时候，这棵树中间就死掉了，只有树皮在活，死掉的树心一点点变空，里面能钻进去孩子。过了好些年，亚生当村长那时，杨树的一半死了，一半还活着。再过了些年，石油卡车开进村子，村边荒野上打出石油，杨树的另一半也死了。死了的杨树还长在那里，冬天和别的树一样，秃秃的，春天就区别开来。

为啥死树一直没砍掉？因为这棵树和买卖提的名字连在一起。阿不旦村五百三十一口人，有七十三个买卖提。怎么区别呢？只有给每个买卖提起一个外号。大杨树底下的买卖提就叫杨树买卖提；住在大渠边的买卖提叫大渠买卖提；家里有骡子的叫骡子买卖提；没洋岗子的买卖提叫光棍买卖提，后来又娶了洋岗子就叫以前的光棍买卖提。老早前有一个买卖提去过一趟乌鲁木齐，回来老说乌鲁木齐的事，大家就把他叫乌鲁木齐买卖提。

老杨树刚死时就有人要砍，村长亚生没同意。

"那不仅是一棵树，它和一个人的名字连在一起。只要杨树买卖提活着，这棵树就不能动。"

前年杨树买卖提死了，活了七十七岁。

杨树买卖提的儿子艾肯找到亚生村长，要砍这棵树。

"你父亲才死，你就等不及，要把和他老人家名字连在一起的树砍掉。"

"我怕被别人砍了，树长在我们家门前，又和我爸爸名字连在一起，我们想要这棵树。"

"那你也要等两年，好让你父亲在那边住安稳了。砍树声会把他老人家吵醒的。"

今年杨树买卖提的儿子又找村长。

村长说，"树是公家的，要作个价。"

"那你作价吧。"

"树干空了，但做驴槽是最好的，上面两个枝干可以当椽子，就定两根椽子的价，四十块钱吧。"

"有一个支干不直，一个长得不匀称，小头细细的，当不成椽子，顶多搭个驴圈棚。"

"这么大一棵树，砍倒三个驴车拉不走，卖柴火都卖八十块钱，我看在你是大杨树买卖提的儿子，就算了半价，你赶快把钱交了夫砍吧，别人知道了，一百块钱都有人要。"

杨树买卖提的大儿子艾肯带着自己的儿子开始砍树。父子俩，一个五十岁，一个二十五岁。两个人年龄加起来，是大杨树年龄的一半。站在杨树下，像树不经意长出的两个小木疙瘩。

砍树的声音把半村庄人招来了。

这是村里长得最老的一棵杨树，年龄不算最大，村里好多桑树、杏树，都比它年龄大得多，都活得好好的，每年结桑子结杏子。杨树啥都不结，每年长叶子落叶子，它的命到了。一棵死树看上去比所有树都老。它活着的时候，年龄没有别的树大，它一死，就是最大最老的，它都老死了，谁能比过它。

三个厉害东西

砍树的斧头是借库半家的钢板斧，那是村里最厉害的一把斧头，用卡车防震钢板打的，一拃半宽的刃，两拃长的斧背。遇到砍大树的活，树太粗下不了锯，都得请出这把斧头来。村里好多大树都是这把斧头放倒的。不白用，还斧头时，顺便带一截木头梢，算是礼节，就像借用了人家的驴，还回去时驴背上搭一捆青草。

除了斧头，还借来老乌普家的绳子，砍之前，艾肯把绳子一头拴在腰上，爬到树半腰，快到鸟窝的地方，把绳子绑到树上。

阿不旦村有三件厉害东西，一下用了两件。三件厉害东西除了库半家的斧头、老乌普家的绳子，还有会计家的锅。

老乌普家的绳子有几十米长，胳膊粗。据乌普自己说，是从一辆卡车上掉下来的。怎么掉下来的呢？老乌普说，他们家房后的马路上有一块黑石头，一天，卡车过去的时候颠了一下，一堆绳子掉下来。有人说公路上的黑石头是乌普自己放的，石头和路一个颜色，汽车不注意，乌普天天坐在后墙根，看路上过汽车。多少年来那块石头帮他从汽车上颠下好多好东西，绳子只是其中之一。老乌普把绳子割了一大半，拿到巴扎上卖了，剩下的三十米还是村里最长最结实的。驴车拉一般的东西时，根本用不上它，只有四轮拖拉机拉麦捆子，拉干草和包谷秆时，能用上。乌普家没有拖拉机，那些有拖拉机的人家都没有这么长的绳子，就借乌普家的。绳子还回来时，乌普把绳子重新盘一次，盘够30圈，打个结，挂到里屋房梁上。

会计家的大锅是大集体时给全村人做饭用的，包产到户分集体财产，铁锅作了一只羊的价，会计少要了一只羊，把大铁锅搬回家。到现在，他的大铁锅不知把多少只羊挣了回来。村里谁家结婚、割礼、丧葬，都会用他的大铁锅做抓饭，用完还锅时，至少也会端一盘子抓饭，上面摆几块好肉。好几十公斤的铁锅，将来用坏了，卖废铁也是不少一笔钱。

大铁锅配有两个铁锨一样的大锅铲，是铁匠吐迪早年打制的，做抓饭时一边站一人，用大锅铲翻里面的米和肉。

杨树买卖提不在时，家里人就用这口大铁锅做的抓饭，一只大肥羊，八十公斤大米，一百公斤胡萝卜，四十公斤皮牙子，十公斤清油，锅还没装满，不过已经让全村人吃饱了。

眼　睛

砍树的声音把艾肯的儿子吓住了，每砍一斧头，都像一个老人叫唤一声，儿子不敢砍了。他听到爷爷病死前的哎哟声，那个从爷爷苍老空洞的肺腔里发出的声音，跟斧头落下时杨树的叫声一模一样。爷爷哎哟吭哧了五天五夜，死掉了。

"我们不砍了吧，砍倒也没啥用处。让它长着去吧。"儿子说。

"我们钱都交了。"父亲艾肯说。

半村人围到大杨树旁，帮忙砍的人也多，那些年轻人、中年人，都想挽了袖子露两下。尤其用的是库半家的大板斧，好多人没机会摸它呢。砍树变成抢斧头表演，等到人们都过完砍树的瘾，剩下的就是父子两人的活了。

几个老头坐在墙根远远看，看见自己的孩子围过去，喊过来骂一顿，撺回去。老人说，老树不能动，树过了一百年，死活都成精了。和爷爷一起长大的树，都是树爷爷。杨树六年成椽子，二十年当檩子，杨树就这两个用处。锯成板子做家具不行，不结实，会走形。过三十年四十年，杨树里面就空了。一棵爷爷栽的杨树，父亲没砍，孙子就不再动了。父亲在儿子出生后，给他栽一些树，长到二十几岁结婚时，刚好做檩子，盖新房，娶媳妇。父亲栽的树儿子不会全用完，留下一两棵，长到孙子长大。一棵树要长到足够大，就一直长下去，长到老死。死了也一样长着，给鸟落脚、筑窝。砍倒只能当烧柴，或者扔到墙根，没人管朽掉，还不如像树一样站着，站着也不占地方。

树　耳

　　大杨树五十岁时，树心朽了，那时杨树就不想活了。一棵树，心死了是什么滋味，人哪能知道，树从最里面的年轮一圈一圈往外朽、坏死。朽掉的木渣被蚂蚁搬出来，冬天风刮进树心里，透心寒。玩耍的孩子钻进树心，让空心越来越大。树一开始心疼自己朽掉的树心，后来朽得没心了，不知道心疼了。树也不想死和活的事。树活不好也没办法死，树不会走，不像人，不想活了走到河边跳进去，树在一百年里见过多少跳河的人，树也记不清。跳河的多半是男人，女人不想活了也不敢跳河，河里水急，人下去就找不见。女人寻短见的方式是跳井。大杨树旁边的院子就有一口井，树走不过去，走过去也跳不进去，跳进去也淹不死。树也不能走到公路上让车碰死。车疯跑过来碰过树，开车的人死了，树没死，碰掉一块皮。树也没法喝农药把自己药死。这些年跳河跳井的人少了，上吊的人也少了，喝农药死的人多起来。好多喝农药死的人最后都后悔了，因为农药的味道像饮料一样好喝，喝下去才知道有多难受。树上也打过农药，药死的全是虫子。多半虫子是树喜欢的，离不开的，都药死了。树闭住眼睛，半死不活地又过了几十年，有些年长没长叶子，树都忘了。

早年树上有鸟窝，住着两只黑鸟，叫声失惊倒怪的，啊啊地叫，像很夸张的诗人。树在鸟的啊啊声里长个子、生叶子，后来树停住生长了，只是活着，高处的树梢死了，有的树枝死了，没死的树枝勉强长些叶子，不到秋天早早落光。鸟看树不行了，也早早搬家。鸟知道树一死，人就会砍倒树。

树上蚂蚁比以前多了，蚂蚁排着队，爬到树梢，翻过去，又从另一边回来。蚂蚁在树干上练习队形。蚂蚁不需要找食吃，树就是蚂蚁的食物。蚂蚁把朽了的树心吃了，耐心等着树干朽掉。蚂蚁从朽死的树根钻到地下，又从朽空的树干钻到半空中。

鸟落在树上吃蚂蚁。蚂蚁不害怕，鸟站在蚂蚁的长队旁，捡肥大的蚂蚁吃，一口叼一个，有时一口两个三个。蚂蚁管都不管，队形不乱，一个被叼走，下一个马上补上，蚂蚁知道鸟吃不光自己，蚂蚁的队伍长着呢，从树根到树梢，又从树梢连到树根，川流不息。

大杨树有三条主根，朝南的一条先死了，朝北的一条跟着死了，剩下朝西的一条根。那时候树干的多一半已经枯死，剩余的勉强活了两年也死了。朝西的树根不知道外面的树干死了。树干也不知道自己死了，还像以前一样站着，它浑身都是开裂的耳朵，却没有一只眼睛。它看不见。

有几个夏天，它听到头顶周围的树叶声，以为是自己的叶子在响。它要有一只眼睛，朝上看一下，也知道自己死了。可是，它没有眼睛，所有开裂的口子都变成耳朵。它是一棵闭住眼睛倾听的树。一百年来村里的所有声音它都听见了，却没有听到自己的死亡。树的死亡没有声音。人死了有声音，亲人在哭，人死前自己也哭。树下的杨树买卖提临死前就经常在夜里哭，哭声只有大白杨树听见。哭是这个人最后能做的一点事情，他在放开哭，眼泪敞开流，泪哭干，嗓子哭哑的时候，气断了，眼睛知道气断了，惊愕地瞪了一下，闭上了。树听到那个人闭眼睛的声音，房顶塌下来一样。

树的耳朵里村子的声音一点没少，它一直以为自己还活着。直到斧头砍在身上，它的根和枝干都发出空洞的回声，树才知道自己死了，啥时候死的它不知道。树埋怨自己浑身的耳朵，一棵树长这么多耳朵有啥用，连自己的死亡都听不见。

斧　头

长到能当椽子时，树就感到命到头了。好多和自己一起长大的树，都被砍了，树天天等着挨斧头，树长到胳膊粗那年挨过一次斧头。那是一个刮风的夜晚，有人朝它的根上砍了一斧头，可能天黑，砍偏了，只有斧刃的斜尖砍进树干，树哎哟一声，砍树的人停住了，手在树干上下摸了摸，又在旁边的树上摸了一阵，两三斧头把旁边一棵树放倒，枝叶和树梢砍掉，扛着一截木头走了。

从那时起树就心惊胆战地活着。长到檩子粗那年，村里盖库房，要选三棵能当檩条的树，几个人扛着斧头在林带里转，这棵树瞅瞅，那棵树上摸摸。开始砍了，杨树听见不远处一棵树被砍倒，接着砍挨着自己的一棵，那棵树朝自己倒过来，杨树把它抱在怀里，没抱牢，树朝一边倒过去，杨树的几个枝被它拉断。接着一个人提着斧头上下端详自己，头仰得高高，就在这时，一只鸟落到树梢上，拉下一滴鸟屎，正好落在那人眼中。那人揉着眼睛转了几圈，觉得倒霉，提起斧头走向另一棵树。

躲过这一劫，树知道自己又能活些年月。树长过当椽子的程度，就只有往檩子奔了。不然二不跨五，当椽子粗当檩子细，啥材都不成。从椽子长到檩子，十几年。这期间村里好多树砍了，树天天等着人来砍它。它旁边的一棵砍倒了，就要轮到它了，不知怎么没人砍了。那一茬杨树里，它独独活下了。树记得它长到檩子粗时，树下人家的主人被人叫了杨树买卖提。自己有幸活下来，是否跟这个人有关系呢？

树不害怕死是在树长空心以后。树觉得死就在树的身体里，跟树在一起。树像抱一个孩子一样，把死亡的树心包裹着。

后来死亡越来越大，包不住了，死亡把树干撑开，蚂蚁进来了，虫子进来了，风刮进来雨淋进来，树中间变成一个空洞。死亡朝更高的树心走，走到一个断茬处，和天空走通了，那时树只剩一半活着。活着的一半，抱着死了的一半。活着的树皮每年都向死去的半个枯树干上包裹，就像母亲把衣服向怀里的孩子身上包裹。

这时树听到地下的凿空声。

大杨树朝东的主根先感到了地的震动，听到地下的挖掘声，接着朝北的主根也听到了，它们屏住气听着。下面的挖掘声让树害怕。

根感到地下不稳了，东边的末梢根须感到震动就在不远处，好像几个很大的动物在打洞，听到一条凿空的洞，从树根斜下方穿过去。

树一直以为地下是安全的，树长多高，根伸多长。根是树投在地下的影子。树是根做在地上的一个梦。根能看见枝干的样子，根朝南伸展的时候，上面的一个枝也向南生长，树的样子是根设计出来的。风也改变树的样子。风把树刮歪时，根知不知道树歪了？也许不知道。人砍掉一个枝杈根肯定感到疼痛。根以为只要自己在地下扎稳了，树就没事。多少树根在地下扎稳时，树被人砍了，根留在土里。树听到根下的挖掘声时，树恐惧了。

树知道自己死去的时候，心里的所有东西，一下全放下了。

他们砍它时它数着砍伐的声音，数着数着睡着了，忽悠又醒来，未及睁眼，又滑入另一个梦里。这个更加漫长的梦里它的名字是木头，舒舒展展地躺在地上，像一个活干完的人。木头的耳朵比树多了好多倍，它依旧只会听，看不见。它听到的东西比以前更多更仔细。

树倒了

树在太阳偏西时被砍倒。整个白天像一棵树，缓缓朝西斜倒下去。大杨树向东倒去。

砍到剩下树心，大杨树像醉汉一样摇晃了，人都闪开。十几个人拉起拴在树上的绳子。给树选择的倒地方向是东方，那是条路，压不到东西。拉绳子的人似乎没使出多少劲，树就朝东边倒过去。

树倒了。树倒地的声音像天塌了一样，先是"嘎巴巴"响，树在骨折筋断声中缓缓倾斜，天空随着树倾斜，西斜的太阳也被拉回来，树倒去的方向人纷纷跑开，狗跑开，鸡和牛跑开，蚂蚁不跑，大树压不死小蚂蚁。

树倒了。"腾"一声巨响，树从天空带下一场大风，地上的树叶尘土升腾起来，升到树梢高，惊愕地看着地上发生的事。孩子在树的倒地声里一阵惊呼。一群麻雀在旁边的树上尖叫。大人面无表情。树躺倒在地上，那么高的一棵树，倒在地上却不显得长。地上比它长的东西太多，路就比它长。孩子呼叫着围上去，抢折树梢上的枝条，那些他们经常仰天望见，从没有爬上去摸过的树梢，现在倒在尘土里。

树倒了。老额什丁仰头望着树刚才站立的地方，空荡荡的，大杨树把这片天空占了上百年，现在腾出来了。

树倒了。狗跑过来嗅嗅树枝上的大鸟巢，空空的，有鸟的味道。树没倒的时候，狗经常仰头看一对大鸟在树梢的巢里起落。有时夜晚的月亮停在树梢鸟巢边，像一张脸，静静望着巢里的鸟蛋，望着刚出壳的小鸟。狗对着月亮的吠叫突然停住。

树倒了。砍树时树上的鸟早就散了。鸟在天空听见树叫，树的叫声有一百个树那么高，那是一棵声音的大树，刺破天空，穿透大地。

树倒下的地方几天后死了一只鸟，眼睛出血。一只比麻雀稍大的灰鸟。艾肯说，灰鸟经常晚上在大杨树上落脚，它的巢在树上。可能灰鸟晚上过来，以为树梢还在那里，脚一伸，落空了，一头栽下来摔死了。也可能鸟也老了，想落到老杨树上，看见树没了，鸟不想再往别处飞，鸟闭住眼睛，伸直腿，翅膀收起，往下落，最后重重地落在大杨树的断根上。

原载《上海文学》2011 年第 7 期

明月文

周 涛

那一轮月亮果然是越来越圆了，它的圆满就像一个句号，结束了四季中最好的时光。春之蓬勃，夏之绚丽，秋之烂漫，至此宣告结束，"此情可待成追忆，只是当时已惘然"。随之，将面对暮秋的肃杀和寒冬的凛冽。

月亮的提醒当然非常重要，人们不能无视这一天的存在。从古到今，中国人对月亮的变化都十分敏感，而这敏感又渐渐培养了独特的心理。这心理是细的、柔的、感伤的、内敛的，中国人选择了这一天像蚕吐丝一样，把轻易不肯吐露的心思，拉得很长很长——"江畔何人初见月，江月何年初照人"？这轻轻一问，看似漫不经心，却一下子把思想的触角伸向了远古洪荒，追问到了人类的源头。陈子昂在白天想到过这些，他意识到人生的短暂，"前不见古人，后不见来者。念天地之悠悠，独怆然而涕下"。李白也明白"夫天地者，万物之逆旅；光阴者，百代之过客。而浮生若梦，为欢几何"，他甚至想纵身而起"欲上青天揽明月"。

这些唐代的中国人在千余年前就想到这么远、这么深，既是瑰丽的想象，又是科学的命题，这说明中国人对现实生存的超越性自古而然。

因此，中国人过中秋节便顺情合理。可以说，中秋节是一个全民族的诗的节日，"天上一轮才捧出，人间万姓仰头看"，世界上哪里还有如此凝聚人的心思的节日呢？别的节日都热闹，唯有中秋节，静远。约定俗成，中秋节是不能放鞭炮的，别的节日放鞭炮是造气氛，中秋节放鞭炮是煞风景。

那一轮月亮确实是越来越圆了。

因其圆满，反而倒惹出些人的伤感。这时候，伤感是一种难得的、美好的情绪，是思念，是怀旧，是静下心来对自己一生的反思和总结。这些美好的情绪都天然带有感伤的情调。"长安一片月，万户捣衣声"，是感怀；"访旧半为鬼，惊呼热中肠"，是伤感；"月出惊山鸟"是静；"露似真珠月似弓"是巧喻，只有李白那"明月出天山，苍茫云海间。长风几万里，吹度玉门关"，毫无伤感之意，一出手，写月亮也是万里横空出世的气魄！

但是不管怎么说，唐朝的大诗人没有不寄情月亮的，一本唐诗，处处见月，虽说各有各的写法，各有各的寄托，却是个个身上沐浴着月轮的光辉，处处闪现着月亮赠与的灵妙！

最令人费解的是，以大唐国力之盛、疆域之广，唐诗里竟无一首写太阳、歌颂太阳的，似乎太阳就根本不存在，"月上柳梢头"才是人间最美好的时刻。

那一轮月亮正在白莲花般的云朵里穿行，云动疑是月在行，云破月来花弄影。可以有一丝风的清凉，但风不能大，风一大便不是中秋良宵佳地。恰恰是中秋这一天，很少有月黑风高夜，这也是天意独怜人间燥热，降下这一片清凉和圆满。

最好有三五良朋，一石桌，几藤椅。一壶老酒须温热，撒一撮姜丝。要有一碟花生米，茴香豆更好，一罐凤尾鱼，一盘大闸蟹，再加上一些果品。不求醉饱，但营情调，故万万不可端上来一大盘手抓羊肉，煞了风景。"碧云天，黄花地，西风紧北雁南飞。晓来谁染霜林醉？总是离人泪。"真可谓秋之伤情处，不过还有更伤情的，那一番"今宵酒醒何处，杨柳岸，晓风残月"，就更将人生的落寞凄凉、心无系处突兀地暴露在典型情态之下。唐以后，宋朝明月愈转华美凄清，这一脉相传的明月情结，已经明白无误地揭示出中国文化中的柔性倾向，即便豪放如苏东坡，高唱"明月几时有，把酒问青天"时，也还是问的明月而不是红日。

那一轮月亮此刻正高悬夜空，如同宇宙间唯一一盏华美的路灯。谁也不觉得那光明是反射太阳的，只觉得那清光是它自身独有的。它不炽烈、不耀目，使人可以沐浴那光明，直视那月轮，月之光明，亲近可人。"月光如水"，那是无声的低语，是母亲慈爱的目光，是打乱了星星的诗行后醒目的句号，是云朵的和声伴唱下突出的主题曲。

月亮不仅一直这样陪伴着我们，关照着我们，而且不断提升了我们的目光，拓展了我们的心胸。我们已经完全习惯了月亮，习以为常，以为理所当然，从来没有人想到过，假如宇宙间从来没有月亮，人类将生活在何等蒙昧的万古漫漫长夜之中，而那将是多么难以忍受的黑暗生存！

幸亏，我们有月亮！"星垂平野阔，月涌大江流"。

也正是因为我们懂得了珍惜月亮、感恩月亮，我们才有了中秋节。中国的古代神话有"射日"之说，后羿射日，可见于日有恨，至少是爱恨交加。还有"逐日"之说，夸父追日，中途渴死，"弃其杖，化为邓林"。只有月亮的神话是最美的，"奔月"，嫦娥奔月，唯有美丽的嫦娥配得上月亮里的宫殿，广寒宫。她在月光下无翼而翔升，裙袂飘然，兔为玉兔，树是桂花。西方推石不止的西西弗斯神话，在这里变成吴刚伐桂，砍了又长，东西方神话形不同，神相似。

神话之所以是神话，就因为它太神了。在那样远古的人头脑里演绎出的故事，竟神奇地预言了千万载之后的人类行为——今天人类正在登月，只不过不是携带兔子而是带着小狗。关于太阳的神话，在今天也实现了，那就是原子弹、核弹，每一颗原子弹的爆炸，无疑是在大地上升起一轮裂变的太阳火球，后羿要射落九日，解除生民之苦难，也完全符合当今时代的现实。我们不要千千万万个带着核弹头的小太阳，但是，我们要一轮永不污染的月亮！

月亮总归是不老的。千万年来，一代又一代看见过月亮的人，都老了，都死了，只有月亮，仍在高悬。"一钩已足明天下，何况清辉满十分"，清辉未减，容颜不老。那月轮上隐约着的团团阴影不是老年斑，而是月宫参差错落，月亮的美容术万古不朽。

设想一下，那些终生仰望明月，看着它盈缩变化，产生过无限遐想悠思，然后死去的人，肉身寂灭，灵魂是否可以奔月？或者虽不能奔月却化作一缕云影环绕在月之旁也好？因此，不能不羡慕那些留下优美诗句的人，他说了"露从今夜白，月是故乡明"，他虽然早就死了，但谁敢说他真的就完全死了呢？

不朽的诗传诵了千年，已化为月光中的一缕，因而那诗人的心思，千年以后还鲜活着。真是"我寄愁心与明月，随君直到夜郎西"。

谁是有心人留意统计一下呢？千百年来，有多少古代诗人留下月亮诗篇、明月佳句？

"回乐烽前沙似雪，受降城下月如霜"

"碛里征人三十万，一时回首月中看"

"从此无心爱良夜，任他明月下西楼"

"淮水东边旧时月，夜深还过女墙来"

"二十四桥明月夜，玉人何处教吹箫"

"晓镜但愁云鬓改，夜吟应觉月光寒"

当然，还有"鸡声茅店月，人迹板桥霜"，还有"明月松间照，清泉石上流"，还有，还有很多很多。

到这里，突然明白了，那轮月亮，那轮"小时不识月，呼作白玉盘"的月亮，正是一颗高悬碧空、心迹朗朗的中国心。中国人的风韵，中国人的审美，中国人的情态，全在那轮月亮的涵盖里，一句话：中国的古老文化是月亮文化。

敏感、伤怀、阴柔、内敛、细腻、多情，光不耀眼而持久，力不扩张而长存。"月有阴晴圆缺，人有悲欢离合"。唐宋元明清，不但有缺，还曾有蚀，但是月亮坠落过吗？它只不过是绕了一个圈儿，第二天又轮回过来，恰当中秋，愈显皎洁。

其实，我们最大的文化遗产不是别的，而是对月亮的理解和领悟，是我们独有的中秋节。中国人用几千年时间积累、演绎的月亮文化，内容之丰厚，内涵之深广，才是奉献给全人类的一份宝贵遗产。

"但愿人长久，千里共婵娟"。人是全人类，千里是全世界。相信中国的月亮文化会被越来越多的人接受，因为——在全世界的任何角落都能看到月亮，月亮是人类共同的语言。

"月亮代表我的心"，我的心是中国心。

月之明明兮，我心敞敞；月之盈盈兮，我心荡荡；月之遥遥兮，我心恍恍；月之临窗兮，我入梦乡。

原载《上海文学》2012年第7期

铁箫声幽

宗 璞

———————

常觉得我们这一代人很幸运。旧书虽念得不多，还知道些；西书了解不深，总也接触过。没有赶上裹小脚、穿耳朵；长达半尺的高跷似的高跟鞋还未兴起。精神尚不贫乏，肉体未受虐待，经历更是非凡。抗战那一段体会了人的高贵的品质、信念与坚忍；"文化大革命"那一段阅尽了人性的狠毒与可悲。我们的生活很丰富，其中有一项看来普通、现在却让人羡慕的，值得大书特书的，那就是，我们有兄弟姊妹。

传统文化讲五伦，其中之一是兄弟。常听见现在的中年人说：他们最羡慕别人有兄弟姊妹。想想我的童年，如果没有我的哥哥和弟弟，我将不会长成现在的我。

我们兄弟姊妹四人，大姐钟琏长我九岁，所以接触较少，哥哥钟辽长我四岁，弟弟钟越小我三岁。整个的童年是和哥哥、弟弟一起度过的。抗战胜利，我们回到北平，回到白米斜街旧宅中，这座房屋是父母的唯一房产。有一间屋子堆满了东西，和走的时候完全一样。那时冬日取暖用很高的铁炉，称为洋炉子。烧硬煤，热力很大，边有炉挡，是洋铁皮做成的，从前常在上面烤衣服。我们看到那铁炉依旧，炉挡依旧。最有趣的是炉挡上面写了两行字，也赫然依旧。这两行字是："立约人：冯钟辽、冯钟璞。只许她打他，不许他打她。"当时在场的人无不失笑。父亲说："这是什么不平等条约！"那时哥哥已经去美国求学，那条约也因炉挡的启用擦去了，他没有再见到我们的不平等条约。

我已不记得怎么会立下了不平等条约，好像全无必要，因为我们从来没有打过架。不过，这也是一种姿态。另有些事倒是历历如在目前。清华园乙所的住宅中有一间储藏室，靠东墙冬天常摆着几盆米酒，夏天常摆着两排西瓜。中间有一个小桌，孩子们有时在那里做些父母不鼓励的事。记得一天中午，趁父母午睡，哥哥在那里做"试验"，我在旁边看。他的试验是点一支蜡烛烧什么东西，试验目的我不明白。不久听见母亲说话，他急忙一口气噗地吹灭了蜡烛，烛泪溅在我身上。我还没有叫出来，他就捂住我的嘴，小声说："带你去骑车。"于是我们从后门溜出。哥哥的自行车很小，前后轮都光秃秃没有挡泥板，但却是一辆正式的车，我总是坐在大梁上左顾右盼游览校园。哥哥知道我喜欢坐大梁，便用这"游览"换得我不揭发。那天的"试验"也就混过去了。

后来我要自己骑车了。我想那时的年纪不会超过九岁，大概是八岁。因为九岁那年夏天开始抗战，我们离开了清华园。我学会骑自行车完全是哥哥的力量。那时在清华园内甲乙丙三所之间有一个网球场，我们好像从来没有打过网球，只在地上弹玻璃球。我在这场地上学骑自行车，用的是哥哥的那辆小车，我骑车，他在后面扶着座位跟着跑。头一天跑了几圈，第二天又跑了几圈。我忽然看见他不跟着车了，而是站在场地旁边笑。我本来骑得很平稳了，一见他没有扶，立刻觉得要摔倒，便大叫起来。哥哥跑过来扶住车，我跳下来，便捏紧拳头照他身上乱捶。他只是笑，说："你不是会骑了吗？"我想想也是。可是，下一次还是要他扶，他也就虚应故事地跟着跑。这样我就学会了骑自行车。我可以骑姐姐的成人的女车，在清华园里兜风。常从工字厅东边沿着小河过小桥，绕过大礼堂，经过图书馆前面，再经过当时的校医院——这几间平房还在吗？最后从工字厅西面回家。有时一直骑到西院，去看看那一片荒野。当时清华园内人很少，骑车很自由。后来，20世纪60年代，我常骑车从灯市口穿过闹市到建国门去上班。我从学车起到停止骑车从未摔过跤。

到昆明以后，哥哥上中学，我和小弟上小学。我们所上的南菁学校因为躲避日机的空袭，迁到昆明郊外岗头村，我们都住校。家还在城里，后来家迁到东郊龙泉镇，我们又在城里住校。不记得是怎么回事了，总之有很长一段时间我们常在周末从乡下走进城，或从城里走到乡下，一次的距离大约是二十里左右。我们三个人一路走一路说话，讲故事，猜谜语，对小说的回目，对的主要是《红楼梦》和《水浒》的回目，《三国演义》我不熟。还有一项重要内容是讲自己创作的故事，轮流主讲。大概也是编故事的需要，三个人每人有一个国家，哥哥的国家叫"晨光国"，在北极；弟弟的国家叫"英武国"，在海底；我的国家叫"逸坚国"，在火星上。不知为什么，我从小便对火星有兴趣，到现在也觉得火星很亲切。我的兄、弟后来都是工程师，但他们具有的艺术细胞绝不比我少，故事编得很热闹，可惜都不记得了。

家里孩子多，吃饭就成为一个有趣的场面。我小时有一个习惯，就是喜欢脱鞋。尤其是在吃饭的时候，觉得脱了鞋最舒服。这时，哥哥就会把鞋拿走藏起来，我便闹着要鞋，弟弟便会找鞋，常常是笑作一团。到后来还是哥哥把鞋拿出来，我又赖着不肯穿。直到母亲发话："不要闹了，快穿上。"才算安静下来。

我上联大附中时，一度在城里住校。那时联大附中没有宿舍，甚至没有校舍，都是趁别人不用教室时上课，有时就在室外树下上课。有一段时间，不知是借的哪里的一个大房间，大家打地铺。一次我生病了，别人都去上课，我昏昏沉沉地躺在空荡荡的大房间里。"妹。"是哥哥的声音，睁眼只见他蹲在我的"床"边。他送来一碗米线，碗里还有一个鸡蛋。

哥哥于1942年考入西南联大机械系，他不用功，却热心演话剧。参加演出过曹禺的《家》，饰演觉新。我和小弟随父母去看演出那一晚，在高老太爷去世那一场，哥哥把觉新头上的孝布去掉了，为的是怕母亲看了不高兴。他还写小说，我还记得他有一篇小说的第一句是"不疾不徐的雨"。他的文字是很好的，字也写得好，还会刻图章。那时的男孩似乎都会刻图章。他大学二年级时志愿参加远征军，直接在反法西斯战争中做出贡献。有一次他从滇西回昆明度假，看见我的头发长了，要给我剪一剪。他说："头发为什么要剪成那样齐？剪成波浪式的不好吗？"当时大家都认为他很荒谬，没想到几十年后头发真的不以"齐"为美了。

抗战胜利后，哥哥获得美国总统自由勋章，获得此项勋章的翻译官共二十二人。我曾想就此写一篇文章，介绍这些好男儿，因为要用一些英文材料，我的眼睛已坏不能阅读，只能放弃了。哥哥的朋友也曾寄材料来，没有用上，心里很觉歉然。文章虽然没有写，对那些投笔从戎的大哥哥们，无论得没得勋章，我都永远怀有敬意。

以后，哥哥到美国就读于宾夕法尼亚大学，继续读机械系，也继续开展他多方面的兴趣。他喜欢击剑，入选了校队，代表学校出去比赛；还学过几个月芭蕾舞。工作以后学会开飞机，曾开着飞机从费城到华盛顿去看望王菲曼、慈炳如夫妇，王菲曼是王浩的姐姐。乘客是我的嫂嫂李文佩姊妹。20世纪70年代哥哥一家回来探亲，说到此事，父亲说："敢开飞机倒不稀奇，难得的是有人敢坐。"大学毕业以后，他根据兴趣又读了数学、物理两个专业，以后又获得二十几项专利。因为用专利律师申请专利费时费钱，索性自己考了一个美国专利代表人的执照，可以坐在家里申请专利。对于那些烦琐的法律条文，他了如指掌，说起来从不卡壳。退休后，他有了更多时间，至今还在研究有关电的问题，前两年曾回国参加静电学会的活动，但是他的理论很少有人支持。

前些时，哥哥来电话，告诉我一个不幸的事件，他的钱包丢了。别的倒没有关系，只是其中的飞机驾驶执照也丢了，他觉得是一大损失。我安慰道："你反正也不开飞机了。"他沉默了片刻，说："用不着了——也不用再补发了。"

20世纪90年代初，我出版了一本散文集，书名为《铁箫人语》。取这个名字是因为家里有一支铁箫。书出版后不久，南京的"洞箫博物馆"也许是"乐器博物馆"来人要求看一看铁箫。他们说他们藏有铜箫，还没有见过铁箫。我把箫拿给他们看，他们观看良久，又试吹过，承认它是一支箫。但我想大概不是很上乘，然而它毕竟是一支箫，而且是铁箫。我还为这支铁箫写了一小段文字，作为《铁箫人语》的序：

我家有一支铁箫。

那是真正的铁箫。一段顽铁，凿有七孔，拿着十分沉重，吹着却易发声。声音较竹箫厚实，悠远，如同哀怨的呜咽，又如同低沉的歌唱。听的人大概很难想象这声音发自一段顽铁。

铁质硬于石，箫声柔如水；铁不能弯，箫声曲折。顽铁自有了比干七窍之心，便将美好的声音送往晴空和月下，在松荫与竹影中飘荡，透入人的躯壳，然后把躯壳抛开了。

哦，还有个吹箫人呢，那吹箫人，在哪里？

吹箫人可以吹出不同的曲调，而铁箫只有一个。

是谁制作了这支铁箫？制作了这支可以从箫声和箫的本身引出许多联想的铁箫？那就是我的哥哥——冯钟辽。

箫属于中国文化，可以引起许多中国式的联想。都是陈货，也就不必说了。制箫的材料是多种多样的，也许也曾有过铁箫，但是我不知道，只能说哥哥的这一支。铁箫既是乐器又可以做武器，我常想最好能有一位女侠，用的兵器是铁箫；抡圆了可以自卫救人，扫尽人间不平事；吹响了可以自娱娱人，此曲只应天上来。也许哪天真写出一篇没有武功的冒牌的武侠小说来。

在昆明时生活很艰难，最常用的乐器只是口琴。箫、笛虽也方便，却少人吹。母亲在乙所时便吹箫，到昆明后得了两支玉屏箫，声音很好。母亲时常吹奏的乐曲是"苏武牧羊"。哥哥制作铁箫便是受竹箫的启发，用一根现成的废铁管，根据一点点中学物理知识，钻几个洞，居然可以吹出曲调，大家都很高兴。我们就是这样因陋就简，在清苦的日子里，使得生活充实而丰富。

哥哥制作铁箫，只不过是他众多兴趣中的一项。他现在最主要的兴趣还是在电学。八十八岁了，仍不断做实验。我说："可别像苏东坡一样，为制墨，把房子烧了。"哥哥的科学知识当然比东坡强多了，房子是不会烧的。但是实验做起来也颇麻烦，哥哥却乐此不疲。在他各种兴趣活动的实践中，便闪耀着创造的光亮。

原载《随笔》2012年第3期

天　香

刘醒龙

————————

　　一座山从云缝里落下来，是否因为在天边浪荡太久，像那总是忘了家的男人，突然怀念藏在肋骨间的温柔？

　　一条河从山那边窜过来，抑或缘于野地风情太多，像那时常想往旷世姻缘的女子，终于明白一块石头的浪漫？

　　山与水的汇合，没有不是天设地造的。

　　在怡情的二郎小城，山野雄壮，水纯长远，黑夜里天空星月对照，大白天地上花露互映。每一草，每一木，或落叶飘然，或嫩芽初上，来得自然，去得自然，欲走还留的前后顾盼同样自然。

　　小雨打湿青瓦人家，晨曦润透石径小街。都十二月了，北方冰雪的气息，早已悬在高高的后山上，只需心里轻轻一个哆嗦，就会崩塌而下。小街用一棵树来表达自身的散漫和不经意，毫不理睬南边的前山，挡住了在更南边驻足不前的温情。

　　一棵树的情怀，不必说春时夏日秋季，即便是瑟瑟隆冬，也能尽量长久地留下这身后岁月的清清扬扬，袅袅婷婷。细小的岩燕，贴着树梢飘然而过，也要惊心一动，被那翅膀下的玲珑风，摇摇晃晃好一阵。当一匹驮马或者一头耕牛重重地走近，树叶树枝和裸露在地表外的树根，全都怔住了！深感惊诧的反而是鼻息轰隆的壮牛，以及将尾巴上下左右摇摆不定的马儿。

山水有情处，天地对饮时。一棵树为什么要将那尊沧桑青石独拥怀中？若非美人暗自饮了半盏，趁那男人半立之际，碎步上前，将云水般的腰肢与胸脯，悄然粘贴身后，临街诉说心中苦情，有谁敢如此放肆？乾坤颠倒，阴阳转折，将万种柔情之躯暂且化为一段金刚木，做了亿万年才炼就强硬之石的依靠！一如江湖汉子走失了雄心，望灯火而迷茫，将离家最近的青石街，当成天涯不归之路，饮尽了腰间酒囊，与数年沉重一起凝结街头，在渴求中得幸久违之柔情，再铸琴心剑胆。

树已微醺，石也微醺。

微醺的还有那泉，那水，那云，那雾……

所谓赤水，正是那种醉到骨头，还将一份红颜招摇于市。只是做了一条河，便一步三摇，撞上高入云端的绝壁，再三弯九绕，好不容易找到大岭雄峰的某个断裂之缝，抱头闭眼撞将进去，倾情一泄。有轰鸣，但无浑浊，很清静，却不寂寞。狂放过后是沉潜，激越之下有灵动。在天性的挥霍之下，桃花源一样的平淡无奇，忽然有了古盐道，以及古盐道上车马舟楫载来的醉生梦死、箫箫酢歌。

所谓郎泉，无外乎将人生陶醉，暂借给潜藏在亿万年的岩层中，那些无从打扰的比普通水还要普通之水。这样的泉水，看得见红茅草和白茅草的根须，年复一年，竭尽所能地向最深处，送去一颗颗针鼻大小的水滴。只是不知这些年，又有了多少草根的汗珠！相同道理，这泉水少不了清瘦黄花，冷艳梅花在爱恋与伤情中，反复落下的泪珠。任谁都会记得其中多少，只是无人愿意再忆伤情抑或残梦重温。在有诗性的白垩纪窖藏过，再苦的东西，也会香醇动人。

流眉懒画，吟眸半醒。

临水泛觞，与天同醉。

似轻薄低浅的云，竟然千万年不离不弃！

分明貌合神离的雾，却这般千万年有情有义！

云在最高的山顶苔藓上挂着，雾在最低的河谷沙粒上歇着。一缕轻烟，上拉着云，下牵着雾，一时间淡淡地掩蔽所有山水草木，仿佛是那把盏交杯之性情羞涩。还是一缕轻烟，上挥舞着云，下鞭挞着雾，顷刻间酽酽然翻滚全部悬崖深壑，宛若那鸿门舞剑之酒肉虎狼。淡淡的是淡淡的醇香，酽酽的是酽酽醇香。淡淡之时，一朵梅花张开两片花瓣，如同云的翅膀，酽酽之时，两朵梅花张开一片花瓣，仿佛雾的羽翼。偶尔，还能听到一块石头尖叫着，从梅的花蕾花瓣堆成山，也高攀不上的地方跳出来，夸张了一通，然后半梦半醒地躺在野地里。让人实难相信，世上真有不胜酒力的石头？

是往日珊瑚石，还是今日珊瑚花？映着幽幽意，从山那边古典地穿越过来，又穿越到山那边的二郎小城。

是一只岩燕，还是一群岩燕？带着剪剪风，从云缝里丝绸般落下来，又落在云缝里的二郎小城中。

山水酿青郎，云雾藏红花。山和水的殊途同归，云与雾的天作之合，注定要成就一场人间美妙。舒展如云，神秘像雾，醇厚比山，绵长似水。谁能解得这使人心醉的万种风情，一样天香？

原载《人民日报》2012年2月1日

贵州的水

陈世旭

———————

贵州，中国西南部高原山地。大娄斜贯北境，苗岭横亘中南，武陵蜿蜒入东北，乌蒙高耸西陲。层峦叠嶂，林木森森，披着庄重的黑色头巾；山高谷深，绵延纵横，隐藏了多少醉人风情。上天赐予了最好的季风气候、最瑰丽多姿的山脉、最繁荣昌盛的黄金水流。梵净山的圣洁直上云天；双乳峰敞开圣母的怀抱；斗篷山的原始古林长在岩石缝隙；高屯天生桥横空绝世；即便马岭河那道地球的疤痕，也是那样妖娆动人。

"惟尔贵州，远在要荒"。穿洞遗址，点亮亚洲文明之灯。牂牁国何去？夜郎国安在？左迁万里的诗人，风尘带霜寒，愁心寄与明月。廖贤河边的楼上古寨桥井街巷依旧，韵致犹在明清；天台山伍龙寺的城堡式古刹半军半教，古刹形城堡亦文亦武。

但我最钟情的，不是贵州的古老，是比古老更古老的贵州的水。

山与水的默契在这方土地上被演绎到极致，山自豪迈，无须称雄；水自灵秀，久已名世。无处不在的诗意，用钟灵毓秀演绎传奇，在天地间留下无边旖旎。

苗岭分开了中国两大流域，千山万壑处处川流不息，上者开阔，中者束放，下者如刀切。轰鸣的瀑布、湍急的江河与舒缓的溪流，穿透了一个水的膜拜者的心灵。

大美不言。满山松涛静止，花朵凝神。山水迂曲，泉石渐幽。空山无人，水流花开。前世今生的水流，从苍茫流向尘世，从神灵流向苍生。彩云在水波里开放，水流是神的歌吟，明媚的波光粼粼，绵绵无尽。草木葳蕤，封天蔽日，散发出盎然生意。漫天的芬芳一路扑卷，芬芳漫过我的衣衫。

贵州的水，滋润辽阔的大地，宽广温柔地流淌。养育了四十九个民族，三千四百万儿女；养育了鼓楼和风雨桥、吊脚楼和石头寨；养育了银饰花带、挑花蜡染、八音坐唱、大歌傩戏、芦笙铜鼓；养育了茂兰森林、赤水桫椤、威宁草海、天星桥石林和金鼎山云海；养育了中国最大的瀑布和最长的水溶洞，贵州的山、洞、林、石因而浑然一体。

花溪是一段碧色的玉，雍容地卧在城市的边缘，烂漫着女子的温婉。很难想象那样的澄澈幽蓝。水面划过流萤，交替着风信子的夏风，像是微笑。绿树成荫的岸边，颤抖的心在等待。星斗在寂寞中燃烧，每一道光线都透露山的浪漫。黑斗篷山没在深林，百褶裙格外鲜艳。露水滴落，在心里掠过涟漪。日光顺流而下，爱情顺流而下，心数着时辰，溪流带来落叶，带来深情的叹息，抵达甜蜜的终点。一曲断肠的清歌，穿越了流转的华年。无忧无虑的素颜女子，在盛夏的狂花中采一枝碧荷，亭亭玉立。那一泓流泉，沁透了石头上的青苔。芦苇初生青青，白露凝结成霜。心上人在水的另一边，唯愿化作并蒂莲。

明月与清泉，草垛与汀岸，花的脸庞，等着你记住绽放的千娇百媚。阳光和风，相拥着闻声起舞。悄悄地，藏起含苞待放的铃兰。

织金洞与龙宫，是水的万神殿！深邃而又宏阔。我看见了水的沉思和寓言，以及关于水的华丽转身的奇迹。庙宇的钟声，反复敲着一个音调，顺着山脊，爬上更远的未知。在阳光照不进的缝隙，虚空和沉默，隐藏着生命的密码，无从破译，不知疲倦的蝙蝠，传递着冷寂和神秘。

新的天际启幕，繁星高悬在漆黑的穹窿。这里的月亮有自己的传说。沿着哺育我们的河流，我们回归巢穴。这些洞穴的后代，有了原始的逍遥和自由。我们在黑暗中流浪，寻找故园的痕迹，寻找那些消亡的洞穴生灵，寻找他们的火把，还有那些温暖的兽皮，寻找一种意境，一种超然脱凡的感觉。岁月弯曲，季节倒流，渡过青春之河。推开一重重森严的宫门，沿着众神的驿道，城堡升腾。臂下风生水起，史前的鱼群，从心悸的间隙游过。始祖鸟栖于莲花，在静默里谛听白垩纪的呼吸。洞穴是阴性的，雄性的钟乳石赫然昂扬。仿佛是午夜，我坠入沉睡不醒的梦境。最深的深处，响着远古的第一面锣声。馥郁的银铃花开了，迸裂的石笋处于感情史上的漩涡年代。夏季是爱情的季节，洞穴是情人的天堂。绕过缀满山花的温床，听见祖先的私语。他们围着昼夜不息的篝火，不知疲倦地持续着恋情。生命交织的快感连同血液成为化石。

流泉是难以置信地流动的诗。水之诗迤逦在幽谷中。非凡的想象力和美妙的音韵，优美而适于吟诵，千百年滔滔相传，终被四面八方的人们发现，大声惊呼。

如果说贵州的水是大自然的华彩乐章，那么，瀑布就是最宏伟的高潮。站立是河的梦想。瀑布是站立的河，沿峥嵘嶙峋的岩壁立起。黄果树和赤水河，流动雷霆，抛洒晶莹的雪。被大山拥着被大山弹奏，惊天动地的声响，震撼了整个河谷。

天空叩击大地。铺天盖地的万顷沸腾，挟带着旷野的风，令人胆寒的豪迈和不羁，一路咆哮。激昂的文字，挂在开天辟地的绝壁上面，荡气回肠。百尺断崖横在面前，没有犹豫，没有缠绵，也没有誓言，信守着忠贞的承诺，被一种简洁的词语推动，振臂一呼，挂出垂直的银河，跳落一潭惊叫，只为七彩的喜悦在阳光中闪耀，让岩石坚硬的历史，有了纵横的温柔。

惯见的是不会舞蹈的湖以及平铺直叙的河流，才这样惊异于力量、美和激情的狂欢。再深的峡谷，再孤独的山从此不再寂静，巨人无比的交响让世人只能仰望。没有升不起的云霞，没有读不懂的落差，在不平衡之间追求永恒，在不同的海拔创造辉煌。气势，智慧，灵性，魂魄，动态变化不定，却又无比强悍。潇洒着绝壁的刚直，大山的巍峨！然后以谦逊的姿态，让山和峡谷，从自己的胸膛升起。

苍茫的浮云，消失于天际尽头。绵绵不绝的山岭，无数头颅似的峰峦，高瞻远瞩。广袤的贵州大地，有着无数的希望。

高速路远方，山上山下的寨子兀然。屋顶盖着青黑的烧瓦，阳光透过雕花的窗户。河上的碾房，用大石块垒造。睿智的长者，看着河边的花开和花落，看着生活的诞生和成长。在喧哗人世获得宁静，脸上隐忍着粗粝的皱纹。深深的渴望，滚动于内心。

贵州的水，在大地是财富，在血管是火焰。踏刀梯、跳火海的汉子怀抱着坚毅，靠在门庭。风拨动门环，像刀刮过面庞。日复一日的劳作，默默细数着流年，旱烟里氤氲着泥土的气味。用祖先赋予的执着和刚烈，逢山开路，遇崖成瀑，为了心中的大海，从不弯下骄傲的身腰。

水是认真的生活。在天空感情最脆弱的日子，让江河与小溪变得丰满，而两岸的果实挂满了最需要的地方。水中所有的语言都面带笑容，所有的美丽都与水有关。在水中走动的田野和村庄，万种花朵言说着秋天的消息。踏水而来的女子在水边歌唱丰收。稻香弥漫晴空。风吹过，夜晚张开怀抱。影子印在墙上，透过风和树梢，陶醉于蒲扇后面的遗梦。

在这个奇异而又美丽的世界，我曾一次次地走山访水，心中激起波澜。阳光用温暖的手，抹去大地白色的沉寂。大山心情开朗，大山情不自禁，以泉的方式，滔滔不绝。我伏下身子，聆听大山表述。清澈甘洌的质地，丝丝缕缕滑过，触及柔情，磅礴地冲动。

上善若水，天下莫能与之争。水富于思考，水构建思想。天下莫柔弱于水，而攻坚强者莫之能先，以天下之至柔，驰骋天下之至坚。水是哲人，有自己的意志和生存方式。不追逐暴利与虚荣，不攀附高贵与富有，在生命的世界里传宗接代，用身体与善良喂养生命，清明而安详。

水像母亲一样孕育民族和国家，水像诗一样有韵有形！黔水不是弱水，弱水在遥远的北边；黔水不是弱水，妩媚远不是三千。黔水汤汤，美人居之；黔水荡荡，美人出之；天地为琴，掬水成弦，各族儿女凌波而舞，踏着水的强音，以与生俱来的激越，舞出现代生活的精彩。

贵州的水，流出了地老天荒。即便沧海变成了桑田，也会以温暖而美好的姿态定格。

岁月织出的云锦，永不褪色。贵州的水，是我挥之不去的牵挂。千回百转，终在湿润的风景里走失。

原载《人民日报》2012年6月

渐行渐远绿皮车

南　翔

————————

近年，不断有绿皮车即将退出历史舞台的消息传来，随着高铁、动车组、城际列车——总之是高速铁路交通的高歌猛进，铁路的短途旅客不断"甩下"，或曰"下放"给公路，当年我生活与工作过的浙赣线西端（归属宜春车务段管辖），很多小站已经撤并或停止客运，被烙上慢车标志的绿皮车，踵接蒸汽机的后尘，缓缓却也不容置疑地退出历史舞台，似乎也是别无选择。

二十世纪九十年代之前，绿皮车是中国铁路客车的标准"肤色"。无论是慢车、快车（主要是停点少而非速度快）、公务车乃至首长专列，几无例外都是绿色为底，窗口上下，有两条水平黄线一贯到底。最初的客车为何一律绿色？是沿袭战争年代的迷彩伪装？抑或，绿色代表通行无碍？二则，绿色和原野融洽无间？可能兼而有之吧。事实上，列车出站，大多数时间与路段，一体行驶在广袤无垠的山岭或乡间，与山乡一色的深绿移动，能不赏心悦目！

传统工业场景的浩大与强蛮，入笔可成文，入墨可为画。那是六七年前，我在内蒙古开会，得知中国铁路的百年霸主——蒸汽机车即将在这里的大板悄没声息地落幕。说是悄没声息，国内外的蒸汽机摄影发烧友还是闻风而动，扛着"长枪短炮"逶迤而来留影了。《新京报》曾经报道："秋天，刘建新开着车，从车站出发，半小时后，火车就驶进了杨树林。路两旁的杨树密密匝匝，似两堵墙，树叶已由绿色转变成黄色，如同被火烧着了一般。在路边的草原上，搭着外国旅游者的帐篷。他们为了守候拍摄蒸汽机车，会在帐篷里住几个月。有的还买了辆自行车，追着火车拍照。"这里的火车，除了蒸汽机牵引的货车，还有，就是绿皮车。

这个刘建新便是当年集通铁路公司下属大板机务段的火车司机，我们那时候习惯把火车司机叫大车，张大车，或刘大车。如同到钢花飞溅、铁水奔流的钢铁厂去参观，肯定比到安静的计算机房或组装流水线参观，好看得多，蒸汽机的听觉和视觉冲击力堪称无与伦比，机车两边一共四对八只巨大的轮子，每只直径达两米，鲜红铺色，巨臂轴连，煤水车可盛二十吨烟煤，水柜的肚子可容五十吨水，车头长三十米，自重一百六十八吨，汽笛一拉，响遍行云，十里八乡可闻！"从大板到好鲁库的途中有一个热水镇。在宁城县的这个小镇观看蒸汽火车一度是一个热门的旅游项目。热水镇附近有一座司明仪大桥，冬天这一带山上的雪最多，几乎全是银白一片。当火车喷着浓浓的白烟，从桥上呼啸而过时，就像是一种传说。"

可悯可惜，这个美丽的传说，很快进入了倒计时。如今，在蒸汽机寿终正寝的五六年后，又轮到与之百年相伴的绿皮车，很快就要脱离直观的视野，从此长存在影像里，并且随同"大车""蒸汽机"等一道，逐渐淡出人们的记忆。前些时，同样是看到一篇报道，提到绿皮车之廉价：从北京站到通州西票售价仅仅一元五角。后来动了心思，为行将退出"现役"的绿皮车写一篇小说（小说《绿皮车》已见《人民文学》

2012年第2期），这个念头骤起的是新闻，串起来的是历史的沉重与现实的斑斓。

始料未及的是几个老朋友，谈起绿皮车，便情动于中，一个曾经在江西某县城文工团当过演员的朋友告诉我："以前剧团外地演出，有演员在车上翻跟斗，平时很容易，但在火车过道里就不易了，能赢五角一包的郴州烟，因为车里晃动大。"

还有一个已经移民加拿大的老同学给我发来电邮："记得在彬江（浙赣线西端的一个四等站）的中学阶段，一次支农插秧就靠近铁路。满身泥巴汗水，腰酸背疼之际，看见绿皮客车被喷云吐雾的火车头拉着从身边轰隆隆驶过，望着那些窗口露出来的乘客的脸，很是羡慕。对于绿皮车蜿蜒去往的远方无限神往，想象着如果自己能从站立的泥水里拔出脚来变成那绿皮车厢里的一员，该是多么惬意……绿皮火车显然不及现代火车舒适，但我还是怀念坐在绿皮车里，把车窗大开，让风可劲儿迎面吹，头发由此蓬乱，旅行则尤显真切实在。冷天里不能敞开窗户，又不甘心完全关死后的空气不良，于是小心拿捏尺度，反复小幅开开关关，比之现在坐在空调车里，不劳动手也不准动手，更让人觉得旅行人更多的主动和参与。有点类似乘飞机和坐巴士的旅行感受区别。"

当然，绿皮车也有例外，或为跟环境协调，青藏铁路打造的就是绿皮车。百度告知：青藏铁路开通后，北京、上海、广州、成都、重庆等地相继开通通往拉萨的特快列车，这些列车采用25T型客车，为改进版的青藏高原型25T，高原型25T型绿皮客车主要为青藏铁路运行而设计（不同于普通型25T，客车采用航空气密技术及供氧气装置等）。与普通25T型客车的蓝白两色车身涂装不同，青藏高原型25T为与传统"绿皮车"涂装类似的墨绿色车身配两道黄线的涂装，但是25T型绿皮车在停车时可以使用厕所。

不过，此绿皮车，非彼绿皮车。青藏铁路的绿皮车除了外壳是绿皮，内里一应设施，远在一般红皮车、动车类之上。

如果说蒸汽机车是前工业化时代的身份之一，那么绿皮车是什么呢？速度慢，价格廉，固然是应有之义，还有笨重的双层车窗，烧煤的茶炉，没有空调，停车才开启摇头扇。摇头扇正中那枚铁路路徽十缺八九——大都被人踩上座椅靠背掰卸了，扣在自家的自行车前。更重要的是内容——绿皮车里的乘客，他们多半是短途旅客，有通勤的铁路职工，通学的职工子弟——地处偏僻的铁路沿线无法就学，或者原先的子弟学校大都撤并，于是孩子们需要到省城或大站去读书，每天早上乘车去，晚上乘车回，此之谓"通学"。有点像现今深圳的香港籍孩子，每天穿着黄色校服，早早过关排队去香港读书，那也是一种不可道尽的辛苦与担心。还有就是菜农，我原先住在南昌铁路家属宿舍三村，附近菜场就有很多来自南昌到江边村支线上的菜农或者鱼贩子。他们赶早挑卖的蕹菜、韭菜、萝卜和鱼类，因为新鲜、无污染，格外为铁路家属的菜篮子垂青。菜农和鱼贩子，便是靠着绿皮车早出晚归。我曾经问一个瘦小的菜农，菜好卖吗？他用南昌郊县方言道："好卖哟，几厚咯人哟！"

人可以说多，说稠，他却讲的是"厚"，令我大为震动。想起著名诗词大家顾随先生讲过这么一个例子：取自著名古典小说《水浒传》，鲁智深打戒刀，要打八十二斤重的，到了铁匠铺，铁匠听说要打这么大的一把刀，惊讶道："师傅，肥了。"我们一般会说重了，或者，大了，但是铁匠说的是"肥了"。这给顾随很深的印象。事实上，文学作品留给读者深刻印象的，往往就是这些细节。我后来在课堂上，将这个每天乘绿皮车往返菜农的"几厚咯人哟"语之学生；一个女生十来年之后来深圳告诉我，当年上课的内容大都不记得了，但人多可以用"厚"来表述，她一直没有忘记。

历史的前行，终归是要付出淘洗与唱响挽歌的代价吗？蒸汽机车的落幕，自然有费煤费水的因素。绿皮车的退役呢，也是相关少慢差费？

少是乘客少，慢是速度慢，差是设施差，费是成本问题，不挣钱。可是对于通勤和通学的男女老少，对于贩夫走卒亦即城乡基本乘客，没有了绿皮车，不便，却是毋庸置疑的。这就不仅仅是个视觉的美学问题，也不是一个单纯的怀旧之议。

如同小说《绿皮车》的一个读者来函跟我说的："列车上的三组人物：学生、鱼贩子（菜嫂）和乞讨的残疾人，各自有代表、有象征、有蕴含，但无疑都是这个社会的底层，甚至包括主体视角的'茶炉工'，以及买或不买他手推车里什物的不具姓名的乘客，都是在艰辛中讨生活。绿皮车（慢车）是一个流动的茶馆，汇聚了芸芸众生相，同时也是一个时代的隐喻——联想到我们'高歌猛进'的过去和当下，'慢'下来，才有低回、检讨、左顾右盼，乃至扶老携幼，荣辱与共……"

面对渐行渐远的绿皮车的背影，我们除了依依叹惋、毅然割舍与"华丽"转身，莫非再没有别的选择？

"春去也，飞红万点愁如海。"

原载《南方都市报》2012年3月2日

冬日观鸟

朱增泉

————————

入冬以来，我一直窝在二楼书房内看书。书房向阳一面，通体都是玻璃窗，采光极好，冬季的阳光能照到北墙的书柜上。我看了一冬天书，也享受了一冬天金色融融的温暖阳光。窗下是一个小院，种了一些花草树木。北方的春天姗姗来迟，每年暮春到初秋，是小院的繁荣季节。草青花红，新竹拔节，树木窜枝，我隔三差五要下去修修剪剪。我夫人有耐心，餐后的肉骨鱼刺、剩菜残羹，都倒进后院的瓦缸内沤肥，开春溉给一棵棵花木果树。草木有情，知恩必报，春天的牡丹开得比碗大，秋天果子压弯枝。

一到冬天，小院内全靠一棵柿子树独撑天下。那一树火红的柿子张灯结彩，把小院点缀得红红火火、热热闹闹。这棵柿子品种极好，皮薄如纸，瓤甜如蜜。那个红，那个圆，看了就诱人。小外孙乐乐吵着要摘一个吃，我让人们把压弯枝条的那些摘下来，其余都不摘，留着，冬天喂鸟。我说，我们一家人衣食已经无忧，小鸟们过冬艰难哪。

最先来啄食柿子的是喜鹊。那时树叶尚未落尽，满树的柿子都已红了，但还很硬、很涩。喜鹊们就有这本事，能在满树硬涩的柿子中找出最先软熟的一只。它们鹊鹊叫着，飞旋一圈，停在近旁几棵树上，观察四周动静。"鹊！"胆子最大的一只飞了过来，双脚吊在柿树梢尖上，倒挂金钟，去啄那只早熟柿子的软腹部。"鹊鹊！"它告诉同伴，它已尝到了甜头。"鹊鹊鹊！"另一只来了，以同样的悬吊姿势啄食。每只喜鹊都啄几口就飞开，都是先尝尝甜头，然后兴高采烈地一起飞走了，"鹊！鹊鹊！鹊鹊鹊鹊！"它们似乎在互相提醒："谁也不许说，保守秘密！"喜鹊讨人喜欢，是因为它们从来报喜不报忧。其实一到冬天，小鸟们都在为食而忧。

随着气温一天冷过一天，这里有一树甜柿的秘密，还是被越来越多的鸟儿们知道了。一场大雪之后，小院里唧唧喳喳汇集了八九种鸟，最多时有二三十只，都来啄食柿子。除了常见的喜鹊、灰喜鹊、麻雀，还飞来了平时见不到的白头翁、八哥、太平鸟、金翅雀，还有一两种叫不出名字的鸟。有两只羽毛通体乌黑的鸟儿，胆子最小，也最机警。我想看个究竟，刚从椅子上欠身，它们已"嗖"的一声飞出小院，如两位黑衣飞侠，一男一女，一前一后，向上一蹿，一个俯冲，消失得无影无踪。小鸟的生命是脆弱的，常常惊恐万状。这时我就想，人对小鸟应该克制一些欲念，如果总想把每一只惊恐小鸟的行止全都弄个明白，小鸟们都将活得极其艰难。后来，只要觉察到这两只"黑飞侠"进了小院，我便稳坐不动，埋头看书，但愿它们多啄到几口甜柿。有一天午后，我午睡刚起，坐下看书，忽然听到窗下传来一阵低低的鸟鸣，轻轻的，悄悄的，小曲儿唱得千回百啭，我内心漾起一阵激动，难以言表。这是鸟儿享受到一顿饱餐之后的歌唱。这些弱小的生命，也有它们的喜怒哀乐。有道是"鸟为食亡"，小鸟们觅食，每啄一口都要慌张地抬头看一下四周动静，随时准备舍食逃命。但只要能在无人惊扰时吃上一餐饱食，它们的歌声就能让人魂牵梦萦。

胆子稍大的是灰喜鹊，它们喜欢联合行动，来去都是一群，三四只、六七只。每当我出现在窗前，它们就会"喳"的一声飞起，但是并不飞走，只是落在四周树上观望我的态度。它们见我不哄不赶，知道并无大忧。灰喜鹊一身劳工打扮，黑头，灰背，就像旧小说里的跑堂，朴素，但整洁。如果谁想学习写意花鸟，我建议先画灰喜鹊，好学。头部是一团浓墨，腹部用淡墨成弧形一抹，再用淡黑一笔拖出背部，换细笔，蘸墨，勾出嘴啊、脚啊、眼圈啊，它立刻就能从纸上扑棱棱飞起来！灰喜鹊过惯了粗茶淡饭的日子，从不挑食，有啥吃啥，那些落到地面的烂柿，大多由它们来收拾。

　　几种精灵似的雀子，都娇小玲珑。通红的柿子啄到最后，都成了一只只敞口的小红灯笼，在风里晃动，雀子们钻进柿壳啄食残留的柿瓤。我想起史书中说，古代河西走廊的瓜州出美瓜，"狐食其瓜，不见首尾"，这句话过目难忘。眼前的景象却是"雀食甜柿，只见其尾"。钻进柿壳啄食的小雀儿，一只只都变成了通红的"太阳鸟"，露出小小的灰绿尾巴。有一种雀子，黑嘴，黑眼，身子青灰。最奇妙的是它的两道黑眉，从眼圈向后一直延伸到脑后，就像刚刚化好妆的京剧演员，上台前先溜出来吃上一口，免得唱到紧要关头一口气提不上云霄。上网一查，这是从西伯利亚南下越冬的一种过路候鸟，名叫太平鸟，很吉祥的名字。

　　金翅雀比麻雀大一些，毛色暗绿，展翅时有两排金黄色翅羽。金翅雀的啄食动作比较从容，不像麻雀那样惊慌失措。我每次只看到有一只金翅雀出现在鸟群中，于是一直惦记着它的同伴，是否在途中落入鸟网遇到了不测，还是不到繁殖季节它们生性喜欢独来独往？另有一只不知名的小鸟，羽毛褐黄，黑嘴尖细，画眉般大小，但不是画眉，尾巴较短，也不是啄木鸟。它既不带同伴，也不和别的鸟儿碰头。每次众鸟们的甜柿聚餐会刚散，它就独自出现在小院。这只孤独小鸟带给我另一串牵挂：它从何方流落到此，为何不喜欢合群，孤独如此？只听它偶尔发出一声鸣叫，单音节，"啾！"过一会儿，又一声，"啾！"它欲言又止，似有悲情难诉，其鸣也哀，吾心怏怏。

那几只白头翁天天都来，它们勾起了我的一段少年回忆。白头翁是江南家乡常见的小鸟，它们怕冷，原本是长江流域的留鸟。一晃，我离开家乡已经半个多世纪了，全球气温变暖，白头翁也向北方迁徙了，真可谓沧桑变迁一挥间。南方和北方的白头翁是否同属不同种，也未可知。那一年夏天，我和一位小学同学在矮树丛中找到一窝白头翁，已经下了四个蛋，淡青色，布满麻花斑点。我们克制住内心的激动，没有敢用手去摸碰鸟蛋。据说用手一摸，鸟蛋上留下人的气味，母鸟就不来孵蛋了。我们隔几天去看一次，一直看到小鸟出壳，长毛，站在鸟巢口沿上扑打翅膀练飞。这时我捉回家一只，放在鸟笼内每天捉一串蚱蜢喂它。白头翁也是上了年纪才白头的，我一直把它养白了头，会在笼中鸣叫了。南方冬天湿冷，都说"白头翁，难过冬"。老祖父是裁缝，他为鸟笼做了一件棉笼衣，帮助我把那只白头翁养过了冬。不久，我就辍学务农。有一次几个人摇船出远门去运肥，五天后回到家，我急忙摘下鸟笼一看，一只鸟食罐内粒米不剩，另一只饮水罐内滴水无存，白头翁已饿死笼中。老人爱忘事，老祖父见我沮丧至极，饱含歉意地说："喔唷，忘记留心了，忘记留心了。"那时候，人人都像鸟儿觅食似的靠挣工分吃饭，别人更没有心思来关心这只小鸟。我一脚把鸟笼踏散，发誓今生今世再不养鸟。

鸟儿是自由的化身，人们一直用"笼中鸟"或"出笼鸟"来比喻一个人失去自由或者得到自由的不同际遇。我少年时，还不懂得将心比心去想想鸟儿在笼中和笼外的不同感受。随着我入世渐深，无论看书或听戏，只要读到或听到"笼中鸟"三个字，立刻会想起被我剥夺自由饿死笼中的那只白头翁，满心歉疚，挥之不去。今冬，我一次次闪在窗边，观看那几只白头翁飞进小院来啄食柿子，它们的饥饱令我牵肠挂肚。但愿它们天天能吃饱，安全度过严冬，明年柿子红，仍能见到白头翁。想想也是，我少年时只图一己喜欢，导致一只白头翁饿死笼中，现在我自己也成了"白头翁"，才有了一丝惜鸟之心。这个转变过程，竟花去了我半个多世纪的风雨历程，默然思之，感慨良久。

冬日观鸟，得此一悟，善哉。

原载《散文》2013年第9期

对话，有关椰子和椰树

乔　叶

———————

一

那天晚上，作为一个第一次到海南的北方人，在海口的骑楼老街，我吃到了平生第一只椰子。在海口，这样的椰子摊处处可见。黄的，绿的，黄红的，黄绿的，深绿的，嫩绿的……椰子一堆一堆地码在一起，体积硕大，沉着饱满，那种情态和阵势，像极了北方的西瓜。别的水果和它们比起来，简直是相形见微。

我蹲在那里，看老板娘砍椰子。她举着砍刀，梆，梆，梆，真是大刀阔斧。三下五除二，椰子就被砍出了一个小口。她把吸管插上，递给我。我又把吸管拔出来，看着小口处隐隐闪现出来的清亮汁液，那汁液，像是翡翠深处晃动的露珠。

喝到椰汁的第一口，我很惊诧，怎么是这种味道？*淡淡的甜，淡淡的清，淡淡的爽，淡淡的顺，淡淡的滑，淡淡的香……*

"椰汁……是这样的？"我问朋友。

"可不就是这样的。你以为是什么样的？"

"我以为，会像牛奶一样……"我没好意思说我以为会像电视上的椰奶广告做的那样，是稠糊糊的牛奶状。我想象中的椰汁，一直就是那样。唉，都是广告下的毒啊。

朋友笑："好多人都以为椰汁是那样的。"

我释然。原来不是我一个人蠢。之后又不觉心酸起来：原来被广告下毒的人，是这样多。

"多少钱一只，老板？"

"5块。"

我暗暗惊叹。这真的太便宜了。原想着怎么也得10块以上呢。

"一只椰子，你们能挣一半吗？"

"挣不到。椰子是不贵的，但是运进城要转好几次手，就贵起来了。一只赚不到两块钱。"

那真是太少了。

不过，好在椰子很多。好在吃椰子的人也很多。

"以前，我们的椰子都是捡着吃的，根本不用花钱。"朋友说，"后来，就要5毛钱、1块钱、1块5、2块、3块、4块、5块。到三亚那边会更贵一些。但无论如何，我都觉得，它是值得的。"

吃光了椰汁，再吃椰蓉。老板就继续用刀砍，只听大大地"梆"了一下，椰子一分两瓣，雪白的椰蓉露了出来。老板又拿出一把小小的特制的弯刀，刷刷刷地把椰蓉挑了出来。然后呢，就吃吧。椰蓉也根据软硬的程度而呈现出不同的口感。硬的像萝卜丝，软的像豆花，不软不硬的像老豆腐。所有的椰蓉，都有一种淡淡的奶味儿。

我明白过来：电视广告里说的椰奶，就原料的意义而言肯定说的就是椰蓉。

二

那天，我们抵达文昌。这里到处都是无边无际的椰子树。村庄，田野，城镇……都被椰子树环绕着、簇拥着。椰子树成了森林，海一般的森林。

"海南椰子半文昌，文昌椰子半东郊。"朋友说，"这名头可不是虚传的。"

晚上，我们住进了椰林深处的一处度假村。在大堂等房卡的时候，朋友又喊着去吃椰子。在酒店的大堂门口，就有一个服务员在专卖椰子。

"明天上午我们去吃刚从树上摘下的椰子，一定更好吃。"朋友说。

为什么呢？

"你想一想，一天里，你什么时辰精神最好？是不是早上？"

可是，和椰子好吃有什么关系呢？

"椰子也和人一样，睡了一夜，精神就会更好。椰汁的质量当然就更高。"

我看着那高高的椰子树。我们正坐在椰子树下。事实上，在这里，想不坐在椰子树下都不行。

"椰子要是熟了，会自己掉下来吗？"

"会。"

"会砸到人吗？"

"不会。"

"如果椰子树下正好站着人呢？"

"那也不会，"朋友比画出一个曼妙的抛物线，他从来没有那么幽默过，"椰子会躲开人再掉下去的。"

"为什么？"

"因为椰子有灵性。再说它也和人签了合同。"

"万一砸中呢?"

"不会。"

"万一万一呢?"

"那一定不是椰子的问题,而是人的问题。"

我们一起笑。是啊,椰子有什么问题呢? 一定是人的问题。

<h2 style="text-align:center">三</h2>

那天,和朋友在万泉河漂流的时候,两岸不时闪现出极少的椰子树,都是一株两株孤零零的,看着很是寥落和可怜。

"这些地方肯定都没有人家。"朋友说,"你注意看吧,有人家的地方,椰子树就会长得很好。有人家的地方,也一定会种椰子树。有很多地方,结婚的时候要种夫妻椰,生孩子的时候要种子女椰,迁新宅的时候要种地界椰。"

"是因为人会特别照顾它么?"

"也不需要特别照顾。只是椰树需要这种人气。有人气的地方椰子树才有兴致长。它们就像女孩子,需要人们来欣赏它们,人们欣赏了它们,它们就会越长越精神。不然它们就觉得好没有意思。椰树们聚集在人们周围,长着长着还会比起来。你长成这样,我就长成那样。你长这么高,我就长那么高。你结了这么大,我就结那么大。你是这个味儿,我就是那个味儿……人呢,要乘椰树的阴凉,吃椰树的果子,自然也需要椰树的树气。要说照顾,人和椰树是互相照顾的关系——人养椰,椰养人,是互相养的。"

在我的老家豫北,有一种说法,是人养房子,房子也养人,也是互养的。原来在海南,椰树就是房子——高高的,绿色的房子。

"我老家院子里,我妈也种了几棵椰子树。它们都长得很好。种下后，我妈几乎就没有管过它们，不用浇，不用修，不用捉虫子，还管什么？唯一算是管的，就是每年会给它们的树根下埋上二三两盐，这就是它们一年的肥料了……要是长在海边的椰子树，连这点肥料也不需要。"

那天晚上，我们照例吃了椰子。那个椰摊所在的地方是一个丁字口，在丁字的横竖交叉处，是一个天后宫，也就是妈祖庙。在竖的尽头，搭着一个戏台。戏台最上方挂着一个大红横幅，喜气盈盈地写着两行字，上面是"纪念妈祖诞辰1053周年"，下面是"举行传统海南琼剧汇演活动"。而在妈祖庙的门口也挂着一个黄色横幅，上面写着："隆重欢迎湄洲妈祖庙分灵翡翠妈祖驻跸海南。"

我们拍下它们。微笑。

坐在妈祖庙前，我们一边吃着椰子，一边远远地看着戏。深蓝的夜空下，那个舞台流光溢彩，每个人物都光鲜可人，听着他们拖着长长的腔韵，唱着我一句也听不懂的琼戏，我觉得如同梦幻。

那天晚上的那只椰子，我吃了很久。看着许多人来来去去，我和朋友就那么坐在那里，慢慢地吃着。梆梆梆的砍刀声不时响起，砍好了，食客们就抱着椰子坐下来，用吸管慢慢地喝着——很少见到有人抱着一只椰子在大街上边走边吃，那实在是太沉了。

四

那些天，在海南，口渴的时候，我没有喝过椰子之外的任何饮品。

"喝那些干吗？不是有椰子么？"

"那就一直吃椰子？"

"当然。来海南，你不吃椰子不是傻么？"朋友不容置疑，"椰汁是天上的水。地道的海南人都喝椰汁，没有比这更好的饮料了。这是老天赐给海南最好的礼物，还有什么能比这个更好？"

是啊，还有什么能比这个更好？这是真正的纯天然，无污染，绿色的，健康的，天上的水。我看着高高的椰子树，应该都有20多米高吧？谁会爬上去给它打农药呢？何况椰子根本不需要。打农药那是对椰子的侮辱。

它是有固定容器的甘露。

它是有特别杯盏的甘霖。

那么，别无选择了，椰子。于是，一只椰子，一只椰子，又一只椰子。于是，越喝越爱喝；于是，越爱喝越喝；于是，几乎是贪婪地喝。

"你知道你为什么这么喜欢椰子么？"那天，朋友悠悠地问。

"椰子好呗。"

"因为你和椰子很有缘。"

"怎么有缘？"

"你看你，脑袋圆圆的，脸盘圆圆的，眼睛圆圆的，本身就是一颗好椰子。"

那天，我们住在博鳌镇的玉带湾酒店，一进房间我就看见有一只椰子在尽心尽意地等着我。它已经被打开了，但开口那里还羞涩地掩着。我把开口彻底打开，插进吸管，深深地喝了几口，沉沉睡去。第二天早上醒来，我又抱着椰子咕咚咕咚地喝了起来。听着吸管的声音，我知道里面的椰汁越来越少、越来越少。那些椰汁都进入了我的腹中——真的感觉自己成了一只椰子。

五

那天，在潭门镇看砗磲，天气大热。看见了炒冰店，就和朋友去吃炒冰。我们要的是芒果炒冰——这芒果是货真价实的芒果，而不是化学元素变出的水果精，味道真是好。炒冰端上来，上面白白的如萝卜丝一样的东西吸引了我，我先挑了几根吃下去，觉得这东西是如此熟悉。于是想了又想，想了又想，终于想了起来：是椰蓉。

第二天的早餐，又见到了椰蓉。它被卷在一张张薄薄的面皮里。丝切得很细，看起来很秀气，都有些不像它了。但我的味蕾已经和它成了好友，在触到的第一个瞬间就确认了它的本质。我似乎听见我的味蕾在说："是你呀？"而椰蓉也喜悦回答："是我。"

"椰蓉和椰汁不用说了。因为这两样，人们没什么吃的时候就吃椰子，有什么吃的时候还吃椰子。椰壳呢，你也看见了，能做很多工艺品，还能做乐器，还能做活性炭。椰壳和椰蓉之间的纤维看见了没有？能做扫帚，毛刷，缆绳，棕床，这些东西都可以在海上用。椰树是吃着海水迎着海风长起来的，用它做原料的物事都不怕海水腐蚀……"

那天黄昏，在海边，喝着椰汁，吃着椰蓉，朋友散散淡淡地对我普及着椰子常识。我边听边用手机在网上搜索，看到极有趣的两条。其一来自《古今注》："乌孙国有一青田核，形状如桃核，核大数斗，剖开后用来盛水，则水变成酒味，极为醇美。饮尽随即注水，随尽随成。"其二却无出处，听起来像是传奇："椰壳，可作盛酒的器具，若酒中有毒，则酒沸起或壳破裂。"

"椰树也是浑身是宝。椰干可以加工成椰油。椰叶不仅仅是好看，还能做编织。椰花的花苞还能酿椰花酒呢，椰树的树根也是很好的药材……"

椰子，是椰树的孩子。椰树，是海南的省树。起初，我暗暗怀疑，椰树之所以能获此殊荣，是母凭子贵。至此方才明白，如果说椰子是完美之果，那么椰树就是完美之树。它不仅仅意味着吃食、饮品，用具，意味着最朴素最世俗的美，同时也是歌吟，是画卷，是最闲情逸致的表达。既是那么柴米油盐酱醋茶，又是那么琴棋书画诗酒花。——很多树是没有果实的。或者说，没有实用的果实。但在海南，这椰树，这最家常最日常最寻常的树，这和此地的人们最息息相关的树，它真是最美丽又最实用的树，真是最泼皮又最厚道的树。

我沉默着，看着高高的椰树。那巨大的伞状椰冠正迎风起舞，轻盈地舒展着，酷似绿色的礼花。——这礼花不同于那些虚华的礼花，这意味着绿阴、果实和诸多礼物的礼花，永远不会转瞬即逝，永远在盛放。

六

最后两天是在三亚，椰子价格飞快地涨起来。由10块涨到12，又涨到15，我们喝的最贵的一只椰子，是在寿比南山的那个南山里。我们在观音苑酒店的大堂闲坐，背靠南山，眼前是南海，海风习习，海岸边的椰树摇曳生姿、椰叶婆娑，不远处的海面上，是108米高的南海观音，俯视众生，盛大庄严。

椰子24块钱一只。我一边吃着此次海南之行最贵的也是最后一只椰子，一边对朋友历数这几天我一共吃了多少只椰子：红椰，绿椰，黄椰，晨椰，午椰，晚椰……数了半天也没有数清。

"吃了这么多椰子，再对椰子说句什么吧。"朋友道。

"日啖椰子一两只，不辞长作海南人。"我笑。

我们慢慢地吃着椰子，看着近在咫尺的南海观音，我忽然想起很久以前的那首歌《外婆的澎湖湾》：

晚风轻拂澎湖湾
白浪逐沙滩
没有椰林缀斜阳
只是一片海蓝蓝
……

"海南如果没有椰树，如果没有椰子，那真是不可想象。所以，椰树还有两个名字，"朋友说，"一是生命树，二是宝树"。

"好名字。真配。"我说。

"所以，那年全民评选省树，104万张选票，椰树得了70多万张。"

"还不够多。那二三十万人都想什么呢？"

我们一起笑起来。

海南岛，还有一个名字，叫椰岛。

必须承认，海南除了男人和女人之外，还有一类人，他们的名字就叫椰树。一方水土养一方人。椰树，就是海南这方水土的人。他就是一个个男人，她也是一个个女人，就是海南大地上一切劳动生息的人们中的不可分割的重要存在——以植物的形式，最特别的存在。

也因此，在海南生活的这些人，其实也都可以被称为椰子：椰树之子，和椰子之子。

据说椰树的寿命会达到80年以上。和人一样。

祝它活得更长。它应该比人活得更长。

原载《北京文学》2013年第10期

植物记

陆 梅

――――――

植物之约

我对新疆的认识来自多年前一个作家朋友——他同时也是一个狂热的摄影爱好者——从新疆带回来的大堆照片：沉睡的喀纳斯湖，夕照、炊烟下的白哈巴，远山、牧马被层次繁复的蓝笼罩着的那拉提，银白树干和金黄透亮的哈巴河白桦林，魔鬼城乌尔禾，吐鲁番汲水的维吾尔少女，春天黄色小花铺排盛开的赛里木湖，布尔津的落日、树和天空，广袤草原和湖海的巴音布鲁克……

我被那些色彩所惊醒。那一树树繁茂金子般的胡杨，那蓝得旷世寂寞的天空，超现实得近乎不可思议。人间真有如此绝美的静谧和澄澈，诡谲和斑斓？我有些恍惚，找不到一个恰切的词形容我那时的感受。

多年后，我从王彬彬《2012年〈回族文学〉读札》一文里获知一个叫冶福生的西北作家，他在一篇小说里写到村庄天空的蓝："是那种让人心慌的蓝，那种一揭去蓝帷幕就能看到什么的蓝。"——我和王彬彬一样，觉得用"让人心慌"来形容天空的蓝，真是准确又尖新之极！也终于记起，曾经我被一大叠新疆照片所震慑，就是"心慌"这样一种心理状态——那澄澈无边的蓝，那璀璨透亮的黄，以强烈的视觉冲击，而令你瞬间眩晕。

然而我的新疆之行，一再地因各般琐事而延宕。或许是为"回报"我的一次次擦肩，2012年的8月和9月，我竟连着两次踏上新疆的阿勒泰和伊犁。如今我的脑海里回旋着那一路去过的地方，布尔津、五彩滩、喀纳斯、天池、吐鲁番、赛里木湖、伊犁将军府、巴彦岱镇、喀赞其、塔兰奇……我的饕餮大餐般的眼睛，来不及消化那一路的盛宴。而我的匆促闯入和探看，也注定了仅仅是、只能是一个外来者的走马观花。

那么就说说植物吧。我的每一次出行，总忘不了对一朵花、一株草、一棵树的投注。我对某个地方的回忆，也常常是融入了某种植物的回忆。我的相机里永远装着花儿、草叶和树。尤其是树和树的天空。我的一次次行走，惯常姿势总是仰望，仰望远树和近树，一棵树、两棵树，乃至一整片树林，它们在光与影之间细微的不同。

此刻，我的脑海里漫过在新疆路途上看到的树：白杨树、葡萄树、桑树、榆树、桦树、柳树、胡杨树、石榴树、沙枣树、无花果树、红柳、梭梭……不单是树，还有很多的草本植物。写《植物的故事》的英国《独立报》园艺版记者、专栏作家安娜·帕福德曾骑马与哈萨克牧马人亚历山大一起穿越中亚天山山脉。一路上随处可见贝母属植物、蓝鸢尾、荨麻、藏红花、郁金香、粉色樱桃、葱属植物、成片的紫罗兰、大茴香、紫堇属植物、叶子呈箭头状的黑海芋……"简直比哈萨克人地毯上的针脚还要细密"。

所有这些在东方遍地丛生的植物，它们曾千里迢迢，从中亚的故乡辗转迁居到了欧洲的大小城市：帕多瓦、普罗旺斯、巴黎、莱顿，乃至伦敦。它们在异乡被赋予了新"身份"，甚而脱胎为"新贵"。安娜在书里写到一个数据："在15世纪中期到16世纪中期的100年间，由东方引入欧洲的植物数量几乎相当于过去2000年中引入数量总和的20倍。"

这很令我感慨。一直以来，我从各种书里获知和认得那些"西方植物"，比如玫瑰，却恰恰是由亚洲引入欧洲才光芒四射。——其实，玫瑰叫不叫玫瑰有什么关系呢? 牧马人亚历山大叫得出天山山脉脚下80%的植物通用名——梨是"格鲁沙"，荨麻是"克拉皮瓦"，鸢尾是"乌克拉"，郁金香是"凯斯卡尔达克"，还有那些美味的蘑菇——"西纳诺兹卡"!

还有菘蓝，也就是板蓝根、大青叶，可是维吾尔人给了它一个好听的名字：奥斯曼。叫菘蓝时，它是染坊里的染料。叫板蓝根时，我理所当然地视它为清凉解毒的草药。而在维吾尔人家的庭院、在新疆大大小小的巴扎上，它却奇迹般地重生，它有一个美丽的名字奥斯曼草，维吾尔女子用它来描眉生眉。

在新疆生活了20多年的诗人沈苇写的一本书《植物传奇》，我在书里识得它，知道每一个维吾尔女子还是小姑娘时，她的妈妈都会用奥斯曼草汁给她描眉画眉。想象那些捣碎了的深绿汁液，丝丝缕缕被眉毛吸附、蔓延、生长，那是怎样一种草木葱茏的舒展!

那个下午，在伊宁市达达木图乡布拉克村的塔兰奇文化村，我邂逅了这种草。意外相逢，竟似旧友般亲切。阳光铺洒的庭院，我梦幻般重返童年——一位维吾尔族大妈在给小女孩涂抹奥斯曼草汁，我弯腰上前，也请大妈帮我画眉。有心的《伊犁晚报》首席记者卢钟拍下了这一瞬间。看到照片，真是喜悦! 那个坐在我和大妈间的小女孩，抬起画好了奥斯曼眉的额，眼里盛满清澈和纯真，还有一脸友善的好奇——哈! 是呀，这真像一个寓言，它以无可预知的方式把我带回小时候。那眉毛上的奥斯曼，是通向童年的桥梁。

很多国家和民族都有自己的象征植物，如白桦之于俄罗斯、樱花之于日本、郁金香之于荷兰、猴面包树之于南非……那么广袤深阔的新疆呢，似乎很难用一两种植物来概括。新疆的植物太丰茂了！只要有绿洲，就有树。哪怕是沙漠和戈壁，也都奋力长出梭梭、红柳、沙棘和骆驼刺。

在喀赞其坐"马的"，迎接我们的一条条巷道，齐刷刷都是树，大树小树。刷着和天空一样颜色的维吾尔族民居，从洞开的庭院里看到更多的绿：葡萄架上挂着串串饱满透亮的葡萄，石榴树、无花果树枝繁叶茂，各种鲜花长势兴旺。你走进任何一家庭院，扑面而来的肯定是遮阴的绿、绿、绿。炎热阳光泼洒在葡萄藤蔓上、无花果树的枝叶上，你站在绿荫下，看天看地，眼里都是斑驳的光影，恍惚有迷离之感——那是一个陌生的闯入者在维吾尔人家感受到的第一丝气息：绿气息。维吾尔族聚居的城市还有很多别的气息：香料的气息，经书的气息，尘土的气息，巴扎的气息，麦西来甫的气息……所有这些气息构成了一座城市的灵和魂。而所有这些气息中，绿是第一位的。

维吾尔族是一个爱树如命的民族，他们每到一个地方，决定居住下来时，首先要种几棵树，然后才是盖房子。维吾尔谚语："绿洲上没有树荫，还不如在戈壁滩上活。""在地下种树的人，能够吃到天堂里的果子。"所以你无论在城市的大街小巷行走，还是隔着车窗玻璃远望绿洲、农田、村庄和荒野，你总能够看到树。

我在伊犁将军府看到两棵120年的古榆树，沧桑浓郁。榆树的枝丫胡乱地向上伸展着。不讲章法的个性有点像胡杨，也是一径向上，自由随性，每个枝丫都乱长胡伸——不像南方的树，很多南方的树都被人为地修剪成球状、伞状、树篱状。尤其是主干道上的树，刚有一点繁茂气象，就被园林工人以"养护"为名不动声色地肢解了！还有些树，因为病虫侵蚀，被一劳永逸地用水泥将树窟窿死死堵住。这个硕大难看的疤，从此突兀地暴露在城市的日光下。更多景观道上的树，干脆不见一片叶子，枝枝丫丫缠满了电线和小灯管，白天你不会注意到它，及至晚上才闪出它雪花般的银亮和霓虹来——可这已经不是一棵树自身的美了。

所以，我武断地以为，城市里的树不是树。城市里的树，可以是景观灯的依附，是聊胜于无的安慰或点缀，就不是一棵自然生长的树。自然生长的树在原野、在绿洲、在山谷、在森林，在很多爱树如命的民族间。沈苇在《植物传奇》里说到一些北方民族（尤其是阿尔泰语系民族）的记忆中，有崇拜苍天、高山和树木的传统，"认为树是天空的支柱、神灵的居所"。——其实树神崇拜，几乎是遍布世界各个民族的一种习俗。有的民族甚至规定禁止去采摘树神上哪怕是一片树叶。那才是一棵树的福祉！这样的树，是生命树、灵魂树。

那两棵伊犁将军府大堂前的古榆树，肯定也是神树。大片大片长在绿洲上的野性的胡杨林、白桦林肯定也是神树。所以在新疆行走，你总会相逢一个个灵魂。它们或呢喃低语，或呼啸着舞蹈，或配以苍凉的呼告，或欢腾歌唱，或忧伤、或快乐、或激越……而你无论遭遇什么样的灵魂，最好的表情是学会一声不吭，懂得静立驻足。

安德烈·纪德在《人间食粮》里说："自然万物都在追求快乐。正是快乐促使草茎长高，芽苞抽叶，花蕾绽开。正是快乐安排花冠和阳光接吻，邀请一切存活的事物举行婚礼，让休眠的幼虫变成蛹；再让蛾子逃出蛹壳的囚笼。正是快乐的指引下，万物都向往最大的安逸，更自觉地趋向进步……"

其实植物和人类一样，一切的灵魂的挣扎，都是为找寻一个让自己安居的家。

花、树和青苔

在瑞丽中缅边界的桥岸边看到一棵凤凰花树，高大繁盛，花朵烁烁。你一抬头，就撞见了一树红花。大朵大朵的醒目着，如火如荼。风吹过，啪啦，一朵花从高空坠落。水泥地上尽是硕大花朵和鸟羽一样的花瓣，也无人捡拾无人在意。喜欢花的女子，弯腰捡起一朵，再一朵，满心喜悦。人在树下，也有了花一样的神情。低首微笑，朴素温柔。

大巴在老滇缅公路上行驶时，还看到路两旁一树一树开得热烈的扶桑花。红的惊艳，粉的嫣然，白的晃眼。也是大朵大朵，一点也不低调矜持。此地的花和树，和生长在这里的傣族、景颇族女子一样，皆热情灿烂，盛装裸足。在莫里热带雨林看到的三角梅，也不似别处的规整有序和探头探脑，一簇簇一丛丛，尽一切可能地高攀到直插云霄的竹梢上，不管不顾，大胆热烈。

比之花，更耐看的是树。我喜欢仰望树的天空。站在一棵棵高大繁盛的树下，我总是情不自禁仰头、仰头、再仰头。天空在繁密枝叶间漏将下来，树影婆娑。一盏一盏的金色小灯砸进眼里，瞬间眩晕。这是在夏天。秋天又不同。北方的秋天，天空高远，旷世寂寞，这时候你抬头，透过杨树、枫树、槐树、核桃树……疏朗峻拔、秋意浸染的枝丫，任何角度，你看到的都是一幅绝美的画。再也没有比这更辽阔、纯净、葳蕤和静谧的天空了！第一次，我伫立在树下发呆、出神，一声不吭仰望天空和流云。那些流云就是天上的帆船，载着你在天空中翱翔。

我还喜欢密林间长满青苔的石头。在雨林里看到一块不规整的顽石，佛一样静卧着，一动不动。若仅仅只是一块什么都不长的干枯石头——城市里多的是这样的石头，高价买来，雕成山水或是动物的模样，被买主供起来，视作镇店（楼）之宝，在我看来了无生趣。可是在雨林里的顽石却不同。温润潮湿的热带雨林，连石头也是有生命的。呼应着高大的绿树、缠结的藤蔓、羊齿植物和灌木丛，林间大大小小的石头上，覆满了翠绿青苔，浓密厚实。你用手去碰它，轻轻触摸，一阵酥痒的喜悦。

脑海里翻出我和青苔相逢的美好时刻。一次，在川藏高原的山林间，我邂逅了大片大片长在泥地上、倒木上和玛尼堆上的青苔。我俯下身，将脸轻轻地靠向它们，漫生在青白石块垒成的玛尼堆上的翠绿青苔，仿佛是我的旧友，甚或说丢失了童年的自己——那一刻，我在雾霭密布的森林里把它们找回来了！它们是那样清洁、孤傲，恣意生长着，远离喧嚷……

又一次，在庐山植物园看到陈寅恪墓。一般游客不知陈寅恪，也甚少来拜谒，幸而获得一份清和静。陈寅恪是江西修水人，墓地选在这里，和一山的草木结邻，甚是合宜。墓地简素得只三块形状各异的石头。一块大石上刻着他写给王国维的名言："独立之精神，自由之思想。"这令我想起湘西凤凰的沈从文墓。也是安于喧嚷市声外的山脚僻静处。墓地一块大石头，正面刻着沈从文手迹："照我思索，能理解我；照我思索，可认识人。"背面是其姨妹张充和手书撰联："不折不从，星斗其文；亦慈亦让，赤子其人。"

比之沈从文墓的清幽静谧，虫声寂寂，总觉得陈寅恪墓少了点什么。少了什么呢，一时懵懂。及至步出墓地，看到小径空阔处的两棵老水杉，顶天立地，隐天蔽日——这才豁然！陈寅恪墓地的三块石头太干净了，亦不见葱茏的大树。眼前这两棵水杉相依而立，里侧的一棵树干上绿绿的覆满青苔，像是一件滴翠的绿绒衣，真真清宁安好。

陈寅恪墓若是隐在这两棵覆着苔藓的水杉旁，那就理想了。

植物亦如人，也是有灵魂的。若持一颗朴素静美的心，你能感受到它身上的诸多美德，比如沉默，比如荫庇，比如岁月荣枯，比如汪曾祺笔下的"莲花池外少行人，野店苔痕一寸深"的怅然！

沿途的花事

写过一篇《看树》，想着可续一篇《看花》。也搜罗了不少草木花事书，却是一宕再宕，未有行动。倒是在草木文字里浸染久了，越发地珍重起来，不敢敷衍，怕生生辜负了那些花儿草儿。遂悄悄发愿：但有时间，我要一篇一篇地将与自己有缘的花儿草儿逐一写来。

脑海里泛起老家门前一株紫玉兰，早春里烁烁怒放，一夜风催，"纷纷开且落"。兀自开落了好些年，却才知，紫玉兰在古代叫辛夷！而我曾以此为名写过一本书《辛夷花在摇晃》，更早些，我信手给自己取了个网名辛夷花——莫不是天意注定，怎解此番缘分？真真是"不能名言，惟有赞叹；赞叹不出，惟有欢喜！"（俞平伯语）

正当紫玉兰、白玉兰狂花满天，一树一树地醒目迎春时，可巧有机会，与三五女伴去嘉善看杜鹃花。约定的日子，因这个早春的寒凉而延宕。于我却是欣慰，春意迟迟，何妨慢些，花事已了，春也去了，慢慢地等待一场花事之约，好比细用慢享一个完整的春天，多少快乐难得！

于是每日上下班路上，特别留意经过的一个公园。玉兰花开尽，梅花桃花樱花梨花次第缤纷。眼见一树树花儿繁盛地开，纷扬地落，而树下四围多年生草花圃却只有新绿，尚无花蕾，点缀其中的绿叶小灌木，即是别名映山红的杜鹃。若不是有一个杜鹃花约，多年来路经于此，何曾投以别样关注，只因它太过寻常了。乃至对它何时孕蕾，何时花开叶长，何时繁花灼灼，都浑然不觉。

这个早春，我沿途的投注却都在杜鹃上了。又从旧书网上觅来科学小品名家贾祖璋的《花与文学》，刘难方、王兴麟选注的《历代杜鹃花诗选》。从科普记述，到文人雅士的诗词吟咏，算是对杜鹃花的前世今生有了番印象，亦长了见识。

杜鹃花有许多别名，见于唐代的有山石榴、山榴、山踯躅、踯躅和红踯躅，宋代起又有映山红和石岩的名称。我看贾祖璋摘引的文献，明王世懋《学圃杂疏》称：花之红者曰杜鹃，叶细花小、色鲜瓣密者曰石岩。——这"叶细花小、色鲜瓣密者"不就是我在嘉善碧云花园看到的杜鹃盆景么？云片的造型，小叶小花密集地铺陈，乍看去，嫣然秀致，一片霞锦。花园主人道，别小看这造型别致的小叶小花种，年久的树龄已达百年，植株看不出嫁接痕迹，一树开出粉、白、紫、红等多种颜色，比之大叶大花的寻常映山红，确乎珍稀与难得了。

贾祖璋只道是"石岩"，他收录书中的《杜鹃啼处花成血》写于1987年。巧的是，这一年，杜鹃花被确定为嘉善县县花。翌年，贾老逝世。惜乎有生之年，钟爱花木一生的老人，未能得见嘉善人培植出来的新品种。

我在城市的花园、路旁、庭院看到的杜鹃，又叫西洋杜鹃（西鹃），有别于小叶小花的东洋杜鹃（东鹃）。《历代杜鹃花诗选》载："来自日本的东鹃，有能在春、秋开两次花的'四季之誉'；最早在荷兰、比利时育成的西鹃，于七至八月间孕育花蕾，也能在秋冬开花……""东洋鹃，因来自日本之故，又称石岩、夹套、春鹃小花种等。"

若不是拜读贾老著述在前，如上文字怎会引我慨叹——却原来，这所谓西鹃，原是从我国输入西欧，经栽培杂交而得，如英国18世纪栽培的欧洲杜鹃花只10种左右，20世纪初发展到千余个种和品种。及至上世纪三四十年代，又回输到我国，称西洋杜鹃。而这东鹃，同样是早在唐代传入日本，后又分别输入我国和欧美。贾老谨严的文风亦忍不住感叹："这个名称，不免有点数典忘祖，因为它们主要是从我国产的多种杜鹃花培养而成的……"

撇开这些不谈，我对杜鹃花的认识，源自大学时收到贵州友人寄来的一枚蓝杜鹃。薄如蝉翼的深蓝花瓣与枝叶压成了花标本，成为我草叶收藏的珍爱。我且给它配了诗。此后凡有收藏，即配诗一首。如今这些稚拙的青春吟唱，连同三大本"草叶集"，"草叶集"里已然枯萎的杜鹃花骸一样，真真"花事已了，春也去了"——然，谁说不是秦观云"芳菲歇去何须恨，夏木阴阴正可人"呢？

少年花间岁月回不去，但有诗为证，草叶为证，再从纸上回到花树天地间，不是怅然，而是喜悦。

原载《红豆》2013年第3期

路上的它们

简　默

——————

草木萤火

生在北方乡村的妻子，在她40年如一朵石榴花绽放的记忆中，从未见过萤火虫。

在北方城市长大的儿子，今年14岁了，从未见过萤火虫。我问他见过这种叫萤火的虫吗？他反问我有卖的吗？

大概他凭空想象，这种虫像他每年夏天以青辣椒喂养的大肚子绿蝈蝈一样，可以在虫鱼市场唾手买得，关在精致的袖珍竹笼里，随时逗它表演，引它歌唱，当作掌上娇宠。

这次他真的错了。

我自己，再也没遇见过萤火虫，也快30年了。

邻近城市的一座县城，离我所在城市不远，新近开发了一处叫地下萤光湖的景点。打知道它那一天起，我便怂恿着妻和儿子与我一起去那儿看萤火虫，为此我不惜向他们描绘了一个在看虫中追寻流逝童年的浪漫愿景，但直到今天这个打算都没实现。在这上面，我永远心怀一腔突如其来的热血似的念头，就像儿时两块石头相互摩擦碰撞迸溅出的火花，不等持续蔓延开来，一刹那如流星熄灭在了心跳似的寂寞里。但我能够想象得到，在大地的内心深处，一泓湖水像一枚蓝宝石的眼睛，在默默流淌中婉转生波，风儿撩拨不起她的心事，她永远一望如镜，平展如丝绸，点点萤火扑翅翱翔其上，无数轻盈的倩影相互照亮了，映在了湖水的瞳孔中。这不是天上的繁星，遥不可及，而探手即可摸得到，捉在手心。有一天，这个景点在报纸间热闹地做着广告，几只萤火虫真实地点缀其间，那情景果真如我想象的一样。我不禁激动地对妻和儿子喊到，看，萤火虫。面对一只只"飞行"纸上的萤火虫，他们表现出了超常的平淡与冷漠，这让我倍感失望，又重拾起了与他们一起去看真正的萤火虫的念头。

9月初已然是白露，远在贵州的二舅和舅妈送表妹玉到北京读大学，又从京城闯到山西晋中寻找扎在荒野和窑洞间的根，这一路他们都带着遥远与陌生，同时被浓浓的亲情与激动的念想所牵引，待他们终于在晋中农村见到同根共生的亲人们后，又疲惫地来到了我们这儿。

他们到的当天傍晚，我陪他们去爬临山。天渐渐黑下来了，我们沿着一条路上山，又从另一条路下山，边走边聊，路上不时邂逅昏黄的灯光，偶尔饭菜的气息飘荡了出来，搅动了我们空荡荡的肠胃。走在下坡路上，黑暗重新笼罩了我们，忽然面前一星光亮吸引了我，只见它浮在空中，边飞边闪，那光亮耀开了浓如老抽的夜，也拨亮了我久违的记忆，我诧异地喊出了声，咦，萤火虫。迅即伸手将它压到了地上，捧起一看，果真是 只萤火虫。那一刻，我的兴奋与激动无以言表，暌别它快30年了，就要将它忘记了，我万万不敢相信，也真的想不到，会在北方的角落，在这样的黑夜，以这样的情景，这样的方式，与它猝然遭遇，不是它惊艳了我，而是我惊艳了它。我脱口对二舅他们说，这只萤火虫是追随你们从贵州来的。他们对在这儿碰到萤火虫也很吃惊，据他们说，由于到处施打农药等原因，现在贵州当地也难觅萤火虫的踪影了。当过乡村小学语文教师、第一次到我们这儿的舅妈说，小学课本里有一篇叫《萤火虫》的课文，但她教过的一茬茬当地孩子绝大多数都没见过萤火虫，他们只能在想象中勾画与描述倏然消逝的萤火虫。

我将这只"天外来客"小心地放入了相机的布袋，攥紧了口，生怕它半路逃走了，恨不得马上带给妻和儿子看。一路上我们都在黑暗里讲萤火虫，他们娓娓道着有关萤火虫的趣闻，而那些记忆的源头大抵都能追溯到童年，是我曾经历过的，听来也饶有趣味。蓦然灯火通明了。

回到家先吃饭，舅妈进门就跟母亲说我捉到了一只萤火虫，引得和我一样快30年没见过萤火虫的母亲好一阵感慨，同样追溯到了她的童年。我将那袋子放到书桌上，不意它竟爬了出来，向着有光亮的客厅，飞了起来，绕着风扇转呀转，我慌将它捉了进去。过了一会儿，它又不知不觉地飞出了，这回更悬，居然悄悄地落到了通往厨房的路中央，在我们纷沓繁忙的脚步中劫后余生了许多次，最终被眼尖的母亲发现，被我捧了回去。

饭后舅妈找了张白纸，循着过去的记忆，折了个纸灯笼。那时我们就提着这样的灯笼，里面闪耀着萤火虫，在黑夜走来走去。我将它放进笼里，又套了塑料袋，赶紧回了我家。

进门我冲正在埋头学习的儿子喊道："儿子，快来看，这是什么?"

妻和儿子闻声来了，我放出了萤火虫，骄傲地说："瞧，萤火虫。"

他们瞪大了眼睛，盯着这只在桌上爬行，时刻准备着振翅飞翔的虫子，似乎很难穿越千年沧桑月色，将它与卷帙浩繁的唐诗宋词联系起来。它瞧上去无疑是一只普通的虫子，略长的体形，漆黑的翅翼，橙黄的肤色，头端两条毛茸茸的触须，纷纭翅膀下覆盖着自由摇摆的尾巴。如果不是尾巴末端会发光，如果不是会提着小小灯笼试图照亮黑夜，如果不是点亮过我们的童年，它就是一只貌不惊人随时会被我们忽略与遗忘的虫子，引不起我们此刻的关注与欣赏。

妻闭了灯，室内弥漫起黑暗，那点微弱的绿光在自己的领地里孤独地闪烁，湮没在了水泄不通的黑暗当中，妻失望地开灯。她仿佛不相信似的，又闭，又开。

儿子将它捉进了一个广口玻璃瓶里。置身这长方形的透明空间中，它显然患上了焦虑症，从瓶底开始，缓缓而执着地向上攀爬。光滑的玻璃像站立的墙，阻挡不住它细碎的脚步，它攀着玻璃坚定地向上，不久到了瓶口，我忙合上了盖子，它左寻右找找不到出口，在瓶口边缘张望徘徊。我恶作剧地将它拨了下去，掉到了底，它不甘心，又开始攀爬，到了瓶口。

儿子拿到了他桌上，说要看着写日记。他趴在那儿，盯着瓶里爬来爬去的它，想着他的日记。

所有的灯都闭了，黑暗像一条硕大无边的章鱼，张开无数柔软的脚缠绕住了我们。它仍然在瓶里不放弃地攀爬，现在那瓶子在餐桌的中央，这是这间房子最中央的位置。我习惯了明亮的眼睛一时不适应这猝然漫上来的黑暗，因此我看不见玻璃瓶，但可以捕捉得到它那一星渺茫的亮光，如梦似幻，执着地闪耀。

今夜，妻和儿子的梦里都飞翔着萤火虫。

但我却无眠。说不清为啥，我固执地相信，这只萤火虫就是我童年的那只，从黔南到鲁南，穿过30多年的漫漫时光，提着小小灯笼在前引路，逗我重返那些住在露珠里的瞬间。

小时候，在黔南山区，每到盛夏的夜晚，地与天一统在动与静之中。各种虫子贴近草儿根部，青蛙匍匐在大地的末梢神经上，都叫出了内心的声音，粉似的稻花簌簌飘落了，淡淡的香气若有若无。萤火虫像被一只看不见的大手一下子扬起撒向了空中，那样子就像撒了一把种子，却是会发酵与裂变的种子，一霎间布满了天空，再也不肯落下，静静地忽明忽暗。从大地往天空，嘈杂与喧闹渐渐升腾，接近萤火虫，穿过萤火绿莹莹的云层，等到了星星的眠床四周，便只有最深的寂静无声了。

出了门，楼与楼之间，是一长溜儿空旷地儿。一只萤火虫飞舞在我们头顶，贪玩的它似乎掉队了，我们争先恐后地想扑下它，但它飞得太高了，即使我们跳起来，也够不到它微弱的光芒，这让我们怀疑它不是一只真正的萤火虫，而是一颗离我们最近的星星。仿佛奉了某个神谕，它掉转了头，一闪一闪地引领着我们，沿着高高的围墙，向着乡间小路、稻田、鱼塘跑去，不知不觉上了山。无数萤火虫上上下下，明明灭灭，织成了网，汇作了海，与星星遥相呼应。这是别样的银河，远离了天空，靠近了大地，甚至沾染了人间的烟火气，就像我们触手可及的清欢。

我们扬手拍下了一只，或带着长长的茎采一朵南瓜叶，仔细地剔去茎上缠绵的表皮，露出翠绿透明的胴体，将萤火虫放了进去，它在这狭窄细长的空间里张翅乱飞，跌跌撞撞，有点儿不知所措，被我们攥着举着互相追逐，或将它放进透明的宽口罐头瓶、紧口的酒瓶里，小心地捧在手上，引诱其他萤火虫，数不清的萤火虫像朝圣似的环绕瓶子和人飞舞，越来越多，稳稳站立的人好似一根圆柱，萤火虫俏皮地绕"柱"捉迷藏，我藏你找，你追我赶，有的撞到眉毛和眼睛上，是一次浪漫的小小的失事，那情景热闹、壮观极了。

更有残忍的孩子，捉得萤火虫，摔到脚下的水泥地上，穿着布鞋去碾，边碾边划着走，一条亮晶晶的荧光赫然一闪，倏忽又熄灭在了黑暗中。

这类残忍事儿我也干过不少。现在寻觅这样做的动机，除了好玩，就是好奇。想起那些无端丧生在我脚下的虫儿，真是罪过，阿门。

　　每逢碰到这情景，雪儿总在一旁暗自落泪。这个被父母双双健在的我们追撵着喊作"缺爹的"女孩儿，整日低垂着眼眉，看上去落寞寡欢，我们真的没意识到这玩笑似的称呼，对痛失了温暖慈爱的另一半的她，有着怎样一种痛彻骨髓的伤害，仿佛这是我们赖以炫耀与骄傲的资本和优势。她一个人是那么孤单，悄悄地徘徊在我们的热闹之外，她不敢上前制止我们，又忍不住可怜这些虫儿，就躲在不远处扑簌簌地掉眼泪。她也爱捉萤火虫，却捉了就放。她最爱的是一只一只地捉了，松松地攥了手掌，像攥了一个随时可能泄露的秘密，猛地一张开，萤火虫纷纷振翅逃了出来，重新获得的自由让它们兴奋而意外，犹如最细微的烟火屑绽放在空中。雪儿双手像两片芽瓣儿托着腮儿，注视着它们漫天飞舞，一直飞到父亲身旁。她的父亲永远躺在了一堆冰冷冷的土堆里。

　　对我们来说，萤火虫属于没有尽头的快乐。而对与我们同龄的雪儿，它却是绵绵无尽忧伤的源头，在夜来香如梦缓缓流淌的气息中，它携着她的思念与心愿飞升到了遥远的天堂，照亮了她父亲在黑暗中的每一个瞬间。

　　我们中有人见过萤火虫吮吸尽蜗牛柔软多汁的肉，仅剩下一具空荡荡的外壳。我却没见过。那些萤火虫的残忍事儿，是自然界生存智慧与斗争艺术的生动课堂。我贫乏的想象也描绘不出那惊心动魄的情景。这才是童年，留意了一些东西，同时也忽略了一些东西，总是那么不完美，只有在似水追忆中，一切才破镜重圆似的完美。

　　记得我查过书，说萤火虫的幼虫多住在潮湿的草丛中，渴饮露珠与雨水，沐浴草儿多汁的眼神，古人甚至认为它是腐草变的。这个想法有点儿美丽。飞翔的萤火虫最终是要敛翅歇脚的，大地是它最后的家，只有草木才是托举它的葱茏眠床。母亲怕我夜晚乱跑，失脚掉进鱼塘里，吓唬我说它是从坟墓里的棺材板上飞出的，还绘声绘色地告诉我她的确见过沤烂的棺材板上潮润乌黑的一面，一溜儿的萤火虫幼虫像纳鞋的黑线。

我害怕了，将它讲给了最要好的伙伴，他又讲给了其他人。恐惧像瘟疫在我们中间流传。仿佛为了印证母亲的话，我们也的确不知不觉地被萤火虫牵引着，停下脚步，竟然到了一堆坟前。竟然是雪儿父亲最后的栖身之地。荒草萋萋掩盖了它的本来面目。那儿的萤火虫也的确多而稠密，且更明亮地环绕着静悄悄隆起的孤坟，只只仿佛都是从雪儿掌心驮着祈祷与祝福飞出的。

害怕归害怕，却拴不住我们淘气的脚步。一到晚上，我们仍然相约着从一只萤火虫开始，追逐着它预言似的光亮，直到繁星满天。

第二天，天亮了，太阳出来了，露珠熬干了，瓶子里的萤火虫死了。眼睁睁地看着它轻轻落到地上，混入尘埃，比活着时更小，像活着时一样轻，没有一丝儿声音，被一阵风随尘刮跑了，没留下一丝痕迹。

我莫名地涌起一丝留恋。萤火虫这小小的尸体，究竟藏着我们怎样欲说还休的心事？而这心事又曾经怎样在我们胸腔里汹涌澎湃呢？

我还是相信，这种叫萤火的虫是草木变的，夏天一到，它就点燃了萤火，照耀了我们孤独的童年。

早晨起床后，我发现瓶中的它已奄奄一息了，将它倒在了桌上，它的脚无力地抽搐，过了一会儿，不再动了，那星亮光在汹涌的白中，一刹那暗淡了下去。

我留下了它，连同那瓶子，它就躺在瓶里。我将它放在书桌上，仿佛为了某种马不停蹄的忘却的记忆，时不时看它一眼，隔着玻璃，就像隔着我被箭镞呼啸着追赶没命地落荒狂奔的时光。

就是它，带给我一夜的欢愉与兴奋，让我在与它暌别快30年后，鬼使神差地与它重逢在我至今满脑子困惑的40岁，这不能不说是一种冥冥中一直默默牵系的缘分，同时带给了我一份在麻木与冷漠中渐渐苏醒与战栗的感动。

因此，我有理由相信它是奉了某个神谕，在这一夜、这一刻，来找我唤起和重温什么的。

也因此，我有理由相信它真的是一盏活在时光中的小小的灯。

我将回到家后的事情讲给了二舅他们听，他们冷漠地听着，没表现出一丝热情的兴趣，仿佛与昨夜的他们换了个人。

为什么大人们总是这么易变如南方的天气？一会儿阳光灿烂，一会儿阴雨连绵……

我恍若回到了童年，小心地扒着门缝，窥视着外面窄成一线的世界。

黄鼠狼驾到

我一直坚信，隔了一年，两次登门造访的，就是那一只黄鼠狼。

去年离春节还有几天，苍城的那个回民小伙子，驾驶着农用车又来了。过去的几年中，我不间断地在买他的清真点心，他的姜丝、麻果（开口笑）、酥皮月饼等，都是我们一家的喜爱。他瘦瘦高高的个子，脸膛黑黑的，头戴一顶干干净净的白帽子。他一般在每个星期六，天没亮前从苍城出发，赶到郭城的这个市场时，天已经放亮了，市场上人也熙来攘往了。

这一次，他边在电子秤上称着点心，边对我说，柴油又涨价了，我的点心不能跟着涨啊，这是最后一次来这儿了，油价太高了，除去了成本，剩不下几个子儿了。

我听了有点儿失落。又买了一些芙蓉、麻果、酥皮月饼等，提了重重的一袋，回到家放在了碗柜的下面。

春节一转眼来到了。有一天清晨起来，我发现厨房的路中央，散落着一些食物残渣，它们像兔子拉的屎，哩哩啦啦地一直延伸到了阳台。循着它们往回走，在碗柜下面，是被咬破了的塑料袋，麻果如小鱼漏了出来，昨天还好端端的几根芙蓉已不见了。我蹲下仔细观察，路上的残渣正是芙蓉的碎屑，是谁的尖牙利齿将它嚼成了这样？我的第一反应是老鼠。生活常识适时地提醒我，老鼠的习性，和它上下两排尖尖的牙齿，使它具备破坏的动机和条件。但家中何时进的老鼠，此时又藏身于何处，我却不得而知了。在没弄清究竟是谁干的之前，我暂且将账记在了老鼠头上，我是想总得有谁来承担吧，老鼠不幸成了最佳选择。想到是老鼠，我嗓子眼像卡了一只苍蝇，碰都不想碰那些点心了。

当晚10点左右，母亲在厨房阳台外的防盗棂上，劈面看到了一只小动物。当时母亲在里面，它站在防盗棂上，有成人的一臂长，体形瘦小像一只猫。它后面两条腿直直地挺起，毛笔头一样披散的尾巴斜斜地翘着，前边的两个爪子拱抱在一起，娃娃似的小脸贴紧了玻璃，正在向阳台里张望。在昏黄的灯光下，又隔着玻璃，它小小的眼睛如一星鬼火，脸儿被玻璃挤压得变形扭曲了，瞧上去诡谲而神秘。母亲吓了一大跳，不自觉地扬起手去轰它，口中发出了嘘声。它没动，待母亲反复有三，它向母亲一连作了三个揖，仿佛是对自己的惊扰表示歉意，从容地隐入了黑暗当中。

母亲绘声绘色地向我们描述着当时的情景，还模仿着当时的动作，她肯定地说，那是一只黄鼠狼。

我恍然如梦醒来，是我假想中的老鼠，委屈地在替眼前的黄鼠狼背黑锅。是我们习惯地敞开了一条窗户缝儿，它原本是一类灵巧机敏的小动物，能够缩紧了自己，嵌入缝儿中，缓缓地挤大了缝儿。然后跃下窗台，落地无声，蹑手蹑脚地追踪着芙蓉的香气，到了敞开的碗柜下面，咬破了袋子，拽出了芙蓉，一路大快朵颐地咔嚓嚼着，也不停留，原路返回。

查清了真相，我却无可奈何。只有赶在天黑前，关紧了所有的窗子，不留一丝缝儿，甚至用木板抵死了，它没了空子可钻，再也没来过。

今年春节期间，我将新买的鸡蛋，一股脑儿地放到了灶台下的塑料筐中。一连几天，我发现鸡蛋每天都少几个，原本小山似的鸡蛋迅速"矮"了下去。开始我没在意，认为是早起去学校的儿子吃了，读高中的儿子正是长身体的时候，一顿早餐吃掉几个鸡蛋毫不奇怪，我还暗暗地为此而高兴。一天早晨起来，筐被移到了路中央，里面仅剩下孤零零的一个鸡蛋。第一个起床去厨房做饭的妻子，像烫着了似的惊叫着喊我去看。我默默地看了看，这条路又短又窄，通往对面的墙，两边堆放着杂物，仅可容一人走过。顺着路向前，仔细地搜索，我在靠墙根放粮食的小方桌上，找到了一枚遗漏的鸡蛋，紧接着在桌下发现了滚落的一枚，它们都被打开了一个方形小洞，就像被开了天窗，可以看到里面丰盈的蛋清养着一汪黄。我本能地判断，是黄鼠狼又来了，也许就是那一只去而复返了。我根据凌乱的现场，做出了如下推论和还原：是我们的健忘和疏忽，再次给黄鼠狼预留了一条窗户缝儿。它从那儿跳了进来，先是依据过去几天的记忆，轻车熟路地找到了筐中的鸡蛋，美美地饕餮了一顿。它边吃边在心里嘲笑，这家人脑瓜子咋就这么刻板呢，鸡蛋一天天地少了，也不知道换个地方，跟它捉捉迷藏，看它找不找得到，活得多没情趣啊。临来前它就想好了，这次它索性一不做二不休，将剩余的鸡蛋全部搬走。它手脚并用，还加上了尾巴，搬运着鸡蛋，最后一枚鸡蛋说啥也搬不走了，只好遗憾地放弃了。在跃上方桌前，滚落了一枚；待上了方桌，借力跳上窗台时，又遗漏了一枚。在这几天里，它究竟吃掉和搬走了多少枚鸡蛋，对我是一笔糊涂账。我能做的仅仅是关闭上所有窗子，不留一丝缝儿，它当然就没了可乘之机。

现在让我们暂且认定两次系同一只黄鼠狼所为，那么，总结它的两次登门造访，我们会得出下列结论：两次造访，前后隔了一年，都是在一年中最寒冷的时候，也是食物最短缺的时候。外面天寒地冻，西北风狂野地吹啊吹，它栖身于自己的巢穴中，饥肠辘辘，冷倒还在其次。它嗅到了随风飘过的家家户户准备年夜饭的气味，决定要去登门造访几户有空可钻的人家，在大快朵颐的同时，也为这个漫漫无尽头的寒冬储存一些口粮，更以此方式提醒我们它的存在，叫我们别忽略了它。

这样想似乎有点儿道理。除了冬季，我们平时也爱将窗户留着条缝儿，怎么不见它来造访？随处搁在外头的各种食物，静静地躺在那儿，就像最初时一样。

偏偏到了春节。坐在暖气正热的室内，热闹、丰足、团聚都是人们的，唯有冷清、寂寞、饥饿才属于它。它油然动了凡心，想往人堆里扎一扎，沾一沾烟火气，一不小心，就进入了人的洞穴。

听那个卖鸡蛋的黑脸汉子说，它会像人一样直立走路，也能双爪抱在一起，捧着鸡蛋走。如此说我那个手脚并用加尾巴搬运鸡蛋的想象犯了常识性错误，黑脸汉子所说的一切，都是他亲眼看到的。他开了一个规模不算大的养鸡场，养着数百上千只鸡，平时提防得最多的就是黄鼠狼。譬如他说，黄鼠狼反应灵敏，跳得快而高，有一次它溜到他的鸡场里来偷鸡，被他堵住了。他掩上了门，挥起一根木棒虎虎生风地去砸它，它没命地上下躲避，左右腾挪，眼看愤怒的棒子就要落到它头上了，它却纵身一跃，奇迹似的跳上房梁，窜向涌出光亮的窟窿，仓皇逃走了。还有一次，它被他下的老鼠夹子拦腰夹住了，想方设法脱身不得，越挣扎夹得越紧，仿佛勒入了血肉和灵魂中。它凄厉地吱吱乱叫，像是哀告，像是讨饶，又像是抗议，响彻了白天与黑夜，一连几天不吃不喝，拼命挣扎，直到衰竭而死，一缕极细极白的灵魂彻底挣脱了束缚，悄悄地遁走了。

是我去买他的鸡蛋，偶尔跟他说起了鸡蛋被黄鼠狼偷吃的事，他就滔滔不绝地向我讲了这些。当时还有一位阿姨在场，她听了一脸虔诚，忙打断他说，别说诳话了，会遭报应的。黑脸汉子正讲到兴头上，不理会她，也许他根本就不相信民间关于黄鼠狼系大仙化身的说法，心中荡然无存丝毫敬畏与后怕，仍然自顾自地讲着。

　　他说它喜欢阴处，譬如坟墓，他就在自己养鸡场附近一个暴雨后坍塌的墓中，发现了大量碎鸡蛋壳。那一地鸡蛋壳哟，红的白的相间，好似一地碎贝壳，都是隐匿于墓中的它或它们经年累月地偷了他的鸡蛋后留下的。

　　它第一次登门造访后，母亲跟我说，过去她和外婆一家住在黔南的荔波，几间瓦房位于粮食局附近，那儿地势稍高些，过去是一片乱葬岗。现在盖起了粮食局，周遭有了住户，时常能够看到成群结队的黄鼠狼，有花的，有黑黄杂间的，大白天还跑出来，像一支浩浩荡荡的游行队伍，猛地见到了双腿直立高高在上的人，仰起脸眨眨眼，然后，惊惶地到处奔窜，有的就撞到了人的脚上，甚至身上。

　　我们现在住的这片地方，过去是一片菜地，有深井，其间多有坟墓。刚开始挖地基盖房时，每到清明等节日，或某个人的忌日，总有人旁若无人地穿过门口，准确无误地找到自己的那一个念想，哭上几声，叨上几句，留下一堆堆黑色灰烬，风吹过像蝴蝶一样张翅翻飞。我们家住在前楼时，院内几幢住房已经相继拔地盖起了，我亲眼看到过一对男女趁着黑夜进了院子，径直来到了一楼的陈家窗户下，一张一张地烧着纸，腾起的火光像一束火柴滑过含磷的黑暗，擦亮了两张平静而虔诚的脸。

　　是我们为了自己的居住梦想，掘了坟墓，挖地三丈，盖起了空中楼阁似的住房，扰了先人的清静，和他们田园牧歌的沉睡。

　　被我们侵占和打扰的还有它们。深井被填了，洞穴坍塌了，低头遍地水泥，举头是一架架钢筋混凝土的鸽子笼，它们寻不到水泥的破绽，无处藏身于光天化日之下，无奈地带着悠远的记忆，纷纷迁移，背井离乡，另寻藏身之处。有的舍不得走，寄身于各种管道下，偶尔出来觅食，不知不觉，就窜到了家里。

　　　　　　　　　　　　　　原载《山花（上）》2013年第2期

紫禁红

周晓枫

钟表馆

身处天子脚下的北京人总是一副见多识广的样子，懒散而处变不惊。四十多年生活在这里，我把整个北京都当作一座旧宫殿……建筑它，出自时间的手笔。我像廊柱的蠹虫，默默啃食并消化其中微小的残渣。尽管，我猜测天堂有着紫禁城那样的金色屋顶，但居京三十多年，使我习惯了故宫的华丽。从摇晃、拥塞的103路公共汽车里，我看见角楼，并对它遗世独立的美无动于衷。

我想我唯独没有克服对钟表馆的敬畏。它坐落在故宫东南角，进入时需单独缴费。这里橡檩高大，光线低暗，收藏各种各样的报时器和天文钟，大多由伦敦和巴黎的名匠制造。不由自主，我把脸按扁在玻璃上，想看得更清楚。基座上的大象镶珠嵌玉，精巧的小人儿围绕着轴心旋转……这些钟表遵循共同的审美原则：繁复和对称。过分装饰，使之超出作为钟表的必要，观赏价值远远大于实用价值。也许，美，正是扩大在实用性之外浪费的部分。

漫长的成长阶段里，表都是我唯一随身携带的机械。事实上，我对机械怀有或多或少的恐惧，从未像其他孩子那样，好奇地拆开后盖，偷窥一只钟表犬牙交错的精微的内脏。记得伴随多年的那只黑猫闹钟，它的眼珠左右错动，鬼鬼祟祟，但我喜欢它在黑暗中扩散开来的甜蜜尾音。有一天，它终于停了，我拒绝修理，把它完整地放到床下抽屉里，和先前坏掉的那只鸡啄米的闹钟搁在一起。

我的童年就是被几只闹钟集体偷走的。一个巍然王朝同样遭到钟表馆的劫掠。钟表是穿在时间脚上的鞋，它使时间走动时发出声响。沙漏和日晷带有典型的东方色彩，含蓄、无声，包含优美的比喻。而钟表，最早的西方文明象征物，作为昂贵的礼物和奢侈的玩具，它进驻一个国家的心脏……一个五千年以来信奉农业、诗歌、礼仪和慢节奏的古老国家。紫禁城，檐瓦灿烂，宫墙血红，数不清的房间里，轮流上演明明暗暗的阴谋和闪闪烁烁的爱情。当夜晚到来，月光一点点把宫殿和人影一同淹没，只有时钟一丝不苟，继续向前。精确的机械装置滴答滴答地响着，听起来，像有什么危险地进入了倒计时。

我参观的时候，钟表馆里的钟表早已停滞。电视录像里，反复演示着其中一件的神奇之处，小人儿可以提笔写下"万寿无疆"，起承转合，字字蕴含笔锋。流逝的是钟表的应用功能，留下的是欣赏价值。或者说，当事物不再流入使用过程，它便面对迥异的命运：被废弃，或被珍藏。

我流连忘返。那天忘了戴表，欣赏和赞叹过后，我想知道几点了。这才发现，这座钟表馆丝毫不能给予我的恰恰是时间提示。表盘上的指针朝向各个方向，我被无数错乱的箭头包围了，无所适从。平时对表，我们习惯找到两只相对一致的手表，从而使自己的时间趋于准确。现在这种经验完全失效。尊贵的钟表们一无用处，标识时间的事物自己死在时间深处。在过去的某个时刻停止，今天，我却难以理解它们从往事中提炼的暗示。站在空旷的大厅，我茫然，或许那个时刻体会到的叫虚无。

一切都被时间浸泡：乡村年画上破损的灶王神，熟睡的婴儿，朱红立柱上正在起泡的漆皮，我们自己，此刻的钟表……生者被催促着衰老、催促着靠近死亡，死去的，还要继续死。

也许它们停止运转出于更高的智慧。相对格林尼治的标准时间，我们身边即使最精确的表也难免存在误差。但只要表不走，就至少能保证一个时间绝对正确。钟表馆里的时钟拒绝与时俱进，拒绝像今天的大多数事物所参与生活的方式。也许这些钟表注重的是质：与其错误一生，不如追求哪怕只发生于瞬间的真理。

想起中学春游，骑几个小时车到圆明园，为了看废墟。废墟比完整的建筑更让人震撼，因为前者具有后者尚还缺乏的东西：时间的参与感。多年后，我又来到圆明园，万花阵已修复完成。这是一座石墙组成的圆形迷宫，我在其中不断迷路，一会儿顺时针，一会儿逆时针，越焦灼越找不到出口。石墙不高，我几次攀上墙，借以判断方向。站在万花阵中间的亭子上，我发现这里就像一个巨大表盘。圆是所有几何图形中唯一没有遭到线条分割的图形，但这个大圆内部，充满错杂路线，以至让人产生一种缓慢的眩晕。也许，时间本身正是如此，它并非稳定而匀速的涡流，每时每刻，朝着统一的流向。我看到游客在迷宫中走失，相互呼唤，听得见声音看不见人影。走散的，还有进行比赛的两个孩子，她们一个早在出口等待，另一个，一直在顺时针、逆时针中领受教训；日渐黄昏，等落后的那个几乎含着眼泪走出迷宫，领先的那个耐不住过久的孤单前去寻找她的朋友，重新置身迷宫，她不知其中已全是陌生人。孩子个子小，不能像大人那样攀墙，她们身陷其中，不知所至。

谁也不能嘲笑无助的孩子，浩大时空面前，我们谁又不是孩子？岁月的墙太高，想做骑墙派，根本是不自量力的奢望。

游乐场

我认识一个平凡的老阿姨，平凡到即使和她如此熟悉，我每次回忆起来都有一点微弱的吃力。后来得知她令人惊讶的显赫身世：如果清朝还在延续，多少疆土和人命都可以在她手下轻易折叠。这双手，现在，在柴米油盐之间，不过一件平凡的劳动工具。

我对中山公园的印象与此相似。这里原来叫社稷坛，是皇帝用来祭土地和五谷之神的地方……王与神衔接，人间与天上的最高权力在此传递。但光阴流逝，减弱了它的威严，如同它的名称由宏大而抽象的"社稷"，落实到对一个人间领袖的纪念。

在我看来，中山公园是北京最有平民乐趣的名胜古迹，以至令人感觉不到它是个名胜古迹。举办各种花展、书展、热带鱼展，这里还有音乐堂、来今雨轩餐厅。80年代这里的英语角和恋爱角格外有名，集中了要在前途和爱情上碰碰运气的人。绿树红墙下走走，散漫随意，可以想想小得不值一提的心事。日常的情欲也是得当的，看长椅上那些情侣，一个塌陷在另一个怀里，把公共场所变成私属的乐园。所以我很难把中山公园当作一个古迹，尽管它的态度的确像是温和老者，已失去刺探他人秘密的兴趣。

之所以对中山公园抱有别样的亲切，是因为一个人。他的单位离公园近，我们常选在这儿见面。喜欢他的眼睛，凝视的时候，他的瞳仁形同漾动水波的陷阱……我会及时转移视线，顾左右而言他。胸腔里有低暗的回响，我不知怎么才能克制对他的向往而不露痕迹。那时候我太崇仰他，觉得我的爱情对他来说都是冒犯。由于不奢望结果，我把它手法简洁地处理成一场暗恋。

他聪颖过人，但未能识破我的伪装。我习惯与众多异性关系良好，准确地说，是我们彼此作为中性关系良好。我看起来如此任性不羁，天马行空的感情处理方式里，他不了解我从未松开内心的缰绳。他想自己只是分母之一，除此之外，我肯定还有其他寄托。这种误读，有助于我把静水深流的爱，藏进文字里杜撰的艳遇。我太羞怯，害怕表达和承担表达的后果，宁可把冲动处理得近于儿童时代的性：携带而不作用。多年之后，我才发现，和他见面的地点几乎带有象征含义：中山公园的游乐场——成人难以在游乐场中持续孩子的娱乐兴奋，他们放弃，远离；而我，依然醉心于模拟的享受和刺激。

独自坐在旋转木马上，它比真马华丽，生有坚硬的波浪状鬃毛和短翼。这匹最笨的飞马，只会沿着既定轨道，从低处浮升……音符叮咚作响，不带我上天堂。旋转木马的轴心由几扇落地镜组成，在镜面变暗的银色里，在失重与超重极其微弱的变幻里，我看见夹紧双腿的自己置身于秘密的喜悦。记得在一本偶然翻到的诗集里那个女性的低语："我们不知道，该怎样打发剩下的时间，在有生之年不沦落为无聊者。激情在哪儿？我们呼唤，直到，在人民公园坐上木马。静静地听着机械的摩擦声。平稳地悬空，降落，有点缓慢。我们双手抓牢它小小的耳朵，转了一圈又一圈。两个成年人，人们已经开始注意：一动也不敢动，双脚套在铁环内。"

而他在外围，双肘靠在铁栅上，笑容流露了对儿童游艺的轻讽……在我的余光中形成暗蓝的斑影，像一条深在河床的鱼。我比任何人都清楚他是不咬钩的，不过，也可能因为我并非值得的诱饵。他会在其他女人的嘴唇上，但他会在我心里。一进中山公园的门，往右走，常年举办金鱼展览，还有温室花房——全是没有声带的命。那些总在张嘴却喊不出声来的哑巴鱼，被囚禁在一个个玻璃格子里。我像鱼一样，幻想飞跃，但永远被玻璃格子般冰冷坚固的纪律管教——我的氧气只能从水里获取，即使这是一个囚禁我的世界。中山公园里的鱼，演绎着我：无以表达，不含行动，我深怀一贫如洗的爱情。木马缓缓旋转，我如同进入洗衣机的内胆，徒劳地，不断试图甩干心里那点湿润的东西。

最后一次见他是在中山公园的黄昏。满天灿若云锦，他是我逆光中的天使。仿佛彼此坐在跷跷板的两端，他因我的低落而飞升。他太优秀，让我感到某种来自等级的压迫。那天我们坐到很晚，直到，抬头望到月亮的沉船。我愈发体会他孤寂中的美，在深蓝的，深蓝的大浪之下……深知他将离开我的版图，成为我无法收复的山河。在黑到无涯的世界，他是我禁锁中的珠宝，散发唯有我知晓的光泽。这微弱的幽光，不足以减少黑暗的重量，但足以将我照彻。我觉得自己是一个摸索者，在他离开的漫无际涯的甬道。为了捍卫一点可怜的有可能被忽略的深情，我所付出的代价非他可以想象，他也将永不知晓。

爱情始终是个让我畏惧的词。曾经深入墓道，一对古代夫妇合葬于此，我看到他们朽空的眼眶、蚀空的腿，看到衣服上金丝银线的纹饰，已经变成蒙尘的褴褛。这就是爱情，海枯石烂，我不再逃开。那么，我是不是该显得无惧无畏？我爱，我将收藏你如同盗墓者的财富。

来中山公园，我每次的出口还是会选择当初的入口——返回原点，不露痕迹，内心的旅途没有任何里程记录。公园入口处，有个著名的并生现象，槐树与柏树相抱而生，仿佛暗喻爱情的珠联璧合、甘苦与共。然而仔细观察，它们各自的树叶注定不能活在对方枝头——离得这么近，只是为了看清彼此的不能。

游　廊

我偏爱花朵硕大的植物，荷花、马蹄莲、郁金香……都是结实的，花瓣里有种坚硬的质地，好像流溢其间的汁液里，夹杂了部分脂肪乃至固体的颗粒，它们才能显现接近石膏或象牙的质感。小型花虽然精致，但看它们微风中的细碎摇摆，显然不及前者那样易于唤起对美的敬畏。

我喜欢荷花，可惜家庭养殖并不普及，常人难以提供池塘。观荷宜在户外，辽阔水域更显气象。我的一个去处是河北白洋淀，还有一个，是颐和园里的别景：谐趣园。

花瓣连绵不绝。在知鱼桥上凭栏观荷，层层叠叠的荷叶上，每朵莲花都是一座寂静而华丽的独立舞台。这盛大的夏日之花，色泽柔润，逆光中有着矿物质般的通透质地。莲具备稀有的从容品质，连凋败时每片花瓣都能相对保持完整清洁。到秋末，池塘里全是残荷、断梗和残垂的枯莲蓬……远望水面，如同旧歌本上的五线谱。

没有比它更具信仰感的植物，莲花在佛教中具重要象征意义。清水之荷能否赢得同等的赞誉？是否只有穿越污泥的尘世考验，我们才能增加承纳的勇气，做到觉而不迷、正而不邪、净而不染？是否只有让不洁之物烂在自己的根底，我们才能无辜绽放，然后被菩萨普度和接引？难道所有的圣洁之花，都需要秘而不宣的底层淤泥作为营养吗？

颐和园，这座优雅的皇家园林和行宫，难道不像一朵硕艳的荷花？想起那个珠帘后的老妇，疆土沦陷，但她依然坚守着不可救药的浪漫主义，以至巧立名目，从海军经费中提取银两来复建亭台楼阁。生长在国耻的淤泥上，颐和园绽放。国运昌隆的朝代，我们只能在历史教科书上找到用文字记载的抽象的辉煌；而今天令人骄傲的文明，无论长城、故宫还是颐和园，哪个不是暴政与特权的产物？这是烂泥里哺育的美，以及孤独的奇迹。

甲午战争，清朝海军覆没，捍卫国家海岸线的战舰再也不能起航。具有嘲讽意义的是，不沉的，却见昆明湖畔的石舫。在这条华贵的石雕船上，帝后或览胜、或宴乐，而修筑石舫的用意原是"凛载舟之戒，奠磐石之安"。永远不会在水面移动寸毫，晨昏如涟漪从石舫的船头漾开。

一切都是停滞的，从此岸的石船，到隔岸的镇水铜牛——它的脊背经年累月被游人触摸而愈显光润。一切都是停滞，包括这里的夏天。不仅因为英译名为 Summer Palace，我才会觉得这里的夏日漫无际涯，不知为什么，感觉颐和园的夏天就像在回忆里那样取之不竭。对于夏季，习惯中的形容是灼热，但颐和园之夏永远给人清凉之感，像游廊立柱上那种幽绿色。

我迷恋幽深的长廊，梁枋上方浓墨重彩，绘制着传统苏式彩画：风景胜迹，神话传说，英雄列传，吉祥花鸟……少数是清代著名宫廷画师之作，多数出自20世纪80年代以后修缮时的乡村艺匠之手。延伸的游廊让人置身绿荫的遮护。颐和园的夏天似乎永远度不到尽头——那种绿，漫长而懒散，有一种大青蛇的傲慢，它的凉意几乎是不能被惊扰的。那些图案就是大青蛇的鳞彩吧？美得剧烈，令人生畏；一条巨蟒，鳞彩斑斓。

我斜靠在游廊坐凳上。昆明湖的微风吹拂而来。和故宫不同，故宫辽阔，而颐和园体现了太多曲折与隐藏之美。工匠正为彩画补色，包括图案的流云边框。刚刷的油漆黏稠，然后缓慢地凝固、缓慢地风干……风吹雨淋，直至漆色再次剥落，泛起一层层斑驳鳞皮。

蜿蜒迂回，状若龙蛇，可我从来不能把覆在游廊上的红瓦当作巨龙的火焰状脊鳍。颐和园既是优雅典范，又是清政腐败无能的见证，它无法不在尴尬之中。游廊啊游廊，它不像龙，它是蛇：已退去角爪。妥协的协约，割让的条款——为了求生可以断臂，它熄灭身体周围的火求得苟安。大清帝国不再是一条在天之龙，它变成俯地的蛇。没有神奇的角，没有圆睁的怒目，没有遒劲有力的指爪，没有腾云驾雾、电闪雷劈的本领，它卸掉了威悍的样貌、暴力的可能，卸掉它神话中的王位，在威胁下沦为一具匍匐在地的肉身。

手心里，是一片游廊剥蚀下来的漆，它让我联想起二胡琴筒两侧蒙着的蟒皮。仔细观察几何形的斑块，蛇鳞有着近于六角形的蜂巢形状。六角形似乎是以直线来维护的圆，这种圆满，其实已在每条边界上都有所退缩。我们愿意把龙比拟为寂寞的英雄，蛇为隐者。作为隐者，蛇似乎有消极甚至是邪恶的倾向，也有被误传甚至被污损的声誉。蛇可以被看作卸去铠甲、解除武装的龙吗？传说中神异的龙能隐能显：春分时登天，秋分时潜渊，这屈伸之道能否为清政府的卑从提供衣不蔽体的借口？

昆明湖的风吹拂荷叶，吹拂漂浮的游船和不动的石桥。玉带桥呈现动人倒影，孔洞在对称中形成优美的圆形。有时候，我觉得我们的世界是由无穷无尽的对称组成。这并非意味数学意义的绝对之美，有时暗示着：当我们不小心破坏了什么，一定有什么，在不为人知的侧面，被对称地摧毁。

就像母性的长江和父性的黄河是对称的河流，我的祖国也育养着两条大蛇。一条是颐和园游廊里的大青蛇，软得无骨，在深锁的庭院之中，戏剧般华丽，它让人享乐，带有女性的淫逸感。另一条，是长城，灰色的，没有任何装饰，刚性的，抵抗的，战争的……没有装饰任何鳞彩，被蚀尽血肉的巨蟒，它只剩脊椎，只剩风干的骨骼。

塔

西方教堂旁边常常矗立着一座塔楼，沿着窄梯攀援，那种幽暗的上升，仿佛让人模拟着回到圣母的子宫。塔顶的钟，将福音更辽阔地送抵。中国唐代以前的建筑群以塔为中心，唐代以后，转而以殿为中心。我不了解这种变化的因由，只觉得塔的高度，使它具有强烈的地标意义的指示作用。

参观过许多塔，我记得砌面上的琉璃雕饰如何反射着残阳，佛像法相庄严、风雨不侵，或者木质的角檐如何被蛀蚀，留下让风穿过的孔隙。登塔，躬身绕着旋转的梯子，直至顶部——仿佛进入一只锥螺的壳，感觉自己是受到攻击而回缩的肉体。透过高处的窄窗眺望，四野无极。

我们难以追及古代工匠的智慧，他们建造宫殿不用半根铆钉，到处充满玄奥的榫接，为了翻修而进行的拆除使建筑师也陷入尴尬，因为不能将拆散的它们复原。而千百年的一座塔，亦如定海神针般不移，捍固在历史的沙床。置身塔顶，我得以在某种保护里，被古老的辉煌之光映照，感受高瞻远瞩的文明。

……翻阅线装书，西风雁行，清溪渔唱，吹恨入沧浪；碑帖上，书法狂狷；服用中药，名称优美的配方被一只耐心的药壶煎煮；龙、凤凰、麒麟、貔貅，那些藏身想象、永不显现的大动物，各怀逼真的品德；宫墙血红，印玺之下生杀予夺的权力；隐入烟岚的长城，渐行渐远——这些闪逝的片断，如同塔内一层一层的梯级，让人从窄黑的入口，登临令人目眩的高度。大约只有来自祖先的遗赠，能让我们无愧于心地领受；大约只有来自祖先的骄傲，能让家境败落的子孙在炫耀之中不被伤害。登塔不仅象征对旧文明的膜拜，一座塔同时成为提供保护的寄居壳……当灵肉受到威胁，我们可以凭借自身的收缩回到悠久文明的记忆深处，回到可以睥睨天下的高度。复述辉煌给人美妙的错觉，仿佛是自身正散射出辉煌之光。尽管，我们不认识繁体字和狂草；尽管我们只有履历上的简化人生，并且希望它们是用字母打印；尽管，尽管我们已不能重组一座被自己亲手拆散的旧宫殿。

在河北正定，我曾在空心的凌霄塔内壁上发现一张刚刚张贴的手写经文：纸幅尺余，大多似以梵文书写，除了那句六字箴言。墨迹未干，已找不到那个神秘的僧侣。两只漆黑的燕子，宛若从玄机中孵化的精灵，飞鸣翻转，沿着塔内有限的空间上升。

我仿佛领会了某种玄机，因此慑服于塔的威力之下。无论是男童哪吒还是女妖白蛇，这些挑衅中的角色必须用塔来镇压：塔的内部更接近牢笼，让受惩者不能翻转身体；塔的外部更接近纪念碑，具有从天而降不可撼动的正义感。我有个偏见：相较于其他，塔更像有腹腔或深藏心脏的建筑。事实如此，塔里常藏着经卷、舍利以及许多不可轻易触碰之物，包括它自身的阴影。

许多时候，北海的白塔作为背景存在，它是照相机中的远方。我最为珍贵的几张旧照是在北海拍的，白塔总是在中景以外，显得有点矮小。九岁的我坐在船尾，从父亲的肩膀后面露出头来，脸上挂着小鬼般的诡黠神情。由于拍摄的瞬间船身突然晃动，照片的水平线倾斜，白塔恰巧出现在我额角的位置，既像一个镇妖之宝，又像从我头上长出一根怪异的角。

我记得拍照片的那个 4 月，春光如织，空气中仿佛有能被指头拨弄的金丝弦。我记得书包里提前准备的野餐：从糖水罐头里捞出光滑的黄桃；午餐肉带着不健康的浅粉色；面包上结痂似的硬皮。我记得在岸上采摘的蒲公英，风把它们蓬松的球冠吹散，葬在粼粼碧波之中。依照常识课要求，我收集过多种植物标本，把花叶压在字典里，它们枯死过程中会顺便弄脏几个词条。但蒲公英虚幻主义者的头部，导致它们难以制作成标本。多年后，当我阅读众口一词的历史，悲观地发现，史册中充斥着大量投机分子，多数理想主义者已被时间的风葬送于无名的中途……我就会隐约想起，蒲公英曾经消失在我指端的隐喻。

我唱过那首著名的歌曲："让我们荡起双桨，小船儿推开波浪。水中倒映着美丽的白塔，四周环绕着绿树红墙。小船儿轻轻，飘荡在水中，迎面吹来了凉爽的风。"恍惚之中，我并未发觉，正午的白塔，作为日晷上的秘密指针在移动。

是的，只有对比隔了数年的北海留影，我才能认出，白塔已是成长中的标记。当时的 4 月，划桨而行，父母既是指引又是阻挡，我努力摆渡自己，穿越湖面与逝水而去的光阴……在求剑的舟楫上，白塔留下一道清晰有力的刻痕。

回音壁

只有寂静时分，魔法才能降临，声音沿着青灰色的墙壁内弧反射，一句低语被清晰传递到相隔数十米的耳朵里。然而盛名之下，这里经常游客嘈杂，为了盖过他人，大家争相叫喊更高的分贝，却是徒劳无功、彼此淹没。所以，为了体验神秘的回音壁，我选择黄昏。当众人散尽，只有船锚形状的燕子，穿梭在夕照下的圜丘。

和诸多名胜一样，天坛用于皇帝祭天祈福。据说在回音壁倾诉能被神听见，从中可以印证神明伟大的听觉，坐临云端却能声声入耳。皇帝仿佛苍生的代言者，作为万众之舌，他向绝对统治者祈祷山河安稳、岁月丰收，祈祷远离灾变和兵燹……这时候，皇帝的身份其实也不过一个求乞者。

皇帝常常虚拟神的血统，既可以恩宠，也可以杀伐，那要看子民如何取悦于他。自恋的皇帝，在连绵不断跪拜着的"万岁"中体会的，反而是自己的声场在辽远的传播。权力多大，他隐形的回音壁就建造得有多远。他的旨意像种粒一样，能够发芽、生长，然后在枝头的果实里被千万次地重复。当然，掌权者必须提防角落里的忤逆之声，因此皇帝需要告密者，听到不祥的回音，他可以随时卸下仁义的微笑，成为有一千只耳朵的暴君。

祈祷，一再祈祷，表面上是期待神不负众望施展他万能的解决手段，其实希望神明事事回音般响应我们的要求。这无异于把造物主贬抑为低微的仆役，让他的决定变成人类愿望的回音。其实这是渎神，也许这种潜在侵犯让我们付出了巨大代价。我们发现，历史总以某种数学循环模式一再重复，体现出回音般的相似效果，尤其阴谋和暴行。而古老文明里那些由手工精湛的艺匠所创造的奇迹，却仿佛沦陷在失效的回音壁，被吞没了华丽的尾音。

西方神话传说中，爱上美少年的厄科，是一个命运受到惩罚的仙女，她没有形体，只会单调复述他人的话语。未被科学启蒙的世纪里，许多人以为回声就是山林中的厄科在淘气回应；也有人因此想象，世界上第一个科学家是发现回声并非精灵的人。

在无法判断现实疆界的童年，我也曾把回声想象为一个真实的隐形人。各国都有类似的童话，当某人不能独自消化秘密，他寻找树洞说出来，就释放了心里沉积的压力；但他不曾预料，洞口里的回声将他出卖，秘密以几何倍数迅速扩散。

作为一个害羞的孩子，我对藏在洞口里的隐形窃密者也是警觉的。当学校组织春游天坛，同学们纷纷进行回音壁里的声场实验，我只是把脸贴在微凉的墙壁上，倾听他人残碎的只言片语。我难以想象公共场合自己会大声喊些什么内容，又选择谁在彼岸接收消息。

直到多年之后，人迹寥寥，我在回音壁喊出自己的名字。我体会着自己的名字，声音追逐着声音，一个踩着另一个的脚踵……从那连环的呼唤里，我看到多米诺骨牌的自己，逐一倒向岁月的墙根。黑夜即将旗帜般降下，黑燕子融入回音壁上方的夜色，像船锚沉到海底，很奇怪此时我会想起跳海自杀的诗人哈特·克莱恩的句子："我问自己：你的手指有没有足够的长度，去弹奏仅仅是回音的琴键；沉默有没有强大到，可以把音乐送回它的源头……"

时间流逝，秒针跟在分针后面亦步亦趋，像个碎步的仆人……听，它紧张中不忘蹑手蹑脚的小步子。回声，就像钟表动听而又凄楚的尾音。

我构思过一个微型小说，是在观看天坛出售给旅游者的画册中得到的灵感。它有些故弄玄虚，却缺乏结实的内在支撑，所以迟迟停留在梗概阶段，下面是其中片断。

早衰者醒来，感到自己的疲倦和萧条。他的头颈生硬，膝盖也像上了铁箍，从双膝的缝隙间他看着自己灰白的脚趾甲，似乎没有入睡前尚存的一丝血色。

在回音城里，每个人的心脏都是一个闹钟。大部分人一出生，就会马上经过自己主神的校正——钟表走时准确，或者说，每颗心都相当于一个倒计时的计时器，以既定的速度前往墓碑。而早衰者发现，自己的心脏又多转了两圈，这在最近已是常事了，让人疑惧。早衰者决定立即去找修表匠，也就是兼做外科医生的泰姆先生修修，唯有他，能够了解问题出在哪儿。

医生发现，早衰者有个与众不同的热情的长脚分针，对世界充满了难以克制的好奇，它总是急于赶路，想去及早发现蕴藏在未来里的变化。有什么办法能让分针稳定在正常的节奏呢？如果它被永恒之妙吸引，会不会就此停住频摆的轴，不再让它的主人陷入慌乱呢？

医生说，他只能检查而不能调整心脏钟，当初拧紧发条的主神或许能够想出办法。早衰者努力寻找自己分针的设计者和装配者：他的主神，他想去追问，到底什么原因使主神对自己如此粗心。据说为了找到那个不知名的小神，早衰者还皈依了一种能够与神通灵的奇异宗教。他跋山涉水、风雨兼程，除了尽快找到拯救者他忘记了世间的一切。

早衰者没有醒悟，自己急迫地寻找和分针对结果的好奇是完全一致的。分针更快地转动，似乎尽快跑完它已不耐烦的马拉松，才能及时完成早衰者焦渴中的心愿。他的分针从竞走变成慢跑，然后疾驰，和秒针并驾齐驱。

不久，早衰者走到了命运的终点，气力像游丝一样离开他多褶的皮囊。分针的耐心从来有限，现在它甚至对自己的好奇心都不耐烦了，终于和秒针折叠在一起并停下。早衰者把最后的气力用来流下最后一滴眼泪，他幡然领悟：是他自问的旅程使自己徒耗一生，而他自己的好奇就是分针的好奇。早衰者无力回到故乡，回到回音城与泰姆医生重逢。早衰者在死寂前的恍惚中，想起泰姆医生……是的，他，很像。据说由于粗心，某个小神曾经被贬人间，就隐身于回音城。早衰者最后一次，想起泰姆医生瞳孔中精确至微的刻度。

幼稚的小习作，是个雏形的寓言体，它似乎又在残缺里自足，因为始终抗拒我去完善它。曾经连续几天中午，我都半梦半醒地想起它；等午后醒来，我就像一个掉落的分针那样笔直地躺在床上，停在自己的表盘，停在回音壁般的空旷里。室内，唯有挂钟的秒针之声在耳畔，它不断吃掉自己摆动中的阴影。窗外下雨了，我变换了一下姿势，继续躺着，听任秒针和雨滴声将时间里的我拆解。

雨声不息……洞穴里一滴清凉的水滴下来，其他的，都像是这滴水的回音。回音壁所藏纳的最初源头，恐怕永远不会重现，仿若匿身宗教之中慈悲或严厉的神。

废　墟

第一次到圆明园，我还是个热衷郊游的小学生。记得那辆被临时征用的22路公共汽车，记得我们在颠簸中奋力地合唱，还有书包里的火腿肠持续造成的肉香诱惑。学校每年组织一次户外出行，香山、陶然亭、樱桃沟等。我记得某年杨絮漫天漫地飞舞，在这盛大而温暖的雪团之后，隐隐看到故宫一片华丽的檐瓦——那次春游，几乎让我产生凄迷而早熟的伤感，觉得自己正被什么柔软地摧毁。去圆明园活动，冠名为"爱国主义教育"，然而来自历史的耻辱并不能在孩子的心里累积重量，我们只是惊讶于自己被汽车倾泻到一堆断壁残垣旁边。

我们没有耐心听从老师语气庄重的讲解，没有兴致辨识图像混沌的黑白照片，连圆明园大石头上浮雕的植物和异兽也不能吸引我们——何况，它们只剩下片断的花纹。除了能在荒凉开阔的野地里追逐奔跑，这里毫无乐趣。留下来的印象，唯有残石上的西式雕凿，像生硬的石膏花，泛着与材质不符的脏奶油色；还有夕照中的一片芦苇，诗意萧索……殉葬的植物。

第二次去圆明园，我迷失在万花阵之中。这座用四尺高的雕花砖墙组成的迷宫，复建不久。我不断碰壁，气馁不已。尽管，"迷宫"是个分外魅惑的概念。我知道，在古老的中秋之夜，宫妃们曾手执莲灯在万花阵里嬉戏，笑靥生动。月光，如同弥散整个世界的金色花药；在这圆瓣的巨型石头花里，藏匿着绝色的歌伶与舞姬……迥异于今天，那是已逝的情怀。在讲求效率的工业社会中，需要的是直接、简明、不走弯路；万花阵相反，它是一座自我封闭的娱乐场，没有暗示和标志，在蓄意的误导中，在重复的缭绕中，迷宫制造智力和体能上的惩罚，从而使身陷其中的人获得乐趣。

……我丧失方向感，越走越焦灼，很长时间没找到万花阵的出口。我觉得自己笨，像只慢蜗牛。万花阵也像封建社会遗留下来的一只蜗壳吧？石形圆阵，移走不动，中间被蚀空全部的血肉。很奇怪，我恰巧在镂刻的石纹间发现了一只附着其上的真蜗牛：壳体脆薄，行动迟缓，对它来说砖墙上的图案已是阻碍前行的迷宫。天线般的触角，那么细，在空气中小心试探——触角是蜗牛的行动指南，因为它已如维纳斯丧失双臂。这个带有残疾的幼婴，它匍匐在自己黏稠的体液里。当它胆怯、疲倦，就蜷缩进完美的螺旋之中……进入由一条线组成的迷宫。

圆明园曾作为艺术村盛极一时，集中着渐渐声名鹊起的画家和诗人，也不乏以艺术为名的骗子——骗子首先是成功骗过了自己，为自己加冕了伪造的身份和荣誉。当代艺术品被天价拍卖的神话时代尚未到来，彼时彼境，这些被生活腌出咸味的底层艺术家多在困顿中挣扎和坚持——圆明园艺术村，体现着20世纪最后的浪漫。几年之后，树倒猢狍散。圆明园艺术村就像现代迷宫，凭借金羊毛找到出口的人成为英雄，也有无名者被无名的怪兽吞噬。

潮涌潮退，圆明园的名字就像遗留在沙滩一枚罕世珍贵的鹦鹉螺，无论拥有多少旧武士的尊严，也与我的生活无关。及至中年，我对圆明园的了解才略多于中学历史课本上普及的知识。

圆明园与北京众多古迹的不同之处在于：它是废墟。

世界上有些圣地，带有明显的废墟感，比如庞培、吴哥窟、罗马斗兽场，空旷、盛大而神秘，远比新建筑令人尊重。所谓废墟，必然经过毁灭，但正是毁灭使之比完整之物更具力量。巨大的时间溶解在废墟里。如果说时间是有具体形状的，它就是骨殖、化石和连绵的废墟。废墟是所有伟大之物的终年，但我们甚至说不清废墟的生死。方死方生，方生方死，它漠然超越生死交界的那座短桥。废墟并非被魔鬼所摧毁，仿佛出于对时间的信仰而甘愿瓦解。作为废弃之地仍如此辉煌，废墟见识过杀戮、离乱、掠夺，见识过足够的眼泪、嘶喊以及足够的鲜血和焦骸，却保持地老天荒般的沉静。

废墟荒寂，鸟雀乐于在此筑造新巢。对它们来说，这里提供众多借以庇护的孔穴；某些不为人知的隐秘角落，甚至已沦为蛇蝎乐园。废墟无人居住，因为没有凡人能够匹配和驾驭……荒凉到唯有神能居住其中。它们就像神的故居，由于偶然的原因被遗弃。我们看到暴雨后的残红，都不免惋惜：美被肆意破坏而不受吝惜；曾经至尊至美的建筑变为废墟，遭到无动于衷的摧毁——也唯有神，享有那样无情挥霍的资格。所以人神相遇，除了天堂，还有废墟。川端康成的隽语令人联想："颓废貌似远离神，其实是捷径。"

夕阳下的圆明园，有着略带沉重的末日感和亡灵乐于沉入其中的寂静。废墟，这个词的意义在于，使建筑像花朵一样享有自己的凋谢；废墟的非凡也在于，置身它的绝对寂静里，仿佛就能立即回到它的全盛时代。那是一种通过悠久的死亡而进入的永生。据说，圆明园是伟大的奇迹，其实它是从神明般不容怀疑的极权出发，由每个工匠身上的智慧来实现，如同夕阳下每粒尘埃都散发碎金的光芒。我从没想到美，还可以包括令人战栗的极权以及随后的摧残——或者说，只有不能被摧毁的才成为大美。我在废墟上看日落汹涌，看晚霞燎烈，无边席卷，就像许多年前的那场浩荡的火。

圆明园毁于大火。

燃烧的火焰，保持着不可思议的温顺和柔软，但它攻无不克，比锋刃更令人畏惧。火焰里有罕见的金色，有硫黄般的腐蚀力和溶解万物的热度。这个世界，有什么能作为盛纳火焰的绝对器皿？火象征光明，同时也能象征它的反面：黑暗。如果说原始人炙烤兽类的火，普罗米修斯盗自天堂的天，都象征文明；那么这种焚毁文明的火也象征野蛮和残暴。圆明园，繁复而浩大的工程，烧掉它，只需一把简单的火。这是历史上最奢华的火吧。因为它用尽天下最昂贵的燃料：从阿房宫到圆明园。

火焰过后，空无一物。然而，圆明园剩下的灰烬依然富可敌国。世间有什么东西，烧灼之后依然美得惊心动魄。"圆明园"，这几个字仿佛经过煅烧的绝世珠宝。美的生命力如此强大，甚至它的灰烬。圆明园，曾经的醉生梦死，曾经的国殇，它的来历与毁灭……到最后什么都不重要了，美的分量重于羞耻。

其实，圆明园的美正在于它的消失，在于它只剩下一个等同奇迹的名字。这朵不能从火焰里复活的玫瑰，这个我们从未目睹的地方，成为巨大而至美的幻境。它符合神话的所有气质：瑰丽而虚幻，悲伤而至尊，它像亡灵般拥有全部的褒义词。

美若深渊，不可测探。圆明园：一座成为神话的想象建筑，一个被经常谈论却从未彰显的奇迹……我想说，天堂的性质莫不如此。

枯 树

过度的炫耀，意味匮乏。景山，从字面上令人猜测它的卓越风光，但相较于北京的诸多名胜，景山面积袖珍、内容单薄。在我看来，由于地理位置毗邻故宫和北海，它才近水楼台，有几分仿若的声望。

景山纯粹是山，没有作为掩映的湖水；那座土丘曾叫煤山或万寿山，是当时开挖护城河的泥土堆积而成，爬起来毫无难度，体健者一口气跑完全程，无须中场休息。高度仅为40多米——然而，这就是当时京城的最高峰。景山分布着均匀排列的五座亭子：欢妙亭、周赏亭、万春亭、富览亭、辑芳亭，除非看资料，否则我永远弄不清。旧时每座亭内均设有一尊佛像，统称为"五位神"，又有代表"甘、辛、苦、酸、咸"的"五味神"之称。对此我有自己的记忆方式，我秘密把五座亭子依次命名为宫、商、角、徵、羽，使之具有错落的音阶之美。

崇祯自缢于景山。我对历史所知甚少，但很小就知道明思宗这个倒霉的吊死鬼。不耽犬马、不惑女色，崇祯勤于政务而从无宴乐，只为守住气运渐弱的山河。结果颇具反讽，积弊深重的大明王朝倾覆在他的脚下；不仅如此，贵为君主的崇祯死得如此潦草。他自觉愧对基业、无颜祖先，因而取下皇冠，披发覆面，崇祯用腰带把自己吊死在一棵驼背的老槐树上。这种死法太不体面，缺乏遮羞的垂幕；吊死的崇祯两天后才被发现，他的衣裳下摆被风吹动，仿佛王朝用于谢幕的简陋布帘。

崇祯自缢之前，他的妃嫔已死，或在他的授意下投缳而去，或被他的宝剑刺杀。甚至自己的女儿长平公主，也被崇祯剑斩双臂。这是皇权最后的威武。当钟声没能召唤文武百官，至少在亲人的范畴，他依然是绝对的王，有权御赐生死。

"朕非亡国之君，事事皆亡国之象。"悲怆的崇祯回天乏术，因为王朝之树的根系已朽烂。即使崇祯曾沥血浇灌，枯树再也不能养育什么——环绕左右的臣子与姬妾早如叶败，只剩他，还孤单吊在枝头。槐树是崇祯最后的栖枝，可惜他不能像鸟那样占有一个枝头并享有自由。一具皇帝的尸体：熟到发烂的果实，与枝头联结的梗是脆弱的；等帝王的头颅垂落的时候，一棵王朝的世树就彻底枯死。

一本关于死亡的科普书里说，自缢者临终的身体反应不同：有人在宁静的恍惚中离世，有人无法控制排泄物，有人却导致奇异的性兴奋。那么垂挂槐树的真龙天子，是否获得失重般轻盈的解脱？还是因失禁而失了体统，甚至虚张声势地勃起——有如那个王朝临终的迷狂与失范？

起义军浩荡而来，由远及近卷起的大风，吹荡这枚瘦果子……吹干水分，吹干一个人的血。世界喧哗，而枯树和它的残果将熄灭曾经的尊严。

宫殿的任何梁柱都承得住一个衰王的体重，崇祯为何选择景山？景山本身无景，但以此为坐标，登高，他可以鸟瞰紫禁城和地图般铺展眼前的疆土……可以，望尽最后的天涯路。

如今登上景山的制高点环望，拔地而起的参差建筑物阻隔视线，早不是帝王眼里的天地。我在一个黄昏登上万春亭，目睹的景象依然令人激动。夕光正穿过那些大体积的云朵，辉煌的金红色铺满天际；云阵排山倒海，层层叠叠，直到目力难以抵达的远方。通约的比喻把它们形容为峰峦或海浪，其实不，只要你在景山眺望过那样的晚霞、那样的云，你就会认同：云天浩荡，檐宇巍峨……它们是天上的宫殿，天上的紫禁城。辽阔的苍穹之下，是故宫低垂的重重瓦檐：起伏连绵的金色，鳞次栉比——在某个难以聚焦的瞬间，如同蜃气中的幻景，我看到一条卧龙巨大而发光的鳞甲。

遥想崇祯当年，即位不久就大力铲除阉党，决事果断。纵使面对的是满目疮痍的残局，他依然励精图治。每到重阳节，这个血气方刚的年轻皇帝在景山上登高远眺，也曾看到紫禁城的层叠檐瓦一如巨龙的护铠。龙，尊贵而永不寂灭的神话。那时的崇祯心怀远大，这条耀动光芒的龙在他的想象里，是否意味着一场辉煌的帝国梦？他在这里看过多少柳色的春天、柿色的秋？他是否从星宿的变幻中猜测大明的气数？投缳之前的崇祯是否曾爬上万春亭观望，城外烽火连天，他是否从烟与焰腾起的曛气中遥望故宫的瓦檐……最后一次，遥望他金色的结痂的王朝？

宫墙如血。因为那个至尊的宝座，多少高潮迭起的戏剧在紫禁城里上演。宠臣爱妃。营党结私，争权夺利。多少皇帝衰老而荒淫，多少幼齿者被扶上圣殿，却注定成为被废黜的王。没有永固的江山。那里是阴谋丛生之地，有狐媚蛊主，有妖言惑众，有狸猫换太子，有训教后的木偶臣子和刀斧加身的冤魂……那里有吉凶未卜的王。皇冠的金色非常沉稳，只有综合了血的力量，它的荣耀才能如此昂贵。多少朝代更迭，一切并不陌生：从刀刃下滴血的头颅，到绞刑架上钟摆般悬垂的身体。

崇祯走向他的绳索——无人不在命运的圈套里。此时，在遥远的北方，女真族的铁骑踏遍草原。这是狩猎季，这是弯弓下被压低的草原，某只被箭镞射中的雌兽咻咻喘息，不久将熄灭瞳仁里的水晶光芒。马背上这些努尔哈赤的后人，将击败短暂称王的李自成，建立清朝长达200多年的统治。崇祯无从得知身后事，他闭上眼帘，像那只被弓弩所伤的赴死之兽，他渐灭眼里微弱的烛焰。

神 像

雍和宫，这个名字气象端庄，有种雄浑不迫的大美。雍正驾崩，曾在此停放灵柩，乾隆又诞生于此，两任皇帝使雍和宫成了传说中的"龙潜福地"。

我曾经就职的中国少年儿童出版社位于东四十二条，距雍和宫很近。数年时间，我每天都路过这里。空气中弥散着低回的藏香，为了强化效果，沿街一些店铺用的是尼泊尔香。下班时仓促的车行和人流中，我时常眯起眼睛，瞻望雍和宫的檐脊。它的宫殿在夕阳里，通体辉煌，琉璃瓦呈现一种通透的、令人窒息的琥珀色。与周围相比，它格格不入又超拔其上……有如沙漠中的海市蜃楼，彰显神迹。

我数次进入雍和宫，可即使身置其中，也感觉它的内部存在着永恒而盛大的远方。

走过三座牌楼，两侧种植银杏，无数把悬空的精巧折扇，荫护着中间清凉的辇道。到了雍和门前，是槐树：羽状复叶之间，密生月光色的碎花。北京常以槐为行道树，但寺庙中的槐似乎因其特性而另有寓意。它是重要的蜜源植物，供养最微小的昆虫。花蕾可以食用，它是饥饿时的粮食和营养；果实、根皮和枝叶均可药用，它是可以驱毒止血的清凉之物。与其他豆科植物不同，它的根部没有寄生的根瘤菌。它的果实是念珠形状的。弥散着沉静、古老、浸润万物的香气……雍和宫的槐树，与佛教有关。

万福阁的弥勒佛像由整根白檀香木所雕，高26米，法相庄严。我小心翼翼地仰头，看到来自拱顶的光，正照亮大佛金色的眼帘和肩臂上生长的莲花。大殿内部幽暗，越发衬出高处的照耀。我想象，那些僧侣如何清修自持，如莲，尘世浊气经过内心的吐纳，然后他们仰起从淤泥中开花的脸……佛依旧不语。对称于世间喧嚣的，是神隐身的宁静。仰望大佛，唯有习惯了太多灾难，才能有那样普度中无限安详的眼神。坚忍的修行者，如同蚌贝酝酿珠粒，他们毕其一生酝酿了骨殖里的舍利……以包容的态度来承受苦难，他们一生所求，只是为了理解佛像眼神里的宁静。

为什么越高大的佛像越被尊重，越遥远的神越被敬畏？当我仰望垂得很低的夜空，群星蜂拥，多到不可思议，我会遐思天国的存在，并猜测神为何作为隐居者，栖身苍茫。祈祷必升起在我们的内心，神示必降自不可企及的远方……不知为何，我暗怀伤感。仰望星空时，我们有若沉入深井，并且难以分辨自身所在的井里，究竟盛满清凉的水还是早成干涸的枯底。安详和空虚都状若宁静……神的眼里渊深莫测。即使我们的脸上全是孤儿的表情，也难以被显灵的手所安慰。也许神的好处，就在于不被人类的自私所扰，漠然或是悲悯，他可以随时，独自行走在高处的清凉里。

人类具有某种奴性和贱性，只尊重伟大而不可触及之物。看到怒目横眉的造像，我曾疑惑，神为什么也需要金刚霹雳手段，而不是一味的菩萨慈悲心肠？或许，暴烈不是神的污点，而是我们的污点——因为亲昵生欺侮。假设没有制约和惩戒，我们会把主人践踏为奴。

雍和宫香火很盛，这里集中着参观的游客与各怀心事的男女。香客们或三叩九拜，或停留在法物流通处寻请庇护。求财求名，求有子嗣而无疾患，求事业通达、婚姻美好，求金榜题名、红运当头……求的多是世俗利益。很少有谁去关心，如何把"贪嗔痴"转化为"戒定慧"。到处是人头晃动的许愿者。看似虔诚，但许愿有时是最懒惰的行为，因为无须付出格外而漫长的个人努力，人们燃香跪拜，花费最低廉的成本，运用最简易的行为——他们把庙宇当作神灵高效的办公地点，让心想事成。

是不是，当我们欲望频繁，神便忙碌？假设如此，神岂不沦为仆役？神的尊严，难道不包含着对我们的蔑视？我们的敬畏与恐惧，难道不正因为，神常常对我们的欣悦与痛楚无动于衷？而且因为，他具有隐而不发、狂欢般的暴力。或许神的沉默另有深意。如果善有善报、恶有恶报成为绝对的律条，那么所有人都会从善如流，从善就此转化为投机行为。只有非功利的善，只有坎坷无数而依然坚持的行善者，才怀有纯粹的慈悲。

中国境内有许多著名的大佛，巍峨如山。我有时想，神有没有可能是低微之物？当孔雀展开尾屏，用尽自身全部的华美去敬仰……对面，不过一只暗淡无光的雌鸟。有没有可能，神，素朴到赤贫，平易到低微？其实低微最具力量，如同巨兽也会屈从于细菌的统治。也许，神无处不在，从无穷大到无穷小……如同真理填满生活中的每道缝隙。

我想起那次边疆旅行。当地为了兴修水渠，要把阻碍在河道上的一座旧庙搬移新址。物什杂乱堆积，一副破败之相，看来这里的菩萨不能自保。我四处闲逛，看到一间顶部开窗的高大房屋，门上别着两道粗犷的铁锁。好奇心驱使下，我把脸贴向狭窄的门缝向里观望。最初，目力所及只是一团没有层次的黑暗，我嗅到从中溢出的木头微朽的霉味儿。当我的视线逐渐上升，穿透顶棚，一小束狭窄而强烈的光从天而降。尽管照亮的区域极为有限，但足以使我震撼。光带，从左颊延展到璎珞……那是一尊被部分损毁的佛像，散发着模糊的光彩。尽管周围的黑暗仿佛没有被驱散，而是凝结为更黏稠的物质，我依然从中渐渐辨识出堆积在地上两段神像的残肢。斑驳不已的造像，浑身的漆皮陈旧、起皱、打卷。在大神身体上潜伏的日月，软鳞般缓慢剥落……其实随便一片，都是我们沉浮此生的方舟。在那个灵光乍现的瞬间，我体会到，旧比新更加迷人，被囚的神比自在的神更具力量，残疾的神比万能的神更令人屈服。

另外一个相似的神迹故事，来自朋友的讲述。

朋友和我平日联系不多，所以我并不知道，怎样的浅爱与深恨渗入他的掌纹，只知道中年过后，他倍感消沉，药物治疗和心理帮助都不能使他重怀对生活的热爱与信心。往日的迷恋忽然失去意义，无论是谜语般布满悬念的文字，还是宴乐般的美女，全让他抗拒。厌恶，由衷的厌恶——从天上到地下，他看到的，都是腐烂。梦想，变得海市蜃楼般稀有，没有希望的等待变成一种习惯性的灾难。朋友甚至想过自行了断，主动摘除自己与世界勾连的那根绳索。出于潜意识里的自救，他开始游历山水，但愿道路有奇迹。

某天，朋友来到一座城外古庙。说是古庙，其实老得只剩个地址，建筑和文物多半毁于"文化大革命"。外来商人动了承包的心思，重整河山，大修土木。维修偏殿的工匠正用砂纸打磨漆柱，噪声频繁，深红的漆色倒是慢慢养润起来，仿出几分古意。可惜，殿内刚刚草勾墨线的绘壁格调不高，匠师丢下画笔去讨要工钱了。朋友撇撇轻讽的嘴角，准备离去。轰的一声，地面剧烈摇晃……不知道爆炸还是地震，他体会到难以名状的惊恐，本能地奔逃到户外。

剧烈的摇晃很快结束。仅仅数秒，偏殿的一面墙塌了。惊愕于意外来临的事件，朋友呆立在那里，直到烟尘散去……他看到摔裂在自己脚下那些有颜色的泥块。当朋友抬起头，完全怔住了。受到剧烈震动而剥落的表面墙体后面，竟出现半幅瑰丽绚艳的壁画。那是被信徒用假墙和草泥保护起来的始终隐匿真身的古老壁画……刚才的灾难中，菩萨彰显了宽恕中的一角襟袍。

数年后，我专程拜访那座古庙，得以目睹传说中的壁画。也许是城市污染的后果，庙里的石雕积着一层可疑的粉尘和油垢。壁画绝无朋友描述中的鲜艳，历时漫长的矿物质颜料大量脱落，边角像病鱼起了满身的逆鳞。

……但我的朋友坚持，说他目睹了壁画显现瞬间那骤然抵达的光辉，身心被照彻。他流下泪，忽然初洗如婴。

墓　道

我印象最深的场景，是辽阔神道和两侧的石像生。皇帝灵驾必经此路，彰显威仪浩荡。我知道龙头、马身、鱼鳞的麒麟是神的坐骑，它头顶的鬃毛展开如旗；而獬豸披拂浓密的体毛，瞋目而视，样貌分外古怪。这种勇猛公正的独角兽，据说能够分辨曲直，可从争斗双方中作出判断，用角顶触坏人，然后将其吞噬。西方把独角兽视为纯洁的象征，看到獬豸以暴制恶的形象，很难与对纯洁的习见画上等号。或许，无知只能造就初级的纯洁，邪恶把它当小点心塞进牙缝；若有知而无畏，凛然不可侵，才是更高的纯洁，可以制衡这个世界诸多的不洁。不过我对獬豸的兴趣另在他处。原来，幻想是有重量的。獬豸和麒麟是存在于头脑的抽象之物，在十三陵的石雕中却以最结实的形态现身——这几乎支撑我对写作的某种信仰：要使自己的想象具备现实的重量。

十三陵，埋藏13位皇帝、13位皇后、2位太子、30余位妃嫔和1位太监。隐没于此的人，看尽荣华，拥有终端肉食者令人胆寒的尊严。同时，权力之巅的王座，又是阴谋与杀戮的频生之地，甚至目标所指，正是宝座上的皇帝本人。宫闱之变如此寻常，从宦官专政、狐媚蛊主，到父子反目、兄弟相残。如今陵寝比邻，仿佛隔世抵达的温暖……他们活着的时候，也许牙撕扯着牙；好在死了以后，可以骨头挨着骨头。

定陵的地下宫殿被称为玄宫，由五座石结构的墓室组成。冰冷的花斑岩地面，顶部形成的拱券结构，以及空旷的内部……身置其中就像进入巨大的石棺之中。行走其间令人恍惚，我想如同水面折射倒影，有多少辽阔的王国就隐没在我们奔行的大地之下？埋藏，不可目视，它们就像这个世界腹腔里的内脏。正如我们的表情受到皮肤之下各种秘密系统的控制，一些遗址和遗迹依然指挥着今天的运行——亡灵之声我们无从听见，但他们通过遗言所汇聚成的传统，继续完成对世界的统治。

玄宫主室在后殿，用于陈设帝后的棺椁及随葬品。我小时候看到那些"红漆木箱"时吃了一惊，不知道选择的颜色为什么如此喜庆，帝后的灵魂要赶到天国结婚吗？其实我所看到的是仿制品，真品早不复存在。1966年"文化大革命"期间，万历皇帝和两个皇后的棺椁被扔到外面的山沟里，遭到当地农民哄抢，拿去制作自家的棺材了。皇帝的东西肯定非凡，包括他们的身体。一个相似的例证，我想起西方画家曾推崇备至的颜料：普鲁士红。它近于褐色，风干缓慢，会为画面蒙上一层效果极佳的透明浅色。这种价格昂贵的颜料，配方里包括油、香料以及尸体上分泌出的神秘有机物质。1793年，存放在教堂里的保护匣被捣毁以后，一些国王和王后的心脏流落于市。画家圣马丁和德洛林买下这些心脏，用以调制普鲁士红。人们至今可以在卢浮宫欣赏到德洛林一幅名为《厨房内》的油画，它的一部分颜料正是用王室成员的心脏调制而成。死亡剥夺了皇帝的尊严，他们的黑色结局带有嘲讽的意味，像从此堕入大比重的地狱……或许那是一种有关来世的法律。

我一贯畏惧丧仪之事，但我目睹过的精湛器物大多出自玄宫般的幽暗地下。忍不住流连博物馆的展柜前，欣赏那些玉蝉、象牙梳、漆匣、瓷盘、陶簋……难以言述的美可能盛开在任何之处，无论是礼器、工具或兵戈之上。皇帝们曾相信，死后虽然身体不能移动，但幽灵依然来去自由。他们愿意相信，对记忆的埋葬也意味着它被浇灌，意味着更为繁茂的重生，如同裸露出来的种子被埋进土里。然而，无数时代消失于地下的珠宝，一旦出土，更为价值连城，像奢华的种子结出数倍的果实……所以才会吸引抡动锄镐的盗墓者。复活的殉葬品枝繁叶茂，墓主却灰飞烟灭，甚至没能保留下一副骨架。即使贵为天子，显赫的背景也不过是为珠宝增值——那么，究竟谁才是谁的殉葬品？

随葬帝王的不仅止器物。我记得在西周燕都遗址博物馆，某位身材高大的墓主人旁边，陪葬的是个10岁左右的孩子——孩子的头骨已经破碎：旧黄色，呈现龟甲般的纹裂。至高的皇帝，理应索求更多的美、更多的沉沦。我想象那些陪葬的妃子，她们的美是否从未得到真正关注？或许，被发现、被欣赏的美反而意味提前到来的更大悲剧？我在定陵碑亭附近休息时，恰巧一只蝴蝶翩跹而过，然后它落在阴影斑驳的地面，像被秋风吹拂的落叶般颤翅，这使蝶翅上耀目的眼斑形成扑朔迷离之美。一个兴致勃勃的少年赶来，他瞬间就用捕网袭获了蝴蝶——它将变成几分钟之后的标本。强迫动态的美静止下来，否则人们的心就无法安宁。我很早就从《巴黎圣母院》里看明白了这样的真理，爱斯梅拉达必死，如同蝴蝶的命运一样，她身上那令人疯狂的美只有被强制停止下来，道德和宗教才不必继续支付体能上的代价。美人啊，她们身上的美牵动我们就像一道致命的绳索……所以，需要适时关闭她们发动世界的引擎。

赴死的妃嫔令人唏嘘，对她们来说，所追随的王甚至是无比陌生的。而凡人的婚姻其实也与死亡秘密相关。当我们在婚礼上信誓旦旦……什么叫白头偕老？无论是出于激情还是出于生存的惯性，所谓夫妻，所谓终身相许，不过是彼此选择安葬自己的人。没有比这更隆重的托付了，我们将把自己的死交代给对方处理，把短暂或漫长的睡眠都交与这个枕边人。无论谁，我们都将被某一个瞬间所摧毁，失去爱，失去恨，失去所有和汹涌有关的能力——死亡是最大的公平。

我们每个人都携带着死，携带着必然的个人末日。那是一种无法逆转的力量，它脊椎一样支撑在身体的内部。肋骨形成皮肤下的笼子，那些横置的栅条里面关着谁？我们的嘴不停开合，把食物咽下肠胃，一生努力，为了把每个人体内的死神喂养大，大得撑过我们的皮肤……最后死神张大嘴，把我们作为食物咽进混沌而黑暗的管道。原来每个生命，都是死亡的恩人。从另一个角度讲，只要活着，我们就需要吃掉什么用以完成及时的消化，所以我们不仅每天喂养自己体内的死神，同时自己也成为他物的死神。人类总是设想死神可怕的样貌，其实他的形象对我们来说如此熟悉——我们自己，正是死神的镜中人。

我认识一个胆大的乡村少年，他曾穿越荒郊野岭上的墓地来锻炼勇气。而我畏惧，那里全是不祥的气息，据说夜晚能够看到飘来飘去的磷光——也只有那里，能燃烧冰凉的火。白天十三陵游人如织，入夜之后，气氛沉重。当定陵上的月亮升起，如同受损的玉玺，我想象蝙蝠从洞穴中倾巢而出，卷起黑色风暴；而在更远的荒原，秃鹫受到死亡的鼓励，盘旋而上，开始了高处的舞蹈。

流星消逝，为了夜空恢复更疏朗的排列；我们死，为了腾空大地上一把窄小的座椅。

戏　台

那年电视剧《铁齿铜牙纪晓岚》热播，张国立饰演纪昀，王刚演和珅。看了几集之后，我重新翻了翻纪昀的《阅微草堂笔记》，又想，有时间去恭王府看看——那最初正是和珅的府第，后来才被御赐给奕䜣。王刚版的和珅形象富态，但作为乾隆宠臣的和珅其实是眉清目秀、相貌出众的美男子。去恭王府我只是当时动念，转瞬就忘，直到我多年后做了个奇怪的梦。

我梦见自己的初中同学浆果。她梳着明媚的童花头，眼睛里流光溢彩。浆果是我们物理老师中年才得之不易的独生女，因此恃宠而骄，像个娇滴滴的洋娃娃。不知出于什么心理，我在梦里力劝她去贵州的偏远乡村工作。结果，她客死他乡。失独的父母绝望，我无动于衷，葬礼结束之后我才开始反省：如果没有我的劝说，她活着，健康地。我忽然因介入她的死而内疚，痛楚不已，难以面对她的家人。此时我所处之地变成了一个极为促狭的房间，像缩在黑蜗牛的背壳里。从窗口望出去，屋顶的灰瓦挂着蛛网；再向前望，看见远处一座高大的三层建筑，像是宫殿与教堂的结合体。乌云低低地压近，让人透不过气，我满怀恐慌。好像有画外音告诉我，一旦前往那座建筑，我就能解除心理障碍；但当我努力尝试站到屋顶、向神秘建筑物遥望……巨大的畏惧阻挡了我。有一天，我去妈妈的医院玩儿，抬头望见相似的场景，竟然就是那座建筑的侧影。我犹豫地来到它面前，绰约的人影在里面晃动，我不知道自己究竟到了教堂、宫殿还是医院。仔细辨别，令人难以置信，这竟然是一座戏楼！我的脚像蹼一样获得上升的浮力，我看见自己的身体渐渐悬起，我由此看到建筑的第二层和第三层，同样，是戏台，歌伶舞伎正走马灯似的旋转。

那个梦，笼罩着某种宗教的氛围和隐喻，以至醒来我依然恍惚。为什么偏偏是戏楼？由此又想起恭王府，那里，有建于同治年间、独一无二的全封闭大戏楼，也是至今唯一还在进行演出的王府戏楼。

每每到外地旅游，接待方通常把古戏楼和古戏台作为重要景点。印象深的有两次。一次是在山西境内一座名声大噪的戏台，我冒雨参观，场面却凄清。雨水渗进戏台瓦垄间，滋养了几蓬青草……空无一人，失去戏剧的舞台，除了雨声只有寂静。那个时候，我忽就觉得戏台的幕后就隐藏着时间的脸：它有旧书纸样的肤色、湿木头的体味。另外一次是在嘉峪关戏台，壁画潦草、粗陋，我不喜欢，还是那则楹联令人感慨："离合悲欢演往事，愚贤奸佞认当场。"关外的风沙，历史深处的嘶鸣，都无形无迹，这个暖金色的黄昏，有着母羊一样略带腥膻的安逸。从来如此，更大的戏剧远在舞台之外。

距离越近越陌生，区区数公里外的恭王府倒没去过，也算遗憾。于是我挑个秋日下午，想去恭王府的大戏楼看演出。

我童年听过不少折子戏，并非个人偏爱，因为姥爷是戏迷。我记得那个绿皮革外观、旅行箱似的电唱机，唱片或是黑胶，或是薄薄的塑料片——后者赛璐珞的脆质与水果糖般的艳色，与京剧的端庄形式不符，看起来源自后工业时代的设计风格。姥爷摇头晃脑，沉迷于密纹里略带颤抖的唱腔。我不喜欢听唱片，从那些深陷划痕的声音里，我无法目睹演员穿蟒着氅或披拂璎珞的华美戏服以及釉彩丰富的脸谱。即使坐在戏院里，我也难以忍受老生老旦，再铿锵也沉闷，他们了无生趣，站桩似的咿咿呀呀、没完没了；我有时也不倾心青衣的典雅，工整得缺乏诱惑，即使醉酒的贵妃在洒金折扇下徐徐弯下腰肢，给我的感觉只是雍容导致的行动不便。唱念做打，小孩子最爱武戏的热闹——武生耳畔点缀着孙悟空那样的绒球，且也有孙悟空那样的本事，把一杆枪棍舞动得像直升机的桨翼；刀马旦俏丽活泼，翎子像天牛的长触角神气地摆来摆去。然而，我知武行不易。戏班的童伶在街心公园里晨练，深蓝的运动衣上满是汗渍和土迹——他们把自己的身体弯折到不可思议的角度，几近酷刑。两个臂肌隆起的师傅同时骑坐在一个七八岁的幼童身上帮他压腿——孩子痛得五官变形，开始只无声挣扎，然后撕心裂肺地哭泣。这是日常的痛楚，没有安慰的怀抱用以缓解。武行演员，早在童年就懂得必须从持续的痛苦折磨里才能讨得不稳定的未来，他们是日复一日习惯对自身用刑的人。

到了恭王府才知道，大戏楼不接待散客。即使是团队，凑够两百人左右，才能在廊柱绘满藤萝的大戏楼里看上几分钟杂技之类的节目。演员在此献技，全凭戏台下的水缸传音，声效奇佳。而今窗门闭锁，缎黄的帘子牢牢实实地遮挡，我只能隐约看到高悬的宫灯。

这是秋暮，午后的暖阳照在大戏楼的檐脊。游人拥塞着进入石洞，去摸那块多子多才多寿多田的著名"福"字碑；咫尺之遥的大戏楼这边，人迹寥寥。我长久坐在戏楼旁边的沿廊里，忽然很想姥爷，想起他带我看过的那些戏，那些义臣与昏君、娇娘与妖异。

……许仙应该如恭王府的旧主和珅一样，都是风姿绰约的男人。但看着他的鸭尾巾和福字履，我怎么也想不明白，白蛇为何因他意乱情迷？许仙如此庸常，既不坦荡如山又非情深似海，只生了一副吃软饭的样貌。白蛇修炼千年的功力，竟敌不过皮相上的吸引？胡琴声声激越，许仙运用小生特有的真假嗓，尖细而高渺，引起戏迷一阵喝彩。小生往往有种内在的女气，如此更颠倒众生，就像能成为梨园巨擘的花旦都是男人。戏剧里的美学雌雄莫辨、令人迷惑。

还有包公戏《铡美案》。无法维护的平衡里，无法折中的恩义，令黑脸的包公内心辗转。曹操的白脸、包拯的黑脸、关羽的红脸，脸谱直接概括了主人公的性格。京剧的剧情不像其他故事需要刻意制造悬念，什么都昭然若揭，甚至人物一出场就既定乾坤。没有意外，只是重复。也许因为现实中频生无常与危机，对阴谋的恐惧，使我们做出戏剧化处理——简化阴谋，把它变得轻易发现和解读；令忠奸分明，使我们不致陷于负义与寡恩。我们为什么需要戏剧？局促的生活里，戏剧意味着某种可能的自由。在那个为想象所支撑和延伸的世界里，有着因果相报的公平、易于裁夺和执行的正义……真理因无辜而有力，并且情义永不会被辜负。作为成人以书面语写就的白日梦，戏剧里面藏着孩子的天真。

京剧的动作颇为写意，极简。扬鞭代马，摇桨行船，跑个圆场代表千里奔行，挥动几下毫无杀伤力的道具刀枪，就象征了万马齐喑的沙场。而在人物形象塑造方面，又精雕细琢，从戏服到妆容，繁密的美令人目眩。尤其旦角，妖异的桃花眼，云鬓旁珠翠环绕，璎珞上璀璨生辉。开鸾镜，整花钿，又着罗衣。什么样的春闺梦让她暗含珠泪，什么样的时空错让她重订鸳盟？她有蝶翼般华美对称的脸，罗裙下行云流水的步态宛如一条成精的游蛇。拥臂自缆，她身上已汇聚千般的爱宠。

……《霸王别姬》。虞姬上场，佩戴着那把夺命的剑。这是美人的宿命吗？终将陪伴失败的英雄，见证彼此颈间汹涌而出的血。虞姬之美，具有深渊般的力量，足以让人半生沉沦。谁又是那不悔的英雄？即便曾战神一样集中着美与暴力，谁能抵抗那最后的沉沦？多数人的命运轻盈，死去的重量如一只昆虫的骨灰；那些绝世的英雄与美人，亦能如何？他们的死，不过为史书增加一点很快散去的余温。

或忠诚或阴险，或伶俐或憨直，五彩缤纷到失真的五官。镜前勾脸的演员，一笔一画地把自己变成遥远的陌生人。生旦净末丑，神仙老虎狗。大神看戏，小鬼演出——我们所谓珍贵的生命，也不过小角色唯一而短暂的上台亮相。为什么世间有丑行和罪恶，至善者也要体会折磨与毁灭？因为若非如此，就难成一出好戏，神的娱乐需要远远大于他所谓的道德。

现在，所有关于戏剧的遐想都无从交流——姥爷过世十多年了。离开恭王府，我在附近的什刹海稍微转了转，天色渐晚，我的怀念将在渐凉的空气中散去余温。抬头看到海蓝色的夜空中，月亮已开始夜航……虽然能清晰地看到斑驳，月影就像被礁岩划伤漆面的底舱，但我想，这个有戏剧安慰的夜晚依然是幸运的。因为我知道，月亮常常像沉船一样彻底消失，满载青花瓷般完美而易碎的梦境。

原载《十月》2012年第2期

老　茶

邵　丽

喝陈年老普洱，起初的几泡红得浓稠，我常常泛起喝稀饭的古怪念头，因有焚琴煮鹤之嫌，故从不与人谈及。

开始，老茶总是一副历尽烟火的样子，茶汤黏得挂口，面相也浓得化不开，简直世俗得了不得。冲泡四五道之后，色泽逐渐澄明透亮，渐渐有了点混沌初开拨云见日的通透，不过还是味甘香高，仍旧在市井味里挣扎。再往后就有些淡了，然而却愈加有回甘。其实，老茶的好正是那一回首的余韵，让人恋恋不舍格外珍惜。不常喝普洱的人会觉得并无甚味，也会做刘姥姥之思："好是好，就是淡些，再熬浓些更好了。"

的确，那余韵需要耐心地等待和修炼，品得久了，就会咂摸出淡淡的枣香或者是樟木之气。总的说来，喝普洱茶并不需要多么大的排场，不过，虽是俗中见雅，也须有他人在场方才正经。三五老友，渔樵闲话，或臧否人物，或撒豆成兵，或一无挂碍物我两忘，或酒肉穿肠歌吟笑呼。

茶可以喝得风生水起，非关禅，非关道，这是普洱老茶的阔绰。

品绿茶，却似一个人的孤身相守地老天荒。春困之时，冲一杯毛尖或龙井新蕊，对窗细看那嫩绿的芽头云卷云舒，上下翩然。窗内云蒸霞蔚，窗外诸事尔尔，逝者如斯，陡生"茶外无一事，窗外亦无一事"之慨。其实，绿茶并非不食人间烟火，其"望之俨然，即之也温"，感动常在不期而遇之处。普洱老茶虽然面目和善，浸淫久了，倒也有穿云度月、醍醐灌顶的敏捷。

品茶是要拿捏好关节的，早上起来就呼朋引类，拉开架势喝茶，纵使是好意为之，也难免着力过甚，拂逆了茶意。不信回想一下，若是逆旅之中，无论寒冬酷暑，能得一杯暖暖的热茶，哪怕茶质不甚好，小心地送入口中，便也会有幸福感逶迤而来。想想一千多年前，西晋"惠帝蒙尘，还洛阳，黄门以瓦盂盛茶上至尊"的百感交集，所谓江山，也不过是一杯茶的冷暖得失吧！

能在一起喝茶的人，在我看来是不一般的。我曾写过酒，写过酒友。眼前的日子愈过愈宽绰，无论是出门应酬或者家宴，十有八九是少不得酒的，酒友因此多如过江之鲫。但专门约了一起喝茶，就似乎郑重了许多，也更在意这些茶友。胸有块垒，抑或遭际不堪，首先念想的便是常常聚拢喝茶论道之人。不相干的人即使在酒席上相遇，也不过是三杯两盏淡酒的酬酢，断乎不会凑在一处喝茶，哪哪都是对不住榫的。

此事想来甚觉奥妙万端，爱茶之人成千上万，唯三五知己凑在一处，在多如牛毛的茶叶面前，恰这几片叶子与这几人遇合，这是几世轮回修到的缘呢？

茶是人情冷暖的表记。《红楼梦》中，槛外人妙玉云空不空，看人奉茶，即使一言九鼎的贾母，她只用"旧年蠲的雨水"泡茶；而黛玉宝钗，喝的竟然是"五年前我在玄墓蟠香寺住着，收的梅花上的雪"。茶杯仅仅因为刘姥姥用了一下，她就坚决不要了，甚至放狠话："这也罢了。幸而那杯子是我没吃过的，若我吃过的，我就砸碎了也不能给她！"妙玉后来的遭际的确令人扼腕叹息，是天作孽还是人作孽？诗云："永言配命，自求多福"，其中的道理细细品来比茶汤还浓。

晴雯撕扇那一出，很难让人笑得出来。曹公借褒姒笑狼烟之典，为后来晴雯的落魄铺垫，不易猜出是哀是怒。待看到晴雯被王夫人赶出怡红院，宝玉去看她，她要茶喝那一段，才让人唏嘘不已："晴雯道：'阿弥陀佛，你来的好，且把那茶倒半碗我喝。渴了这半日，叫半个人也叫不着。'宝玉听说，忙拭泪问：'茶在那里？'晴雯道：'那炉台上就是。'宝玉看时，虽有个黑沙吊子，却不像个茶壶。只得桌上去拿了一个碗，也甚大甚粗，不像个茶碗，未到手内，先就闻得油膻之气。宝玉只得拿了来，先拿些水洗了两次，复又用水汕过，方提起沙壶斟了半碗。看时，绛红的，也太不成茶。晴雯扶枕道：'快给我喝一口罢！这就是茶了。哪里比得咱们的茶！'宝玉听说，先自己尝了一尝，并无清香，且无茶味，只一味苦涩，略有茶意而已。尝毕，方递与晴雯。只见晴雯如得了甘露一般，一气都灌下去了。"

其实，如人一样，茶也有性子。性烈者如妙玉晴雯，四月裂帛，宁为玉碎不为瓦全，像炭烧乌龙，面黑心狠，入口即夺人魂魄。性温者如安吉白茶，悠悠荡荡，率性而归，凤羽玉肤，淡颜素心，一派天真。当然，也有夫子一样"温而厉"者，如六安瓜片，初入口倒也平和，稍有贪杯，便会知晓它的手段。

前几日，久雨方晴，天气好得实在不像话，路边的桃花樱花开得不管不顾，煞是泼皮。早上约了延玮去踏春。延玮又约了鱼禾，鱼禾再约碎碎。一众红口白牙环佩叮当者，先是在园子里煞有介事踏歌徐行，不久便心热口燥。本就不良于行，岂能躬耕陇上？终有好事者提议去"老家茶坊"喝功夫茶，二三子半推半就，卷土而去。

"老家茶坊"位于郑东新区，茶坊主人是一家报社的驻豫记者，因为好茶好友，索性弄了这间茶坊把玩。故所来者一为好茶者，一为好友者。茶坊主人内秀且内敛，诗书画兼修，深有心得，而且为人躬自厚而薄责于人，很有竹林七贤阮籍"发言玄远，口不臧否人物"之风度，在圈子里亦甚有口碑。

我与他是多年的茶友，平日都当自家兄弟看待。更重要的是，这几年诸事纷披心乱如麻，山重水复之际，他依然不离不弃护持左右。君子虽居乱世，不改其节，善人为善岂有息哉！好在虽风雨如晦，仍鸡鸣不已。柳暗花明之时再作回首观，方知路遥人在。有如此一帮兄弟相扶，才使我从容优裕到不穷于道，不失其志。

被主人引入茶室，我先点了一款月光美人。此茶系普洱芽尖，其香淡雅脱俗，极适合女士饮。鱼禾是自负的家伙，自吹自擂好茶懂茶，平日喜饮滇红，对于普洱则只认熟不喜生。我笑而不言，只管以茶相劝。哪知她三杯月光美人入口，一脸的迷茫，连声打问此汤是什么仙味。当被告知是生普，顷刻之间迷茫被讶异替代，丝毫不加掩饰地连连叹道，原以为普洱生茶都是些粗枝阔叶，哪承想会有这般精细！主人闻言，更加殷勤，再上一道雀嘴。那叶片状如鸟喙，尖中见圆，瘦而不骨，顾盼生姿，单单看模样便知不是寻常之物。茶汤入口，意在茶先，几个回合下来，众人几欲醉倒。主人索性又端出看家的紫鹃，冲泡出来盛在透明的玻璃杯中，真个粉雕玉琢，雾气氤氲，似紫气东来，令人飘飘欲仙，竟把几个没见过世面的主儿看得呆了。

其实，在常泡茶馆如我这般重口味的老茶客眼中，这几道茶终不过是皮毛，只是拿来表演的套路而已。待踩完过门儿，我径直唤过当值的小姑娘，嘱她好生搬了九三年的景迈老沱出来。这才是大戏开张，入到了一板一眼丝丝入扣的九曲回肠里。如同他乡漂泊了几十年，在一个风雪之夜撞开门寻回老家，蓬牖茅椽，绳床瓦灶，历历在目，亲得只想让人纵声一大哭。

此前我们曾相约写写茶。虽然我私下里一直认为我这几个姊妹不甚懂茶，但验明了正身，才知道她们有多不懂。延玮认下了月光美人，鱼禾抢了紫鹃，粉色的雀嘴自然给了碎碎，我则是千年不变的老景迈。上来的这块景迈是生沱，在岁月静好处如琢如磨，完全脱去了生茶的品相，色比琥珀，香似淳酥，回甘变动不居而又九九归一，若那贝叶经般，入化到了至高之境，虽然失去了新茶似有若无的蜜香，但深藏不露的陈窖劲道，非新茗所能望其项背。品得久了，便会感觉人茶一体，岿然静坐，四面生风。

不过，拿如此老茶与姊妹几个品了评了，意见竟参差不齐。方知各人好恶其实难同，也各能自圆其说。回头想想，甚不足为奇，即使生而为人也莫不如此，青春时生涩，却清新得人人见爱。到了盛年，圆通是足够了，却难免有了开到荼蘼花事了之步步惊心。见仁见智，在在有异，其唯茶乎！

不知是谁打问行情。主人埋首品茶，莞尔不语。此时不宜论钱，否则会斩杀喝茶人的心情。分明是些树叶子，不过被人点化，方有了阶级，致使这个普通物什贵贱亲疏，皆有等威，愣是被商人拿捏成了买卖。在我的理想国中，茶叶被人采下来放置一处，逆旅之人，文人骚客，渔人樵夫，各路好茶者只管去，各取所需，或点到为止，或极饮大醉，那才不侮没茶性。

我始终以为，如果朋友间的品茶是一场盛宴的话，那么夫妻之间品茶就更似一次小酌。不过也更得有仪式感，万不可太过随意——也许这只是我一茶癖——精选所喜爱的品种，下午三四点的光景，欢喜地喝趟下午茶，便是最精致的日月了。最好是有西窗的屋子，窗下放张木头桌子，鸡翅、花梨皆可。茶具一定要手工老泥做就，烫壶、温杯、洗茶一步都不能落下。那时斜阳夕照，天风流荡，满屋金黄。女人为喝茶而特意换上的碎花长裙，与男人干净的棉衫相映成趣。细品慢咽，碎语若醴，壶中日月悠久而绵长，那时光纵使一万年重复也是不会倦的。

"老家茶坊"碰巧有两间对照斜阳的茶室，茶友们松散地坐开去，由着伺茶的女子在珠帘明明暗暗的光影里游走。坐得久了，可以到偌大的茶坊里走一遭。墙上挂着京戏名角儿的水粉画，一如既往地低吟浅唱。迎门的架子上是主人收藏的各种玉器玩物，有小家子的碧透，也有当家人的雄浑。背面长廊里的酒架上各种名酒铺排得满满当当。大厅5米多长的红木长桌上备了笔墨纸砚，一时兴起可以尽情泼墨挥毫。我最喜欢展厅里那几个大肚青花茶瓮，每每过去都要挨个打开闻一闻。有的浓烈、有的淡雅，有的放肆如春光乍泄，有的收敛到不露声色。这样两三个小时过来，净了口，洗涤了肝肠，只觉饿得撩心。碰巧谁谁得了稿费做东，便由不得揭竿而起者劫富济贫，让茶坊的厨子煎了鹅肝，或者一份六七成熟的小牛排，再佐一杯正宗的法国红酒，细嚼慢咽，仿佛一生一世，天闲日永。这日子真真奢靡到了"腰缠十万贯，骑鹤下扬州"的癫狂。

　　我相信，这一班姊妹有了此番历练，"除了诱惑，什么都能抗拒"了。

原载《河南日报》2013年7月

奈何时间

吴克敬

————————

时间不饶人

瞎鸟儿碰了个好谷穗。我在朋友面前，是这么来说我们一家子的。我这么说，自然有我的道理，我的确不是一只怎么优秀的鸟儿，当然也不是一只瞎鸟儿，我没告过人的黑状，也没给人使过黑心，过去没有，今天没有，以后也不会有。倒是我自己，常会被暗箭黑心所伤，便是受了伤，也自己舔着，绝不会心生报复，以牙还牙，以血还血。我相信一种别样的方法，在自己被伤害的时候不要伤得太重，在自己被伤害后让伤害自己的人，有一个反省的机会。我的这个方法很简单，选定一个喜欢的目标，心无旁骛，无怨无悔地去做，做好自己就行了，就是对自己的确立，就是对自己的成就。所以说，我只是笨。笨鸟儿先飞，别人知道不知道不要紧，自己知道就好。当然，如果时间也能知道，那就更好。

时间不饶人。时间是评判一切的最终标准。

我那一口子，就很懂得时间的这一规律，所以她尊重时间。尊重时间的她，能不是个好谷穗吗！她用她饱满的谷穗儿，营养着自己，也营养着我和我的女儿。她说了，人活在时间里，是不能与时间对抗的，没人能与时间抗衡。谁不知趣，犟着脖项与时间对抗，最后都只能是时间的牺牲品。面对时间，唯有顺应，随着时间的节奏而动，跟着时间的脚步起舞，时间是我们生活的指挥棒，我们不能不尊重时间。

　　现在想来，我那一口子，就以她的实践，很好地履行着她的诺言。时间到了她读书识字的时候了，她高高兴兴地背起书包，在她老家四面透风的小教室里，寒窗苦读，她是一名优秀的小学生；时间到了她坚实知识基础的时候，她背着母亲给她烙的硬面锅盔，到离家十多里以外的中学，一口干馍一口水地读完了中学；时间到了她丰富人生经验的时候，她考进省城的大学，很好地完成了她的大学学业。大学毕业，时间又到了她成家立业的时候，她勇敢地走进婚姻生活，和我一起孕育了一个高高挑挑的女儿。今年晚些时候，我们的女儿，就要到美国的斯坦福大学去读研，我写这篇文章的动机，就是在我女儿获得斯坦福大学的入学通知书后生发出来的。

　　我给朋友说过，我最好的作品，就是我的女儿。她今年本科毕业，申请留学，把美国的8所常春藤大学，除了偏重文科的哈佛没申，其他7所都申了，而且还又申了1所名叫帝国理工的英国大学。8所国际顶尖大学，除1所不见消息，其余7所都录了她，让我后悔，当初何不多养几个孩子，给那几所大学各送一个过去。我为我的女儿骄傲着，但也为她的另一面而忧愁着。

　　我忧愁的，就是她能不能如她的母亲一样，也能顺应时间，在生命的每一个时间段里，去做那个时间段所应该做的事。

　　时间的教训，无情地摆在我的面前，我们是必须有所认识的。左邻右舍，还有单位里的同事，社会上的朋友，在谈论孩子时，有那么一些人总是痛不欲生，他们痛的是自己的孩子，上小学时，就已条子来条子去，谈情说爱；到了中学，更是不得了，出双入对，山盟海誓……突然地上了大学，却把万千情丝一刀砍断，情不谈了，爱不说了，顺顺利利地拿到了一页学士、硕士的学位证书，招聘进机关当公务员，招聘进公司做白领，白天忙在岗位上，晚上忙在网络上，把自己忙过了30岁，还单身一个，他自己却还不急，不知还想把自己耽搁到啥时候。

这人啊，活在时间里，在求知的时候不去求知，到说情的时候不去谈情，到嫁娶的时候不去嫁娶，总是反其道而为之，把自己耽搁到老，到那时，谁又能把你怎么样呢？你自己也不能了，自己唯一能做的，就是徒叹奈何，哀唱后悔歌了。

我的女儿是懂事的。在此之前，她如她的母亲一样，与时间同行，在她生活的每一个时间点上，都很好地把握着时间。我希望她能一如既往地把握时间，把时间拿在手上，使自己成为时间的主人。

时间不饶人，它看不见，摸不着，也不带刀子，但只要留心，不难发现，在时间的身后，白骨累累，血流成河。我们没人甘愿引颈于时间，被时间所伤害，那么，我们就只有顺应时间，顺应了时间，时间反过来，还可能屈服于我们。

讨厌的时间

有什么东西能够永恒呢？也许只有时间了。除此而外，没有什么可以永恒，特别是我们人，自信骄傲的人啊，对此唯有气馁，唯有绝望，我们人一点办法都没有。

所以我们面对时间，只能轻叹一声，埋怨时间的讨厌了。因为我们面对时间，到了某一个瞬间，时间以为你的大限到了，你就没法赖着不走，哪怕你特别会弄钱，特别能弄钱，弄的钱非常非常得多，你也不能多喘一口气，你立马就会被时间所消灭，完全彻底、干干净净地被消灭，好像是，你弄的钱越多，往往被时间消灭得越是不留痕迹。与此相一致的，还有那些自以为很会做官，很能做官，把官做得非常非常大的人，同样不能多喘一口气，你会被时间迅速消灭，完全彻底、干干净净地被消灭，好像是，你的官职升得越高，往往被时间消灭得越是不留痕迹。

时间就是这么无情，绝对不会因为谁弄的钱多，谁做的官大，而接受他的贿赂或封赏，去巴结他、讨好他，让他永远地活在时间里，一直永恒。

这应该是个不容怀疑的结论，肉身的人不可能永垂不朽，倒是精神的东西，那个独立于肉身之外的事物，或许才可能长长久久。

但什么是独立于肉身之外的精神呢？好像依然与财富无关，或者说关系不大；好像依然与权势无关，或者说关系不大。这是个很难结论的东西，常常是，最为轰轰烈烈、热热闹闹的东西，被人都已慷慨地冠之于精神的名誉，要不了多少时间，就又沉寂得什么都不是了，甚至连一股风都不如，甚至连一片云都不抵，风过去还会留下一丝凉意，云过去还会留下些微影子，那些轰轰烈烈、热热闹闹的名誉，却什么都留不下。与此形成鲜明对照的，倒是一些平平淡淡，不怎么显山，也不怎么露水的东西，却会以其独特的魅力，由平淡渐趋强烈，而牢固地印记在人的意识中，一代一代又一代，成为肉身的人，自觉趋从的精神。譬如陶渊明，他的天资是不错的，书也读得很好，也考取了功名，放任在一个千人万众眼红心跳的县丞位子上，以此为基点，相信他是可能一步步往上爬，爬到一个理想的官位上的，但他辞官而去，竟一点儿留恋的意思都没有。据传，他辞官后，也有大把的机会搞钱的，搞不到一座金山，搞一座银山或许不是太难，但他还是不为所动，只是非常散淡地"采菊东篱下，悠然见南山"。

抱有陶渊明立场的人，还有一个画竹子的郑板桥，也有官不做，有钱不挣，活得一生轻松、一世悠闲，身后却被人念念不能忘记，清晰而明白地活在时间里，成为时间死不丢手的主人。

我为此怀疑过，而且抱怨时间，在给自己挑选主人的时候，为什么总是陶渊明他们？对此，我想不明白，又无话可说，原因是，时间是不讲理的，虽然它也不反对讲理。面对时间，有多少自以为英雄，有多少自以为哲学的人，他们或者凭借三寸不烂之舌，喋喋不休地大说一辈子，或者凭借他的勇武与血腥，舞枪弄棒一辈子，结果却不抵沉默的时间，让英雄的、哲学的他们，死在时间的脚下，被时间所埋葬，并迅速地化为朽骨与尘灰。

这就是时间的本事了，它非常包容，任凭你怎么讲你的理，它不与你争，也不与你讲，它只依着自己的惯性，无声无息地经过着，谁都不能奈何它，而只有顺应它，否则，只会是一个又一个时间面前的牺牲品，丢盔弃甲，体无完肤，特别无奈。

这么说来，别人有什么感受？悲观吗？绝望吗？我不得而知，但我知道，我自己是不悲观的，而且更不会绝望。因为我在琢磨时间，感觉讨厌的时间，也有温暖可爱的地方。那就是我们在顺应时间的同时，还要紧紧跟着时间的脚步，与时间同舞蹈，与时间共歌唱，把自己自觉地化入时间之中，时间就一定不会遗弃我们，甚至埋葬我们。

怎么把自己化入时间之中呢？说来不易，却也不难，因为时间不能被客观地构思出来，它是一份无限主观的过程。而这个过程就是我们吊在嘴上的生活，生活是琐碎的，生活是庸常的，别把自己的生活搞得太轰动、太激烈。所有的轰动和激烈，都是瞬间的、短暂的，倒是淡淡的很不经意的一笑，让时间感受到了，时间就会记下来，带着那淡淡的笑，不停步地向前走。

当然，哭也是可以的，哪怕逃避，时势弄人，时间不会。

做时间的朋友

拉住时间的手，做时间的朋友。

《西安晚报》于2012年12月18日刊发了我一篇《我要时间》的随笔。想不到时至今日，还有人见了我，要把他对那篇随笔的感受，大说一场。而刊发之时，打电话给我，发短信给我的人，逾百盈千，比我过春节收到的祝福电话和短信还要多，其中有人因没有我的手机号，还把他们的感触发到我爱人的手机上。商业厅一位姓戴的副厅长，就给我的爱人发了短信，说了这样一句话："要时间，做三件事，挺好。道人之未道，可嘉。"便是刊发了拙文的《西安晚报》社长郝小奇先生，到了天黑的时候，发来短信也道了一声赞"我要时间好！"

　　受到大家的热情鼓励，使我回想起来，关于时间，我还有些话是要说的。归根结底，就是我开篇说的，我们是要把时间当作朋友来对待的。

　　在家靠父母，出门靠朋友。人之一生，谁能一直靠在父母的肩膀上讨生活呢？尽管孔老夫子说了"父母在，不远游"。其实父母对子女的教育，都是希望子女学有成就，走四方，闯天下。而子女们也是，翅膀长硬了，就要扶风而去，南北走，东西闯。不混出个人样来，就很难再"回江东"见父老的面。中华文化的历史经验，像座严酷的大山，就搭建在我们的面前，衣锦可以还乡，潦倒只作兴云游。

　　怎么办呢？回乡的心不死，云游的路就必须走，只是必须拉着时间的手，以时间为朋友，才可能得以衣锦之荣，享还乡之乐。也就是说，朋友千千万，不外乎酒肉二字，正如俗语所言，"非酒肉，不朋友；非米面，不夫妻"，才子佳人也罢，英雄豪杰也罢，今夜可能花前月下，明晨却劳燕分飞，昨天山盟海誓，隔天仇渊恨海，真是不好说呢。唯有时间，才是最为靠得住的朋友，你哪怕给时间两记耳光，踢时间两拐脚，回过头来，对时间微微一笑，时间还是会不计前嫌地交你这个朋友的。

　　做了时间的朋友，就必须认真对待时间。

那么，时间在哪儿呢？

我说过了，时间在自己的身体上，在自己的胸怀里，在自己的情怀中。时间看不见、摸不着，吃起来无味，品起来无香，是极朴素的一样东西，非常巧妙地和我们的人生融合成了一体，须臾不会分离。

身体在时间上，身体就是时间的代表，身体不喜欢的事情，时间也就不会喜欢。

这个道理既简单又明了，一个没有身体的人，哪里又能奢望时间？所以，要做时间的朋友，就要先善待自己的身体，凡是身体所排斥的，就一定不要去做。可是我们人，在这一点上真是够糊涂的，总是爱做那些与身体别扭的事情。譬如赌博，譬如吸毒，譬如抽烟，譬如暴饮，譬如……如果我再举例，还有许许多多的譬如，但是有几项就够了，就足以证明，我们善待身体的重要性。上了麻将桌，哗啦啦一个晚上去了，哗啦啦又一个晚上去了，久赌必输。然而赌钱只是一个方面，重要的是休息不好，熬坏了自己的身体，更为甚者，把命还可能丢在麻将桌子下了呢！吸毒亦然，抽烟酗酒也是，都是一时的痛快和一时的幻觉，最后伤的可都是自己的身体。

善待身体，有了身体，胸怀狭窄，照样十分危险。看别人比自己进步快，他生气，看别人比自己有钱，他生气，看别人娶的老婆比自己媳妇漂亮，他生气……好像是，他生出来就是为了生气的，要知道，人所以不能长寿，生气是最为要命的。几年前，我写过一篇小东西，总结我种花养鱼的心得，发现花儿之所以死去，都是我浇死的，鱼儿之所以死去，都是我喂死的。以此类推，我还发现，一些短命的人，几乎都是爱生气的人，因此，我断然地作了一个总结：花是浇死的，鱼是喂死的，人是气死的。当然，还有这样那样的外力作用，可以为短命者以借口。倒是有那么一些人生了气之后，又还想不开，把自己抑郁得昼不能息，夜不能眠，痛不欲生，服毒自杀的有，跳楼自尽的有。

学习着使自己的胸怀开阔一些，可是太重要了。然而，我们养成了一个好身体，同时也看开了许多，能够冷静理性地对待身处的环境，能够平静客观地处理遇到的问题，我们是不是就拥有了时间，成了时间的好朋友？

应该说，这只是一点积累，最根本、最彻底的结论是，还必须要有满腔的美好情怀。试想一下，一个人四肢发达，不生闲气，也没啥看不惯，没啥想不开，仅仅如此，充其量只能说这个人很长寿，有没有福气，就该另说了，至于是不是拉住了时间的手，做了时间的朋友就更要另当别论了呢。情怀在这里起着关键性的作用，有情怀的人，必不会虚度光阴，或者寄情于山水，赋诗作画，或者醉心于笔墨，著书立说，或者……有太多这样的或者呢，就等着有情怀的人去发现，并为之锲而不舍地去发掘。

我说了，"先天下之忧而忧，后天下之乐而乐"这句话不死，范仲淹就不会死，就一定活在时间里。像他一样，还有一幅《富春山居图》，是画家黄公望写生出来的。同理，《富春山居图》不死，黄公望也不会死，也还会活在时间里……长久地，千百万岁而不朽地活在时间里的人还有很多，书写了《兰亭序》的王羲之，书写了《祭侄文稿》的颜真卿，等等，成为时间朋友的人，方方面面，金石汗青。

不过，我想强调的是，做时间的朋友，不仅要有做的决心，还要有做的能力。

我要时间

人之一生，什么是最重要的？

好像是读书呢。先贤们说了，"万般皆下品，唯有读书高"。为了更进一步说明这个道理，还用了极为强烈的煽动性的语言来说："书中自有黄金屋，书中自有千钟粟，书中车马多如簇，书中自有颜如玉。"我不能反对先贤的总结，但我总觉得有点直白，甚至觉得有点厚颜无耻。因此，很想问一问先贤，人生最重要的，难道就只有财富和美色了？

这叫人真是要大吐血水呢。

我们读书，如果仅只是为了财富和美色，那还真是不如不读的好。因为，世间事是蹊跷的，常常是，读书越多的人，财富却往往不多，读书越多的人，也未必能入美人的法眼。倒是读书不多的人，又常常富得流油，金银财宝打着滚儿往他家里涌，而美人们的眼睛，有几人不被金银财宝迷惑，屁颠屁颠跟着走？这是我的看法，谁要对我的看法有意见，我是不怪他的。只说那个叫胡润的外国佬，每年为中国搞的富豪排行榜就很有意思，打墙板一样上下翻动的富豪们，有几个是读书的人？其中多是文盲和半文盲，便是介绍的文字里，标注着某某大学某某学校某某职称的几个人，又岂能相信他那一串闪光的荣誉，是真实可信的？方舟子太忙了，他要抽一点空子，把那些人的老底摸一摸，想来是一定要让我们大跌眼镜的呢。

如此这般，倒叫我心想，人之一生，想要得到财富是不难的，因为谁的手再大，都不能把天下的财富抓到自己手里！而且是，想要得到美色也是不难的，因为谁的怀抱再宽阔，都不能把天下美人据为一己所有！自然了，想要得到一顶乌纱帽子亦然不会太难，因为谁的脑袋再硬朗，都不能把天下的官帽子一个人戴了！而我的标准又非常现实，一个人饿不着、冻不着，那就是一个有钱人；一个人有个知冷知热的爱人，那就是自己的颜如玉；一个人能约束自己不犯浑、不害人，那就是一个有权的人。为此，我要与古圣贤的说教顶一顶牛了，你们教导世人不懈追求的东西，并不是特别难得，倒是有那么一样东西却是非常不易得到的。

这个东西就是时间。

看不见摸不着、稍纵即逝的时间啊，才是我们人生最应该珍惜和捕捉的呢！想想看，贵为天子的皇帝们，他们拥有了金銮宝殿上最大的权力，拥有了普天之下，莫非王土最多的财富，也拥有了后宫佳丽三千多的美色，所以他不怎么关心这些，而对时间有了特别的关切，给自己设计了一个万岁的别称，还要庙堂之上的王公大臣，以及乡野里的布衣百姓，来为他祈祷了，高呼万岁万岁万万岁。万岁好哇，可是非常遗憾，把自己定格在万岁这个时间框架里的皇帝们，不仅不能万岁，还因为自己对时间的浪费，而比常人更早地失去了时间。

明白了这个道理，什么财富、什么美色，还有什么乌纱帽子，对于我们大家来说，就不怎么重要了。

我要时间，这是我觉悟后的执着。但我眼观红尘，却发现，有太多太多的人，对时间还懵懂不觉，一点都不知珍惜。这倒使我想起一位智者，为人生开出了一个时间的账簿。他说人之一生，且按80年来算，幼年老年占去三分之一，剩下还有吃饭、喝水、上卫生间、洗浴、生病等花掉的时间，真正给自己留下来有用的时间，大概不到20年。啊哟，他这账算得可是够清楚了，咱们掐着指头跟他一起算，就不能不为他的时间账簿而吃惊了。可是，我还想在他的时间账簿里搜查一下，便是那20年不到的精华部分，有一些也是要被我们无情地浪费掉了呢。

我不敢责怪他人，就以自己为例，后悔自己，差不多都要算是一个谋杀时间的凶手了。我是喜欢运动的，而且还更欣赏职业性的运动，看足球、看篮球、看一切看得到的体育赛事……我喜欢旅游，还喜欢打牌、说天、喝酒、聚餐，一些好好的时间，一些健康的时间，就那么硬被我乐此不疲、嘻嘻哈哈地谋杀没了。

我为此而痛苦，但我为了安慰自己，信手找来"休闲""休整""休息"等理由来为自己开脱。我发现，不仅是我，几乎所有谋杀时间的人，都是这么来给自己壮胆的。我得承认，这是一种浪费，但还不是犯罪。有的时候有的时间，还的确是要浪费的，甚至是被谋杀的，这或许也是人的一种必需，不可以像台加足了燃料的发动机，点火后，没日没夜地轰鸣运转……这就像驿路上的凉亭，让长途跋涉的人，在生命的征程上，有时间小憩一下，喝口茶，看看风景。这样的，就有那么点儿享乐主义的味道，但却也不能求全责备，因为生命的意义，并不排除享受生活这一目标。天赋人权，我们活着，我该享受人间温情，享受山水之乐，享受艺术之美，以及享受美味、安静甚至发呆，等等。所以说，我们珍惜时间，也不能放弃生趣，日夜劳作，那我们与马牛又有何异？我们有必要浪费一点，甚至是谋杀一点时间，以此而放松我们的神经，丰富我们的生活。

不过，有一个度的问题，是要认真把握的。这让我忽然想起文徵明的次子文嘉，为了克服自身对于时间的模糊概念，为自己，也为世人所作的《今日歌》：今日复今日，今日何其多。今日又不满，此事何时了？人生百年几今日，今日不为真可惜！若言姑待明朝至，明朝又有明朝事。为君敬诵今日诗，努力请从今日始。

文嘉的《今日歌》说得太明白了，但我以为还有进一步探讨的必要。我以为，要想获得时间，还应注意这样三项事情。一要向自己的身体要时间，二要向自己的胸怀要时间，三要向自己的才华要时间。一个人没有好的身体，或者是不爱惜自己的身体，就很难要到时间；更有甚者，心胸狭窄，自绝于时间，就更难要到时间；把才华不当才华，随意浪费，就也要不到时间。反之，珍惜爱护自己的身体，开放自己的胸怀，用足用好自己的才华，就必然能够要到时间。

聪明的范仲淹，"先天下之忧而忧，后天下之乐而乐"一句话，一代一代地流传下来，相信还会继续往下流传。所以我要说，范仲淹这句话不死，范仲淹就会一直地活在时间里，与时间而永生。

原载《红豆》2013年第6期

猫亲咪咪

陈佐洱

_____

咪咪初来

1989年初夏的某天傍晚，小女儿从人大附中放学回来，书包鼓鼓的。她进门诡秘地一笑，说："我给你们带了个小朋友回家。"

书包扣解开，它就探出脑袋晃了晃。简直是只可以托在手上的"掌上猫"，全身的绒毛雪白，稀稀疏疏，盖不住毛下面嫩红色的皮肤，应该出世才几天。

小女儿讲述，这是在甘家口路边买的，3元钱。带它回来是因为它太无助，弱小，而且右眼老流泪，发炎。

家里立即引发一场讨论。那时养猫可不像现在那么方便，超市里既没猫粮也没猫砂，何况我们刚从遥远的南方举家迁居北京。主理家政的妻子一面叨咕"把它送回去"，一面爱怜地找出支红霉素眼药膏为它治眼睛；我和小女儿踊跃保证，承包找猫砂运猫砂的活儿。正好那天三弟来做客，他打了个圆场说"这猫养好了，将来准是只好猫"，一语决定了命运。

我们争先恐后地从厨房端来一小碟牛奶，围着看它一口一口舔得精光。然后，看它抬起头来环视每张脸，发出了雏凤新啼般的第一声："喵呜——"。在全家一片欢笑中，它肚皮贴着地板，钻进了书架底下的狭小空间。

小小猫的叫声轻柔、尖细。我曾以为这只是它幼年时的发声，没想到整整21年，直至老逝，它都还是那样的声音。这声音可与它的一生经历、它的性格不太相符。

我给它起了个很普通的名字："咪咪"。

咪咪断奶后的饮食，就是自来水和剩饭剩菜，每星期有一两次加餐煮小鱼。曾听说五棵松外有专门的猫粮卖，我们骑车一个多小时，终于找到那家卖农药化肥，顺带出售自制猫粮的采购店，如今家喻户晓的"伟嘉"牌猫狗粮当时还没在北京市场问世呢。

自行车是支持咪咪生活的重要物流工具，除了运送吃的，还运输拉的。每星期，总有一天夜幕降临后，我和家人要外出为它找猫砂，好在附近正大兴土木，建筑工地不少，我们带着小铲子和麻袋，从工地的沙堆上刨下点表面的干沙。半麻袋干沙够用一周，多了也扛不动。工地上的人都很友善，听说了用途，表示理解。

咪咪"三好"

咪咪的生活习惯好。饭碗搁在厨房里，盛沙的便盆搁在卫生间门外，几乎不用怎么教，它就自然而然地适应了。爱干净的它，天天用前掌蘸口水洗几遍脸，常常埋头用舌梳理全身细细密密、毫无杂色的白毛，越舔毛色越亮。

它很享受十天半月一次温水澡，那也是我们全家二十余年里既忙又乐的时光。它身上涂满洗浴液，湿淋淋地站在大面盆里，水齐脚踝，由于毛贴身，好像一下子瘦了许多，我们在它头顶上举着花洒，直到上下左右冲淋得干干净净了，它还不愿意离开。可是被大毛巾一裹，抱到桌子上享受电吹风时，它又高兴了，不时甩头，水花溅到周围人的脸上。

咪咪好聪明，来家不到半年，就能听从各种简明的指令，比如"过来""下去""走开""不许"，等等。不到一年，就能按指令表演四五种近乎马戏的动作，比如家人无论在哪儿喊"咪咪你在哪里呀？"它就会连声答应着噔噔噔小跑过来。家人说"握手"——它会蹲坐着，大方地伸出一只前掌；"还有一只手"——它会收回那只前掌，再伸出另一只。我更喜欢坐在地板上，把它叫到跟前，再指令它"趴下"——它会前腿伸直，后腿跪曲，趴伏下来，"给我当会儿枕头猫"——它会一动不动地让我的脑袋枕在它的后背上，我可以闭目养神，可以看书读报，同时听着它发出"呼噜呼噜"的猫喘，持续十来分钟。即使时间过长，它受不了了，也只是稍耸耸肩，轻轻叫一声，提醒我该起身了。

就像淘气的孩子，咪咪一直渴望知道门外的世界，自以为是，跃跃欲试。尽管每次开门时都警告它不许外出，可有一次，蓄谋已久的它终于抓住机会，"喵呜——"一声，如离弦的箭般地冲了出去，三步并作两步蹦跳下楼。我们住的是高层塔楼式公寓，我立刻让妻子守在15层的楼梯口，自己乘电梯直下底层，然后边呼唤着"咪咪"的名字，边沿着扶梯拾级向上寻找。一路找到7层，听到了它急切的呼应声，有懊悔、有求助。借着昏暗的灯光，我看见咪咪蹲在楼道里，守望着那套与15层自己家同样位置的单元门，叫唤开门，见我走近也不移步，生怕错过了"家门"打开。

咪咪好教育，只需一根手指摁它头呵斥几句，它就牢记在心了。经过这番教训，咪咪再也不敢擅自出门了。即使开门诱导它出去，它反而两眼警惕地直盯门外，缩起身子倒退数步。

并不美满的婚恋

咪咪长大了，长得身材魁梧、虎头虎脑，右边的眼睛灰蓝色，左边的眼睛橙黄色，无论瞳孔张大或眯成缝，任何时候都炯炯有神，那一身雪白发亮的皮毛不仅人见人爱，更是让它的同类钦羡不已。它究竟是什么种族的猫？女儿查阅资料，引经据典说，咪咪属于短毛波斯猫，传说祖先在中东是守护神殿的。而我认为该叫它"北京猫"，因为它生于斯长于斯，而且上一辈肯定也在斯地北京。

我们公寓楼下住着一对导演、演员夫妇。有一天我下班回家，那导演拦住我说："知道你全家都爱猫，那只大白猫是公猫吧？我家也有只波斯种的母猫，很乖巧，但是我俩经常出差拍戏，实在照顾不过来。送给你们，攀个亲戚，怎么样？"

果然是只娇小依人的纯白猫，一双大眼睛都是灰蓝色的，但叫声却异常粗重，由表及里，正好与咪咪是阴阳两极——我从导演手里接过它时端详了一番。

带回家，第一时间是很受欢迎的，因她的叫声与当时正在热播的一个电视剧主角名字"那五"谐音，它就取名"那五"。可是两三天后，欢迎它的只剩下咪咪了，那五只认得饭碗，不认得便盆，随地大小便的毛病怎么也不改，不但大大增加了家务工作量，而且给本不宽敞的两居室带来了不小的环境污染。更有甚者，由于它和咪咪一见钟情，半夜粗重的叫春声不仅搅得我们全家人都睡不好，还搅醒了邻居们的好梦。后来，它俩居然在光天化日、众目睽睽之下，也继续着恋爱游戏。咪咪对它的追求几乎疯狂，那五欲拒还迎的矫情用"装腔作势"形容也不过分，那五"逃"进卧室跳上了床，然后回头唤咪咪，等咪咪追上床，那五又"逃"向餐厅上了餐桌；咪咪追上餐桌，那五又上了冰箱，两只白猫终于在地理位置的最高点上成就了"好事"……

书上说，猫怀胎65天就能生仔。那五来家两个月光景就挺着大肚子了。咪咪对它是呵护有加，饭盆里的猫食总是等那五吃到咂嘴舔唇，咪咪才凑近吃剩的；那五犯了错，谁要是去抓它，咪咪会冲上前护着妻子，发出从未有过的连声"喵，喵，喵呜"，既像央求，又像是抗议。

用妇产科的术语，那五"快便顺产"，诞下一只全白毛、红嫩嫩的小公猫，比咪咪来我们家时还要小，只有一根手指那么长，微张眼，吮吸着那五涨红的乳房。小夫妻俩守护神似的守着宝贝独生子，连我们都也只能远远观望。一旦门外走廊有人走动，咪咪立即叼起儿子，那五殿后跟着，"举家迁徙"躲得远远的。

才几天，可爱的小宝宝夭折了。女儿判定，是被它没有养育经验的父母亲压在身底下憋死的。可是咪咪不认为儿子已死，还是不让我们靠近，继续把宝宝叼来叼去，那五照样跟在后面，并且照样随地大小便。

那五屡教不改的卫生习惯和半夜肆无忌惮的叫喊，使我们下决心让它离开。楼下导演夫妇家老是"铁将军把门"，就在机缘巧合下把它转送给了甘家口某设计院的一位爱猫人士。从此再也没有它的音信。

咪咪在一阵狂热的早恋之后，不得不经历丧子和夫妻分离之痛。不仅如此，我们还把它送到动物医院做了绝育手术。不知这些为了人的举措是否不人道，咪咪从医院回家，麻药效力还未过，躺在地上几次三番站不起来，可是终于跌跌撞撞，蹒跚走向便盆解手的情景印入了我的脑海。每当我听见别人调侃它"太监猫"的时候，我的心骤然一抽，会重复思考上述问题。

人猫相依

好在咪咪没有记恨，顺应了命运的安排，不久身心便得到康复。我们更加关爱它，甚至宠它。比较高档的超市开始出售有商标品牌的猫粮猫砂了，我们总是挑贵的买，你去趟超市买点儿，我去也买点儿，往往供过于求，需要储存起来了。

咪咪一天两餐，上午猫粮，下午改成了不掺剩饭剩菜的小猫鱼。天冷了，晚上水泥地板凉，它试探着想跳到我们床上来睡，我们在脚跟头的被子上铺条大毛巾，咪咪立刻认同这是它的"床"。每晚"床"铺在谁的被子上，熄灯后它就跳谁那儿睡，不越雷池一步。我们每个人都喜欢咪咪隔着被子和自己睡，有它那团温温暖暖的十来斤重压脚，睡得更香。

咪咪对我们也更加亲热。每当家里人从外面回来，屋里还毫无动静，它却先知先觉，奔向门口迎接，先听到它柔和、尖细的叫声，后听到钥匙开门声。人一进屋，咪咪就会用脸蹭你的裤腿，围着你转，边转边叫个没完。

一次，我一人在家，急性胃肠炎发作，肚子绞痛。咪咪十分同情我，寸步不离地陪我一趟趟上厕所，跟我去五斗柜找药。我躺在床上，它一反常态，哪儿也不去，静静地伏守在床边，偶尔还昂头低声问候。

我们之间已经能进行20多种基本会话，不仅是发出及执行指令，而且能够交流情感，以致所愿所望、所思所想，有商有量。比如，咪咪在书架上打瞌睡，我担心它碰倒了摆在身旁的花瓶，就喊："咪咪，下去！"

它睁眼看了看我，嘴里咕噜了声，又埋头睡下，还用一只手遮住半边脸，耷拉下耳朵。这是它提请求，意思是"让我在这睡会儿吧"。

我提高调门说："不许，下去！咪咪听见没有？"

它一惊，弓起背，伸了个懒腰，不情不愿地扑地跳落下来，嘴里嘀咕着——那是发牢骚。

咪咪待人接物确实亲疏有别。我常说它除了"三好"，还是只有思想、有感情、有个性的"三有猫"。咪咪进家时，大女儿正在国外学习，但函电交驰中听说了种种故事，于是回国度假时给它带来好些礼品。咪咪对于这些美国宠物店的新款玩意儿照单全收，每样都玩得很投入，可是对大女儿本人却虎视眈眈，尤其见到我们对这位"客人"如此亲密无间，竟发出酸酸的怨言，甚至凑上来争宠。善良的大女儿蹲在它面前，很友好地说话，想摸摸它的头，竟被它猛地伸出利爪，抓得手背上鲜血直流。大女儿委屈得掉下眼泪。我们对咪咪几番严肃教育，但它的妒火直至大女儿启程离家仍没熄灭。

有人遛狗，我们遛猫，不时带咪咪出外走走。起初，它一离家就紧张兮兮，甚至伸爪抠住抱它人的衣服。经过劝慰后，它才放下心，好奇地东张西望。那时，我们家已经从甘家口百万庄搬到翠微小区，星期天抱它坐在楼下的草坪上，四肢贴地伏在我身旁，任周围邻里的孩子们嬉闹奔跑，咪咪视若无睹，定若泰山。可是有一回就不同了，有人牵着只哈巴狗来到了草坪上，那狗个头比起咪咪来至少翻倍，它一见我们就无厘头地吠叫，似要挣脱链绳冲将过来。我忽地从草地上立起，正要再弯腰抱咪咪，没想到咪咪已蹿前两步挡在了我的脚跟前，弓起背，平平挺直尾巴，也龇牙咧嘴地向那狗高声叫喊起来，虽然那声音还是尖尖细细的，但音调刚直，微微颤动，像一把风中的利剑。

这是我在咪咪生平中唯一听到的如此雄赳赳的声音。就这样，它的蓄势出击把那只狗儿镇住了。

伴我走香江

1994年的春天，我迎来从事港澳工作六年后的新挑战，奉命赴香港出任专责政权交接谈判的中英联合联络小组中方代表。妻子随任，咪咪的去留怎么办？我决定咪咪也同行。好在在北京办理出境手续并不复杂，我们带它去市动植物检验检疫局做了体检，打了防疫针，领取了完整一套证明文件。

3月11日中午，经过三小时飞行，抵达香港。咪咪从货舱里出来就得送去隔离观察——"坐移民监"。据说港英的法律规定，凡来自英国等英联邦国家的动物如证明文件齐备，可以及时放行入境；如来自美国等发达国家的，需关一星期"移民监"；而来自中国内地的，尽管健康、防疫等证明文件齐备，也得按照对待第三世界国家的规定，关四个月"移民监"，食宿费用由主人自理。

刚踏上香港土地就面临一个遵守当地法律的问题，我仅同前来接机的中代处同事打了个招呼，就直奔启德机场处，找到装在笼子里即将运走的咪咪。望着它哀怨、惊恐的两只蓝黄眼睛，说了不少安慰话，就此告别。

为了雪洗国耻，实现香港的平稳过渡和顺利交接，中英谈判桌上忽而刀光剑影，忽而觥筹交错。6月30日，我和防务与治安专家小组的同事们努力与英方达成了到任后的第一个协议，确定了未来中国驻军海陆空布防用地的安排。下午回到宿舍，未歇口气，我就匆匆赶去港英政府渔农处的域多利道狗房，看望北京大白猫咪咪。

过去3个多月里，我们每次"探监"，都令咪咪兴奋不已。但是就在前两天谈判颇为紧张的时候，狗房管理处打来电话，说咪咪病了，精神萎靡，脑袋上的细毛突然掉光了半边，可能得的是某种皮肤病。

巴士沿着起起落落的海岸线从卑路乍街曲折西行，终于停靠在一座红色的消防大楼附近——香港巴士到站是没有售票员报站的，全凭乘客自己认得目的地。我下车走向一段林木茂盛的斜坡，转两个弯到达狗猫同监的域多利道政府狗房。

咪咪的"牢房"在百米以外的尽里头一排，进入大门时相互根本见不着面，可是我分明听见了它的叫唤声，它一定已经听到了我渐走渐近的脚步。那叫声由声嘶力竭渐渐变得软声细气、柔情万种，让我的心里充满了温情，我也忍不住不停呼唤它。

这场人猫相会的情景可以用两个词形容："久别重逢、问寒嘘暖。"

之后，我来到管理处办公室了解咪咪的病情，并且向照顾它的公务员们致以谢意。电视台的"晚间新闻"正在播报中英联合联络小组签署关于未来军事用地使用安排协议的场景，接待的公务员特别客气，他们介绍说咪咪大约半个月前开始出现症状，狗房接连找了三位兽医为它诊治，抹了好几种抗真菌的皮肤病药，都不管用。接连几天，狗房都到附近海边去买新鲜小鱼喂它，也不合口味。后来一位英国兽医翻阅了大量资料后诊断，咪咪可能是精神受到重大刺激所致，就像人类的"鬼剃头"现象，一夜间掉光了头发。好在"移民监"期限快到，希望这之前我们可以多来看看它，安抚它的情绪。

为此，我又折回"牢房"，与咪咪隔着铁栅栏好一顿"谈心"，起先它困兽犹斗似的不停在笼子里转圈，希望我能接它出笼，然后放慢了脚步，接着蹲坐在我面前，无奈地听我说话，偶然答应几句，再然后觉得我说来说去了无新意，一歪脑袋自个儿梳理起胸前的皮毛……

果然，咪咪"坐监"期满，回到中国外交部工作人员宿舍不久，就身心怡然如初，秃了半边的脑袋上又长出细密、洁白的绒毛来。

第二年冬季，是我出任中方代表以来最艰难的时期。由于英方违反中英联合声明，连续五年以超过 GDP 五倍的速度大幅提高社会福利，并扬言还要干五年，我在跨九七财政年度预算案编制第五次专家小组会议上发炮，指责港英当局改变了与基本法相衔接的量入为出理财原则，在临撤退前大撒金钱，收买人心，警告照此下去未来的中国香港特区将难以为继，可能"车毁人亡"。始作俑者末代港督彭定康恼羞成怒，当晚就率领一众港英高官对我围攻，接着又策动各种媒体对我的讲话断章取义，大肆抨击，一星期内出现了上千篇大大小小的文章，对我高压下来。我的妻子也承受到有生以来最大的压力，甚至不愿上街，害怕背后有人指指点点。

我从北京出差回来，与她促膝谈心，咪咪就坐在我俩之间。我摸着咪咪圆滚滚的脑袋，说："历史是公正的，会善待我们。在政治斗争中，智慧和正气一定要比感情更高。"我轻哼电影插曲《驼铃》，不无苍凉的曲调和旋律，从心田贴己流过。刚才还兴高采烈迎我进门的咪咪此刻一脸缄默，仰头瞪着一蓝一黄的大眼睛，不时扑扇一对不大不小的耳朵。

光阴如梭，到了1997年6月下旬。全世界都在倾听香港回归祖国的脚步声。有关实现香港平稳过渡的十四项重要谈判业已完成，突然闲了下来反而不习惯，我倚坐在宽大的窗台上，翻看当天报纸，忽然想起了咪咪，随口喊道："咪咪，你在哪里呀？"

"喵呜——"一声，它从厨房噔噔噔小跑过来，跳上窗台。

"趴下，给我当会儿枕头猫。"我枕在它的背脊上，边继续读报边对它说："好了，我们快要回家了。"

咪咪短促地回应了我一声"喵呜"，等我从它背上起来，它立刻就地打了个滚，蜷着身咬咬自己的尾巴，这都是它开心的表示。

桑榆日近情义长

1998年3月，我们带着咪咪回到了北京。咪咪好像老成持重了许多，在新的家里翘尾巡视，每一个角落它都到过，每一件拉回的行李它都嗅闻个遍。按照猫的年龄，活了九岁就相当于人过了孔夫子说的天命之年，过去它对陌生人一般不理不睬，现在只要叫它声"咪咪"，它就会礼貌地回应一声"喵呜"。要是它正专注其他事或打瞌睡，也会望你一眼，张张嘴巴，像是打个招呼，并不发出声。

咪咪是不是老态龙钟了呢？未必，它还挺注意锻炼身体，不定哪天早晨吃过猫粮，它会突然憋足劲儿，在家里楼上楼下蹿跑几圈，跑的时候目不斜视，什么诱因也没有，跑完之后若无其事，好像什么事情也没发生过。每周大约跑那么两次，高兴时接连两三天都"晨练"。

可是咪咪忽然练不动了，不吃，不说话，只喝水，喝完就钻到床底下躺着。我们呼喊"咪咪你在哪里呀？"它初始还答应，后来连答应的力气都没有了。我用扫帚柄把它从床下拨出来，一看全身皮毛蜡黄，明显消瘦许多。

妻子诊断咪咪肯定吃了有毒的东西，导致急性肝损害，皮肤、黏膜和眼球巩膜等部分才出现黄疸的症状。宠物医院的诊断是一样的，立刻给它挂瓶，开保肝药。究其原因，肇事者应该是我，我下班回家路上，见昆玉河边有人在捞小鱼，挺新鲜，就买了些，没想到那是些被毒死的鱼。

刚动完肿瘤手术的妻子每天把咪咪抱在怀里，一小勺一小勺地喂牛奶，除了牛奶，它什么也不吃。靠着这幼年时的唯一营养，挺过了三星期，咪咪终于拖着虚弱的身体从床底下走出来。

经过这场大病，咪咪的性格更加"耳顺"。它的生活中多了个伴儿——小女儿把她在美国养的一对"猫儿狗女"中的猫儿 Kissy，"Cargo hold"货运来北京。Kissy 完全是只美国宠物，也是"太监猫"，智商远不如咪咪，那扁脸大眼长毛的长相和扭捏作态的举止，都与咪咪迥然不同。我们唤"Kissy 过来"，它摇摇摆摆走到跟前又扭头离开，走两步停下来，用粗大的尾巴搔你的腿，等着你挠它黑白相间的长毛脑袋，连吃饭也是那做派，先要对饭盆看几眼，扭头转一小圈，才回过身来大快朵颐。

咪咪对 Kissy 的加入并不排斥，同吃一盆粮，同用一马桶，相安无事，但不知是性格还是年龄代沟所致，相互间不甚亲热，白天各行其是，晚上各睡一张四方形的旧沙发垫子，虽然摆在一起，颜色一样，可绝不会睡错。

两只猫有一惊人之举，至今让我叹为观止。我妻子逝世之前，在医院病床上艰难说出的最后一句话是："Kissy，咪咪……"

这句临终牵挂，在家的猫们好像心通灵犀听到了。当晚，亲友们来家布置简单的灵堂。等客人们一走，咪咪随即领着Kissy来到铺盖白布的灵台前蹲坐守灵。夜深人静，我睡不着，发现它俩依然那样蹲坐着，我想起了关于咪咪祖先是中东神殿守护者的传说。天熹微放亮时，我再去窥探，它俩还在原地肃穆守护着……

也有老马嘶风时

有位老年综合病的专家说，延年益寿之道在于心宽，放得下。

咪咪过了猫的平均寿龄15岁，对谁都和颜善目，它与早年它曾心存妒忌的我的大女儿成了好朋友，甚至女儿一家偶尔来京，热情过度的小外孙握住了它神圣不可侵犯的尾巴，它也只一抽尾，不愠不怒地躲到一边去。对于我们唤它，指令它表演，它虽也服从，但显露勉强，动作有些懒散，有时候索性用一个无声的呵欠抱歉，不表演走开了。

咪咪一双漂亮的眼睛渐渐黯淡失色，但脑子清醒，仍然重情重义。寂寞时我把这体重减轻了的"老朋友"抱上膝头，和它说说话，在它身上打拍子，唱了一首又一首童年的歌。它都眯缝起眼惬意地听着，听着，比平时寡言的我更加寡言，可我觉得它善解人意。

宠物的衣食住行在"全球化"中越趋讲究，但咪咪曾经沧海难为水，不稀罕。它唯一的嗜好就是十多年如一日的下午那顿鱼，偶尔过了三点不端出来，便满屋子地出声催喊，更像是在争取生活对自己的一份关爱。这时，我们家的亲戚、管家小李就得停下手中的其他活儿，去冰箱里取猫鱼，还得故意皱眉应答它："咪咪，头都给你吵得昏了——会给你煮鱼吃的！"只要这一声，咪咪就消停下来。

小李管着两只猫的吃喝拉撒睡，咪咪表现得对她尤其依恋，每天晚上，总要小李亲自送它去睡觉。它先是待在小李房里，陪她读报或玩电脑，实在困了，就两手往小李床沿上一搭，伸长脖子轻柔细声地"喵呜"一声，意思是"很困了，送我去睡吧"。

它的红沙发垫子其实就在隔壁洗手间里，但非得小李起身说"好吧，你在前面走"，它才迈着猫步踱向洗手间，小李跟上去关门，它才"上床"就寝。而那时的Kissy早已在另张"床"上呼呼大睡了。

白天的时候，小李常把咪咪的红沙发垫子搬到阳光最足的客厅立地窗前，让咪咪去那儿看风景或休息。整面立地窗都是朝南临街的，我从马路对过的公交车站下车，踏上跨街人行高架桥，就能远远望见公寓六楼贴着立地玻璃窗有幅色彩亮丽的图画——浑身雪白的咪咪蜷伏在红色的垫子上——它是在俯瞰满街生动的车水马龙，或闭目养神吗？

暮年的咪咪虽然体弱心静，但是一生维护尊严的刚健个性未因衰老而折损，我亲眼看到了咪咪和Kissy的一场纠纷。冬日的阳光透过客厅立地窗玻璃，暖融融地照在咪咪和它躺着的红垫子上。东摇西逛的Kissy走来了，用手拨弄咪咪的胡子，咪咪正入梦乡，也不睁眼，只扫了下尾。没想到Kissy又伸出手捣乱，这下真把咪咪急醒了，朝同伴"唬——"吼了声，同伴也回吼，意思是"让开，让我来躺一会儿"！咪咪不干，霍地跳将起来，扑向 Kissy，Kissy没料到"舅舅"变脸这样凶，扭头便逃，于是两只猫在客厅里一前一后奔跑着，两圈过后，Kissy已经吓得抱头鼠窜，咪咪也已气喘吁吁，回到红垫子上续自己的梦，Kissy则起码几天不敢再觊觎那窗外的风景。

咪咪拖着精瘦的身子，活到了颐养天年的2010年——猫龄21岁，据说相当于人类140岁左右。

我94岁高寿的母亲见到它，常带笑说："咪咪，我要叫你一声猫兄了!"

送别猫亲

"五一"节小长假，我们出门去了，留下小李和咪咪看家。临走时，咪咪就不太想吃东西。到达南方的当晚，小李来电话说，咪咪根本不吃了，宠物医院医生说它"超老"，症状是肾功能、肝功能衰竭，其实它的所有器官都已衰竭了。

我们叮嘱小李天天送咪咪去医院挂瓶输液，尽一切努力延长它的生命。每天一两次电话，得知咪咪每况愈下，起初还能喝点儿水，后来靠针管塞进嘴里喂些牛奶，最后连牛奶也喂不进了，浑身发烧。小李把自己的一件毛衣剪开，给它穿上。假期的第五天，小李在电话中哽咽说："咪咪在等你们回来……"

"咪咪，你等等，再等一等！"我心里呼唤着，收拾行装连夜飞返北京。一进家门，看见咪咪侧躺在洗手间里的红垫子上，呼吸微弱，时不时抽搐。它看见我们，长长地"喵呜——"了声，挣扎着站起来，顷刻又倒下来。我抱住它，久久抚摸着它毛发不齐整的脑袋，把能对它说的、它听得懂的好话反复说给它听："好猫咪咪，咪咪好猫，咪咪乖呀，咪咪乖乖！我们回来了，来送你了……"

凌晨1时零7分，万籁俱静，咪咪又尖细痛苦地"喵呜——"了一长声，再次挣扎着想站起来，却永远也站不起来了。

咪咪的墓地选在一片它经常在窗口望见但从未到过的翠竹林里，陪葬品有煮鱼的小锅、猫粮和红垫子。为它殡葬的人是小李，还有与它相识以来一直倾注关爱的新的女主人。

时过一年，Kissy无疾而终，享年14岁。宠物医院的医生说它也是"内脏器官都老化了"。Kissy的墓地则在一棵小杏树下，陪葬品与咪咪相若，只是小锅换成了它俩共用的饭盆。

原载《上海文学》2014年第1期

到来一只狗

南 帆

────────

一

到京城参加一个著名会议之后返回家中，我的旧毛衣已经垫在一个不大的竹筐里，毛衣上坐着一只小黄狗，毛茸茸的小家伙用栗色的眼睛无辜地看着我。天气寒冷，小家伙的两条前腿有些抖。

太太解释说，狗窝异常重要。初入家门，小狗会把毛衣上的气味永久贮存在记忆之中，作为第一主人的标记。挑选我的毛衣，即是委托我做第一责任人。小黄狗舔了一些牛奶之后蜷曲在竹筐里睡着了，如同乘坐一条小竹筏漂来的不速之客。没有籍贯和家族姓氏，没有品行鉴定档案、来访动机，一个带有体温的小生命不由分说地塞到手上，拒绝已经来不及了。

一个成熟的男人似乎必须有些特殊嗜好，譬如吉普车，加上一条大狗。这两者将与粗布牛仔裤、翻皮高筒皮靴以及辛辣的烟卷气味共同组成男子气概。粗犷与孤独是男人的境界，狗是一个孤独男人的唯一伙伴。野旷天低，暮云四合，一个男人坐在门槛上默默地吸一支烟，一条狗安详地趴在他的身边，电影都是这么演的。尽管如此，我还是没有准备好养狗。我是一个怕麻烦的人，况且也不怎么孤独。

或许我得承认，我还有些脆弱。一条狗的寿命只有十来年；一个活蹦乱跳的生命不可阻挡地在主人的眼皮之下衰老，皮肉松弛，动作迟缓，最终气息奄奄，但是，它对于主人的依恋始终不泯，最终的诀别摧人心肝。卷入这种伤感的故事不啻额外的情感折磨。我宁可回避。另外，一个友人遭遇的情节也多少吓住了我。由于偶尔施舍了几块面包，一只流浪狗不屈不挠地尾随这个友人返家，再也不肯离去。不久之后，友人察觉这只流浪狗已经怀孕。照料一窝小狗显然超出了他的负担能力，友人决定放弃。他驾车载上狗，辗转数十公里来到一个相对富裕的村庄。各安天命吧，他将狗推出车门后一溜烟地疾速驶离。然而，当他驱车返回家中，这条狗已经躺在门口大口喘息，长途奔跑之后几近虚脱。它泪眼汪汪，目不转睛地盯住友人，企图挣扎起来。事后他说起这一段依然心有余悸：一条狗进了门，你就绝不能再想抛开它。

我听明白了，我的选择权仅仅是——要不要让一只狗进门。

然而，这条小黄狗自作主张地破门而入，而且已经大咧咧地睡到了我的毛衣之上。太太叙述这件事的时候使用了"缘分"一词。进入花鸟市场，路过一个装满小狗的铁笼子。一大堆小狗在笼子里翻滚嬉闹，唯有这只小狗趴到笼子的栏杆上冲着她摇尾巴。她拐个弯走到了另一侧，这只小狗又蹒跚地转过来，双眼无邪地仰望，尾巴摇动如旗。太太再也挪不动双腿，她断定这就是"缘分"，于是掏出1500元把它带回。她所能了解到的资料仅仅是：拉布拉多，来自加拿大东南部的名犬，亲善快乐，资质优良者可以训练为导盲犬——但是相当贪嘴。女儿无双为这只狗取了一个略为欧化的名字——卡普。因为她的一只绒毛玩具狗就叫卡普，同时，她正在画的三册绘本是一只卡通狗的故事，这只卡通狗也叫卡普。

我对于"缘分"这种说法将信将疑。上帝真的在两个生命之间设置了密码吗？但是，我相信没有多少人可以拒绝笼子里那些憨态可掬的小狗。遇到街头的狗贩子，我多半硬着心肠尽快离去。否则，那些天真无邪的眼睛和柔软的小爪子很快会叫人迈不开双腿。

有次小黄狗睡得从竹筐里摔出来，四脚朝天地滚到地上。它居然没有醒，一只小爪子盖在脸上继续打呼噜。真要是个没心没肺的家伙倒好办，我心里暗暗企盼。

二

我估计太太带回这只小狗，多少受到友人间话题的影响。如今养狗的人如此之多，坊间流传颂着形形色色养狗的趣事。一个友人在屋顶上养了5条狗。晚上坐在客厅里看电视，5条狗一溜地趴在面前，专注地研究他的表情。他的一颦一笑都会产生不小的骚动。友人满意地感叹：这不就是帝王的享受吗？另一个友人养了一大一小两条狗。他端坐在沙发上，两条狗分别占住了他的左右手。他抚摸了一下右边的大狗，左边的小狗就会不满地哼起来，吃醋争宠。这不就是一妻一妾的梦想吗？

然而，我始终觉得，养狗是一件严肃的，甚至严重的事情，不可轻易触碰。养几只金鱼，养一只啁啾的画眉或者一只肥胖的猫，这些事无非怡情养性，闲暇的时分逗自己一乐。而一只狗的到来，性质远为不同。我们可以得意地享受狗的忠诚，然而，过多的忠诚必定演变为一副沉重的枷锁，牢牢地将双方铐住。即使主人轻率地背叛抛弃，狗从来不会企图报复。它的一如既往终将逼迫主人无限内疚地返回。所以，没有足够的热身，我们的内心无法负担这种忠诚。日本拍摄过一部影片《义犬八公》——狗的主人上班途中出现意外不再返回，这只狗每天傍晚来到车站等待，十多年始终如一，直至皮毛不再光滑，四腿无力再也跳不上车站的花坛。许多人甚至不敢看这部影片，过重的情义也能深深地刺伤人心。我常常想，狗的性格如同古典社会的遗风：义重如山，一诺千金。现代社会的一个特殊品格是轻佻。整个世界正在大拆大卸，弃旧图新，没有多少人愿意画地为牢，为自己套上各种精神重轭；现代人潇洒如风，善于抛弃或者替换，从陈旧的服装和家具、款式过时的冰箱和汽车到相互厌倦的情人。这时，一只狗摇着尾巴坚定地追随左右、不离不弃，简直叫人不知所措。如果重新决定一个负责的选择，我现在大约还是要勾NO。

卡普的到来是太太即兴开始的一个故事。现在，我不得不抖擞精神，对付诸多的后续情节。当然，最初我怎么也料想不到，那些细枝末节在后续情节之中占有如此之大的分量，譬如狗毛。事先为什么没有听到人们抱怨无所不在的狗毛？墙角，衣服上，客厅里，四处飘浮的狗毛犹如春风里让人打喷嚏的柳絮。当然，更为麻烦的是狗屎。遛狗之际必须带上小塑料袋，必要的时候得将手套在塑料袋里抓起地上的狗屎蛋。没有在马路上抓过热乎乎的狗屎就称不上养狗。我曾经抱怨狗屎的臭味，太太正色地说：美国总统的私人庄园里，那些签署总统令或者按核电钮的巴掌照样要抓狗屎蛋。我不知道这是否杜撰，但是，她的严肃态度迫使我接受这种观点：清理狗屎显现的是一个人的责任心。嫌弃臭味显然是纵容个人品德的缺陷。

太太负责的工作相对文雅，譬如，培养卡普的高贵风度，调理卡普的浮躁性格。这些活计肯定比预想的困难，我猜她时常受挫。我曾经在书房里听到她在另一个房间愤愤地对卡普说：你真是无聊呵！知道什么是无聊吗？不知道上百度去查！我暗笑，猜想卡普是端坐在她面前聆听训话，还是不耐烦地逛来逛去。

当然，太太的工作还是显出了初步成效。卡普很快学会了按照主人的口令坐下、握手和趴下。不过，这些举动显然用于换取口腹之乐。卡普常常专注地盯住太太手中的食物，一面敷衍地伸出前爪拨拉一下充作握手。如果看不到吃的，它多半兴致索然，甚至讪讪地转身而去。太太不止一次地用恨铁不成钢的口吻叹息：卡普呵卡普，你真是没有出息，你那小脑袋里99%的想法都是怎么吃。

　　这的确是一只无比贪吃的狗，什么都吃得津津有味。肉食、青菜、地瓜、萝卜、马铃薯、各种水果、糖、鸡蛋壳；我们甚至不得不费神猜想，它究竟不吃什么？太太曾经将辣酱装在一个盘子里送到它跟前，卡普舌头一卷，半盘辣酱不见了，再一卷，盘子干净了。还曾经喂它半杯的高度白酒，喝下不久它有些步态摇晃，在客厅走出了两条 S 形的弧线，眨眼之间又泰然自若。我不止一次地想象，它的腹腔里究竟装备了一个多么强悍的胃？

　　卡普似乎永远没有吃饱的时候。每一回端出狗食，它总是欢欣鼓舞地原地打转，然后凌空跃起表示庆贺。不是刚刚吃过一顿，怎么如同饿了两个星期？风卷残云般地吞下配给的狗食之后，卡普会专注地将铁锅的每一个角落舔得锃亮。确认再也没有什么可吃的，它气恼地叼起铁锅往空中一甩，哐当当地一阵响，直至铁锅倒扣在地。如果顺手扔给卡普一根大骨头、一个馒头或者一枚生地瓜，它要围绕着战利品前仰后合地跳一阵桑巴舞，制造各种仪式延长获取意外之财的巨大欢乐，然后专注地趴在地上，用前爪圈住战利品，龇牙咧嘴地慢慢享用。

　　我们家匀出一条狗的口粮大致不成问题。然而，卡普的可恨在于，常常让我们在大街上难堪地颜面尽失。套上狗链子带它出门，卡普无论如何装扮不成一个有教养的绅士。它总是伸长脖子在马路上东嗅西嗅，发现什么可吃的就一口叼住。对于这条狗来说，"可吃"的范畴远远超出了通常的认识。除了一般食品，包装食品的塑料袋、泡沫饭盒、方便面的纸罐子乃至冰棒棍子都是它的捕猎对象。有时我们不得不蹲在马路边，费力地将这些垃圾从它嘴里抢下来。我从未在马路上遇到这么不体面的狗。别人的狗迈着小碎步跟住主人，昂首挺胸，尾巴翘得高高的，骄傲的神态如同一个穿上了钢箍长裙的公主。自惭形秽之余，太太终于忍不住牢骚：拉布拉多，也算出身名门，卡普呵卡普，你怎么会如此没有尊严呢？

那一天我带卡普出门。经过楼梯拐角，它竭力挣扎着向一边伸出头去，我只得略为松了松狗链子。看到它兴冲冲地伸出舌头将抛在墙角的一枚烟蒂卷入嘴里，气得我一脚狠狠地踹在它屁股上。卡普吃惊地嗷了一声转过头来，满眼疑惑。

我后来猜想，它肯定无法明白：胃口好又有什么不对呢？

三

忙碌而琐杂的日子里，卡普不过是我们心目中一个长毛的大玩具。玩具的大部分时间肯定是扔在某一个角落，我们没有耐心仔细揣摩卡普的心思。一条狗又有什么资格要求特殊的精神待遇？所以，很久之后，我才试图用另一种眼光解释卡普发动的著名战役——对于家里的鞋子展开全面攻击。

我想不起来这个战役是什么时候开始的。总之，很短的时间内，家里的各种鞋子惨遭卡普利齿的摧残。皮鞋的鞋面咬破了，高跟鞋后跟的带子断了，塑料拖鞋仅仅剩下半截。太太拍下了损毁的皮靴照片发布在网络上，赢得了一片同情的啧啧之声。我从鞋柜里取出一双崭新皮鞋，惊愕地发现鞋子内里的皮垫子不见了。太太宽慰我，没有人能看得到鞋子内部，我的调节能力一定会很快适应行走之中左高右低的感觉。当然，狼狈的场面最终还是不可避免地出现。入住宾馆的时候，收拾房间的服务员偶然看到搁在墙角的皮鞋，她脸上流露的神情令人发窘。相当长的时间里，家里所有鞋子的摆放位置必须超过一米五，太太几双珍贵的鞋子甚至小心地搁到冰箱顶上。

攻击鞋子大获全胜之后，卡普开始扩大战果。它放肆地撕咬嘴巴够得着的一切玩意。茶几上的电视遥控器，沙发上的老花眼镜，甚至嚼烂了墙角插座的电线——不知道为什么它的鼻子居然避开了电流的袭击。可以预料，它最终必定会踩在沙发上入侵我的书架。某一天早晨睡眼惺忪地从卧室出来，忽然发现客厅的地板上铺满了残破的书籍，一只狗嘴里叼着几张书页冲着你洋洋得意地摇尾巴，你会不会想大喊大叫？

我的确有好几次真的大喊大叫。脱下脚上的拖鞋抓在手中气势汹汹地扑过去的时候，卡普迅捷地钻到楼梯底下，蹲伏跳跃，卖力地向我展览各种战斗姿态，它肯定认为逗乐的时刻开始了。直至被揪住项圈拖出来，嘴巴和屁股遭到狠狠的抽打，它开始浑身发抖，翻着白眼一声不吭地坐在那里接受惩罚。必须承认，这时我的脑子里肯定冒出了扔掉它的念头。

远在异地的无双对于卡普充满了童话般的浪漫想象。她的持续叙述之中，卡普显然扮演了一个可爱的小精灵，以至于她的众多小伙伴甚至打算长途跋涉，来到这个城市探望卡普。听到我们的愤怒控诉，她总是这么安慰：这是狗的青春期叛逆，一年之后它就安静了。一年的期限到了，无双小心翼翼地打来电话：卡普是不是变成小天使了？得知这个家伙顽劣依旧，无双自作主张地延长了期限：一年半之后保证脱胎换骨。一年半的期限到了，卡普的冥顽不化终于让无双心虚起来。她委婉地引用网络上的一条消息安慰我：据说某个人家的一条狗淘气得让主人受不了；一个炎热的下午，男主人单独将这条狗带到街心花园密谈了两个小时，从此这条狗老实了。我再度天真地燃起了希望——怎么遗忘了思想教育的伟大传统！我连忙请她在网络上查询，男主人阐述了哪些励志的格言。不久之后她回话了：网络上的大部分留言都是求演讲稿，不幸的是，那一位男主人再也没有下文。

如今回想起来，大约是另一条消息阻止了我的怨恨持续上涨：专家研究表明，狗常常因为孤独而产生破坏欲。报复性地咬坏各种带有主人气味的物件，这是狗思念主人的特殊形式。想象一条狗孤独地卧在各种碎片的中央，嗅着这些碎片上的主人气味安慰自己，我的内心突然感到一阵酸楚，于是决定谅解卡普。

卡普特别憎恨我和太太上班使用的包。它常常扑上来，凶猛地撕咬我的公文包，甚至跳起来把太太的挎包从肩上扒下来。它显然已经发现，这些可恶的包不断地把主人带到一个它无法企及的世界。上班时间整装待发，卡普总是追到门前百般阻挠，甚至不知羞耻地一把抱住我的大腿。这时，我与太太不得不相互掩护着撤离。一个人向远处扔一块饼干，或者引诱它攻击一个空的矿泉水瓶子，另一个人疾速地开门。侧身闪到门外的时候回头瞟一眼，总是发现兴高采烈的卡普突然怔住了，痴痴地望着我们。

这时，必须立即把门掩上——哪怕迟疑一下就可能丧失关门的勇气。

四

所有的人都知道狗依恋主人，然而，只有狗的主人才知道每一条狗不同的依恋形式。

我与太太每天晚上都在二楼的电脑前工作，卡普必定坐在通向二楼楼梯的最高一层——我们用一块窄窄的木条拦住楼梯口，阻止它上楼捣乱。卡普嘴里发出各种哀怨的小声音吸引我们注意。若是恩赐般地看它一眼，它就会持续地摇动尾巴，以至于它身后的那一面墙壁被尾巴刷得油光发亮。长成了一条肥胖的大狗之后，楼梯的狭窄木板几乎无法容纳它的身躯，但是，卡普仍然夹紧屁股颤巍巍地坚持在那里。有时疲倦得无法支持，它会跑到楼梯的拐角小睡片刻，醒来之后立即又不懈地坐到原处。

偶尔有机会上楼，卡普念念不忘的一件事情是抢占我们的卧室。它一定意识到，主人在每个晚上总是长时间地消失在卧室的门板背后。发现我们开始睡觉之前的洗漱，卡普立即会抢先进入我们的卧室。它站在床铺旁边探头探脑，对于门外的饼干等各种诱饵高度警觉——有机会扑上前一口叼住立即退回屋里。有时必须两人合力才能把卡普拽出房间。即使被项圈勒得两眼翻白，它的屁股仍然顽强地下坠，四爪撑住地面竭力反抗。

一个人悠闲地靠在躺椅上阅读，一条狗驯顺地卧在他的脚下——这种经典的电影镜头从未出现于我们的家里。卡普的参与感太强了，它随时试图插手家中正在发生的一切事情。也许，这是它慷慨地表达自己的爱意？种种迹象表明，我们与卡普使用的语言系统无法精确地互译对接。至少，卡普的示爱话语过于草率和粗豪。

人类的示爱话语是一门深奥而微妙的学问。眉目传情，鸿雁传书，"欲得周郎顾，时时误拂弦"，西门庆勾搭潘金莲的时候，王婆为之设计了十几道严密的程序，缺一不可；阿 Q 鲁莽地跪在吴妈面前，露骨地宣称要和她"困觉"，于是，鸡飞蛋打的时刻到了。卡普的加拿大祖先哪里传授过这些秘诀？所以，这个家伙总是把一个柔情似水的场面搅成混乱的无厘头。

为了制造亲切感人的家庭气氛，我不时会伸手抚摸卡普。可是，这个家伙的毛躁配合多半不得要领。它激动地伸出爪子又抓又挠，甚至勾住衣服的袖口，以至于我不得不尽快地缩回巴掌。星期天上午阳光甚好，卡普逛出阳台造访书房，太太正在那儿敲打电脑键盘。卡普犹犹豫豫地把它的前爪搭上太太膝盖，试图爬上去。这个没有眼色的家伙始终不明白，它那六七十斤重的躯体怎么可能搁到太太的大腿之上？太太不耐烦地扭开转椅甩下它的爪子，它又换一个方向重新尝试。无趣地碰了三四个钉子之后，卡普就会来到另一张桌子和我搭讪。我正得意地挥毫泼墨，它把前爪搭上桌子摇头晃脑地欣赏。可恨的是，这个家伙的伪装甚至维持不了一分钟。我正待蓄势落笔，它的一只爪子啪地按到了宣纸上；我愤怒地把它的爪子推开，另一只爪子以更快的速度伸过来。除了立即把它轰走，这种故事不会有别的结局。

携带卡普出了家门，它觉得遇到的每一个路人莫不如同失散多年的亲眷。卡普撒欢地向人们奔去，起劲地摇动尾巴乐呵呵地表示亲善，然而，它的过度热情总是换来一阵阵恐惧的尖叫。每逢这种时刻，我们只能竭力抽紧狗链子，嘴里一迭声地道歉，再道歉。

五

我终于向太太提出了这个问题：咱们家的卡普是不是有点儿傻？用北京话说，就是有点儿"二"。承认这个痛苦的事实需要一些勇气，犹如承认自己的子女不怎么聪明。

卡普初入家门的时候，我们殷切地期待它长成一条聪明伶俐的大狗，骄傲地充当左邻右舍的谈资。太太曾经多次提到当年住宅附近的一条明星狗。这条狗每天早晨与傍晚单独出门两次。第一次嘴里叼一个篮子，其中零钱若干，一张纸条注明主人所需的早点。这条狗目不斜视地跑到早点的摊子，如数买好之后，叼着篮子矜持地跑回家中。傍晚它又在众目睽睽之下出现，嘴里仍然叼有零钱若干。它跑到报亭要一份晚报，而后转身一颠一颠地离去。这个街区所有的人都认识这条狗，它的出行如同每日不辍的定时表演。相形之下，卡普黯然失色。一个多年养狗的作家曾经语调铿锵地鼓励我们：什么人养什么狗，你们家的狗肯定傻不了。现在，我猜太太一定有些失望了。所以，提出这个问题的时候，我已经想好了安慰之辞：傻一点儿没有什么关系，我们又不指望卡普考一张名牌大学的文凭，家里也不需要它为各种开销算账。

卡普没有机会参加海关缉毒或者刑事案件侦破训练，也不会到马戏团里表演加减乘除。它的日常时间大部分生活在阳台的玻璃门背后，一日两餐的等待无法显示它的小脑袋拥有多少智商指数。我的记忆仅仅搜索到它的一项擅长：开门。如果没有锁好阳台的几扇玻璃门，它能够在最短的时间夺门而出，呼啸着冲进客厅。一个友人家养了一只藏獒，一样隔离在阳台的玻璃门背后。试图进入客厅的时候，藏獒只有一种单调的表述方式：伸出强壮的前爪，执拗地敲打在玻璃门的同一地方。藏獒看到的世界没有缝隙。卡普显然愿意动一些脑筋。它在玻璃门背后来回踱步，伸出爪子哗哗地抠每一道可疑的裂隙。如果哪一个插销没有扣上，它会迅速地察觉。然而，这种擅长没有多少意义，鸡鸣狗盗之技而已。况且，智商指数超过藏獒算不上什么。藏獒素来以彪悍忠勇著称，过多的思想只能对这两种品质产生干扰。一个足智多谋的军师决不会满足于与一个骁勇的武士比试智力。

卡普有点儿傻——我的内心曾经不断地躲闪和回避这个结论，但是，某些事实还是不容置疑地搁到了面前。譬如，遭受斥责或者惩罚的时候，卡普的简单态度是不是证明了智商的低下？一个友人的狗听到主人责骂儿子，它就会知趣地躲到床下，等待风暴的平息；另一个友人的狗遭受批评之后会低头羞愧一个下午，并且在适当的时候讨好地用头轻轻地蹭主人的裤腿表示歉意。卡普从来不可能如此多愁善感。它表示不满的发泄方式是，站在玻璃门背后斜眼盯住人两秒，然后一甩头不屑地扬长而去。事情的可笑在于，卡普的生气通常维持不到一分钟。仅仅在阳台上绕了一两圈，它已经忘了刚才的不快；走完第三圈返回的时候，它的内心创伤已经平复——它又开始起劲地摇尾巴了。哪怕是犯了过错遭受体罚，它似乎皮厚肉实记不住疼痛，没有过多少时间就故伎重演。太太感慨地说：这条狗的脑容量太小，记不住多少事情。

当然，由于它的简单性格，卡普的为非作歹始终不存在阴险的意味。它叼着一块毛巾逃走，一面斜着眼看我们，力图引诱我们参与它追逐与逃亡的游戏——这就是它所能设计的最为复杂的圈套。另一个友人的狗显然老谋深算。它的主人从餐桌上带回一块肥肉，到家之后顺手喂了家里的另一只小狗。这只狗对于不公的分配方式持有异议，但是，它不露声色。它的报复方式是，乘着主人到浴室洗澡的时候，悄悄地将他搁在茶几上的手机叼起来，扔到院子里的雨水之中去。

心头无事一床宽。卡普是一只没有心计的狗，它常常坦然地在阳台上酣睡。我不断地回想起第一次看见它睡得从竹筐里摔出来的情景，一个没心没肺的家伙。卡普那天依旧躺在阳台的阴影里，我在玻璃门边站立了很长时间仍然没把它惊醒。卡普的四条腿伸得笔直，嘴里叽咕几声犹如梦话。我突然觉得，这哪像是一条狗，这不是一只猪吗？就是在这个时刻，我清晰地意识到卡普的智商问题。

不过，如今我已经不再为这种愚蠢的问题伤神。一个晴朗的傍晚，我在自己的忧虑背后听到了上帝的笑声。我终于醒悟，这种问题的提出仅仅证明了我的虚荣。我们习惯于按照人的模式衡量狗，聪明与否的尺度是智力、思想而不是嗅觉。狗是上帝送给人类的一个忠诚伴侣，它摇着尾巴围绕在膝盖前后，陪伴我们共度纷扰的世事，彼此排遣孤单和寂寞。可是，我们习惯了居高临下，试图逼迫狗模仿人类坐在餐桌旁边吃饭，热衷于竞选总统和谈生意赚钱，偶尔写一写诗歌，并且精通电脑程序——我们忘了，一条狗的智商是为自己的生活配备的，它没有必要冒充初级版的人类。

尊重卡普的智商即是尊重上帝赋予另一个生命的职责。我没有资格自作聪明地评论，上帝为什么分配给众多生命不同的天赋。庄子已经意识到，万物齐一。我想，我更适合做的事情是，完整地解读卡普。

这样，我渐渐地看到了另一个卡普。

六

卡普从阳台夺门而出，在客厅里一阵疯跑。它弓起身子箭一般地跃出，四足腾空如同一匹草原上的奔马；背后看上去，耸动伸缩的背脊如同一道起伏的黄色波浪滚滚而去。通常，卡普总是要憋足一口气往返奔跑六七趟，躯体积蓄的能量才会稍稍释放。家中的走道很短。接近走道尽头的时候，它的奔跑不得不急速刹车。最后的一两米，卡普往往后倾躯体，撑直四足溜冰似的滑过去——我仅仅在美国动画片《猫和老鼠》之中看到这种镜头。当然，这种特技常常失手，它多次因为速度过快而咚地一头撞在了门板之上。尽管每一回卡普都将家里的桌椅撞得乒乓乱响，但是，我决定不再制止它发疯。我相信这是它独享的某种绽放生命的仪式。

家里太小的客厅拘禁了卡普的步伐，它的梦想一定是漫山遍野地奔跑。嘈杂拥堵的城市怎么可能接纳这种梦想？于是，我幻想当上一个小学校长。星期日学校放假，我可以和卡普一起在操场的跑道上驰骋。

无论如何，阳台是一个过于憋屈的天地，卡普无时不在渴望出门。晚饭之后，看到我取出狗链子，它一定要激动得大声喘息，甚至按捺不住咬着链子不放。乘坐电梯从楼上下来，它焦躁不安地坐在门口等待。电梯门哗地打开，它就迫不及待地扑出去。我担心它的出门动作过大惊吓他人，这时总要勒紧链子，放慢速度。卡普被勒得站立起来，仍然不肯改变前冲的姿态，因而总是靠两只后脚撑着身躯一步步跳出电梯，看起来形同一只笨拙的澳洲袋鼠。到了大楼外面，卡普疾速冲到一丛竹子下面，翘起脚来对着竹根哗地激射一泡憋了许久的尿，然后扬眉吐气，顾盼自雄。

开始了社区的巡视之旅，我与卡普都是一副东歪西倒的姿态。它伸长了脖子，试图把我拖入路边和小树丛或者草地，我不得不拔河似的把它拖回。有时它会笔直地伫立在马路中央，警觉地掀动耳朵，如临大敌。我知道无非是一只老鼠或者一只青蛙闪过路灯下，但是，我没有理由取笑它小题大做。这不就是它心目中企图颠覆社区的恐怖分子吗？当然，我也不想劝诫它，不要恃强凌弱，威风凛凛地追赶树丛中一只瘸腿的老猫。如果它摆出一副慈善家的嘴脸，一定是破坏了狗世界的江湖行规。卡普曾经与一只土狗打过一架。尽管对方的个头比它小一半，但是，卡普竟然被咬破了鼻子。当然，这也是不打紧的事。哪一家的男子汉出道之前没有遭受几下暗算？路上遇到陌生的狗，卡普仍然猖猖地吠着，想要挣脱链子往前扑。有了这种架势我就满意了，至少它不是一战丧胆的孬头。

卡普还没有恋爱的经历。不知到底应促成还是绕开各种姻缘？附近一户人家站在窗口看到了卡普的堂堂相貌，曾经托人为他家的母狗说媒。我们没有积极响应。卡普鸿蒙未开。可是，开启欲望之门，带来的是痛苦还是欢乐？人生识字忧患始，一条狗又何尝不是？许多时候，知道的愈多，苦恼愈甚。

我们的耐心开始增加，卡普的另一些细节进入了视野，例如讨吃时故作端庄地调整坐姿，尾巴360度飞快打转；生气时下巴一翘头一甩，一边跑动一边斜视着我们，鼻孔哧哧喷着气；受罚时则梗着脖子一动不动地认罪服法，神情几乎是大义凛然的。我们同时还发现，卡普极不愿意被人摸脑袋。主人的抚摸会使多数的狗很快安静下来，然而，卡普总是在我们的巴掌之下触电似的跳起来，并且疾速转过身来严阵以待。太太猜想，它之前一定遭受过某种特殊的创伤，只不过它无法陈述痛苦的记忆罢了。另一个奇异之处是卡普对待洗澡的欢乐态度。几乎所有的狗都对洗澡深怀恐惧，一个友人一拿起专用的那条浴巾，他家的狗就飞快躲到柜子底下。这种人类的清洁方式尚未在狗的基因之中登记注册。然而，卡普多半是雀跃地进了浴室。喷头里的热水喷到身上的那一瞬，它突然安静地坐了下来，任凭热水浇遍全身，甚至伸出了脖子，温顺地把头靠在太太的胳膊上，任人搓揉。这时，我突然想到了无双的那句问话：卡普是不是变成小天使了？

有一天我突然发现太太一个新特点：说起卡普时会下意识模仿它动作，无论是坐姿，还是翘下巴甩头，甚至那种逆来顺受的表情，都与卡普的神似。我会心一笑，卡普真的成为家庭一员了。

七

追随人类的众多动物之中，狗的名声稍逊于马。二者的共同性格是忠贞不贰，至死不渝，但是，名马的传奇往往与历史典故或者赫赫战功联系在一起，例如项羽的乌骓，关云长的赤兔，刘备的的卢。马的身后是苍莽的草原，险峻的边陲，风驰电掣，大开大阖，楼船夜雪瓜洲渡，铁马秋风大散关；相对地说，狗是家常的，如同一个家臣奔走于住宅周围，主人与狗的情义交织在无数家长里短的细节之中。

一个友人转来了美国养狗证上的九句话，每一句话都是以狗的口吻叙述。通常，这种小温情的语言对我已经失效。但是，有了一只卡普前后跑动，这几句话突然悄悄地打动了我。

九句话之中的第三句话是："你有你的生活，你的朋友，你的工作和娱乐，而我，只有你。"对于卡普说来，这是一个简单的事实，可是，我先前始终未曾意识到。我们每一天早晨风风火火地出门，谈天说地，嬉笑怒骂，阅人无数，百般滋味；卡普竟日枯坐在阳台的玻璃门背后，等待我们回返的那一刻。无论我们是春风得意、酒足饭饱还是身心俱疲、烦恼丧气，卡普总是等在那儿，决不失约。这种交往当然不对等，可是它心甘情愿。下班之后返回家里，卡普在阳台的玻璃门背后焦灼地蹦跳、吼叫，要求得到及时的安慰，甚至委屈得声音都变了。我常常觉得不耐烦，记不起来它的焦灼积累了一整天等待的重量。我们以主人自居，慷慨地提供食物和居所，可是，这并不能弥补对于它的感情亏欠。

不少时候，感情债务的偿还要比钱财难得多。一个明智的做法是尽量削减感情投资的往来。太太多次表示，内心要与卡普保持一些距离。我当然听出了她心里的纠结。一条狗只有短短的十余年。当它不得不离去的时候，我们的内心会因为收不住脚步而狠狠地摔伤。然而，这种担忧的存在表明，我们的感情投入已经太多了。

这时，九句话之中的最后一句提醒我们，不能仅仅沉溺于伤感，或者说，伤感不能成为后退的理由："当我已经很老的时候，当我的健康已经逝去，已无法正常地生活，请不要想方设法让我继续活下去，因为我已经不行了，我知道你也不想离开我，但请接受这个事实，并在最后的时刻与我在一起，求求你一定不要说'我不忍心看它死去'而走开，因为在我生命的最后一刻，如果能在你怀中离开这个世界，听着你的声音，我就什么都不怕。"

卡普到来之后，我已经没法继续推托还没有准备好。我开始接受太太使用的"缘分"一词，当然，需要重新解释："缘分"不仅意味了一个注定的偶遇，不仅是开心地相聚、逗乐或者一同到草地上嬉戏，也不仅是购买食物、遛狗、洗澡以及收拾狗屎，而且，"缘分"还包括直视一条狗的生与死，承受由之而来的各种精神损耗。一条狗总是毫无保留地将自己抛给了主人，所以，"缘分"的认可包含了承接的勇敢——这种勇敢意味的是，用一双胳膊托住另一个生命的重量。

原载《作家》2014 年第 4 期

初雪·冬日阳光

周 涛

初 雪

这时候天还没亮，我醒了。

躺在被窝里睁开眼，便有了一种异样的不同寻常的感觉，似乎有远客临门久候不语、巨灵降落默然静观，天地有变，平庸将破，异样的事物即将呈现。

人和自然的变化偶尔会有无语相通的时候，此刻这个感觉就很明显。"是不是下雪了？"我抬眼望了一下窗户，厚厚的窗帘在黑暗中泛着些灰白的浅亮，我知道，那不是晨曦，而是雪光。应该是下雪了，天还黑着，窗户却发亮，不是雪映的还能是什么？11月中旬已经过了，第一场雪应该来了。只是现在还没有看到它，还不知道是一场什么景况的初雪。

下雪和下雨不一样，下雨是带声响的，"风声雨声读书声，声声入耳"，下雨像一群活泼快乐的小女孩去野游，唱呀跳呀，总想弄出些动静引人注意。下雪呢，也是女孩，但只是一个人，她长大了，不再是小姑娘，而是一个——女神。天女散银花，天宫撒玉屑，一般来说无风无声，无雷鸣电闪，无树摇草倾，静逸安详，不怒不威不泼不闹，而且常常是在夜深人静万物入眠之时，她来了。

她来了，送给人间六角形的花瓣，也是赐给万物的一种六角形的祝福，她像观音菩萨一样，只有无声的微笑，只有祥和的美意，给这世界蒙罩上一层厚厚的纯净的雪花，让它变一番模样，给你一个惊喜。

雪是长大了的成熟了的雨。

经过了春、夏、秋三个阶段，雨这个小姑娘能不长大吗？她长大以后就是现在这个模样。

这时，天已经大亮了。

与其说一夜初雪给周围的一切盖上了一层厚厚的鸭绒被，不如说雪让整个世界全裸着呈现了。一切都被雪重新勾勒出新的形态，圆润的柔和的线条和轮廓，洁白的鲜亮的肌肤和容貌，要不怎么说"山舞银蛇"呢？要不怎么说"原驰蜡象"呢？实际上山既没有舞，原也没有驰，一切都静静的，是雪给它们赋予了动感，雪给了它们新鲜的生命活力。

越是自然的，雪就使之越美，山脉、河流、丛林、树木、原野、道路、小桥、毡房、屋舍、栅栏，全都变了。空旷的变充实了，干涸的变丰润了，拥挤的变疏朗了，僵硬的变柔和了。枯枝落雪梨花开，屋舍戴帽白云厚。莫叹人间春去也，雪花更比春花稠。

越是人工的都市的，雪就与之间隔，好像雪已无力改变它们。高架桥、高层建筑、立交桥、高速公路、机场、大型商场，雪是多余的无益的受到排斥和清理的。雪自己也觉得美化不了它们，在这些强大的人工事物面前，雪只是垃圾。看来美妙的事物和垃圾之间并无严格的界限，只需很短的时间，美物可变为垃圾。

美是一种很容易变质的东西，也许只是个时间问题。美丽的雪花变成污水，缤纷的花朵变成枯枝，灿烂的晚霞变成暗夜，绝代的明星变成白骨……谁说美是永恒的呢？也许美会永存在记忆中，但记忆者会衰老、死亡，那美便成了传说。

我看着眼前的雪景，因为意识到它的短暂而格外留意。这场雪下得可以，足有20多厘米厚，称得上一场像样的初雪。地上、院中、屋顶、墙头，一下增厚了20多厘米，整个格局都变了，仿佛家家都在雪中埋。白绒绒的、胖乎乎的，像个儿童，非常可爱。人的童心就是这样被唤醒的，初雪以它的单纯洁白，年年唤回我们的童心。于是想堆雪人，于是想打雪仗，还想起与雪有关的那些童年、少年印象。心里有一股冲动，有一些"老夫聊发少年狂"，真想管它什么年龄身份，跳起来直接横身躺进这厚绒绒的雪地上，大喊大叫一番才好。

可是终于没有，终于止于想。

实际上这场雪不能完全算初雪，因为月初的时候已经下过一场，那是雨转雪，先是下雨，后来转成下雪，第二天晴日之下很快又化了。但我还是认为这场雪才是初雪，雨转雪似乎不够分量。北方生活久了的人，对初雪有一种特别的情怀，这恐怕是从不和雪打交道的南国人未曾体验过的。现在不少东北人、西北人在南方买了房子避冬，我也在番禺买了个房子，兴致勃勃当几回"候鸟"。两三个冬天下来，新鲜劲一过，慢慢感到味不对了，怀旧了，想念起雪来了。雪里生活了大半辈子，雪已经渗进血脉，有了亲情，成了家人，没有雪的冬天总觉得缺了什么。虽然说广州的冬天照样叶绿花红，锦鲤在池中游，凤尾竹绿意葱茏，但是那个老朋友没有了。在广州过冬，那是"饱了眼睛饿了心"。

这不，今年要过一个完完整整的冬天，要和雪这个老朋友厮混一个全过程。"昔我往矣，杨柳依依；今我来思，雨雪霏霏。"老友如老酒，两三年不见面，一逢初雪，触动情思，初雪亦如初恋，意味绵长，经久难忘。我原来曾在诗里写过"新疆也许不是白头偕老的妻子，却是终生难忘的情人"，现在看，不对了，应该反过来了，"新疆不是终生难忘的情人，而是白头偕老的妻子"。老家如老妻，从青春到白首，知根知底，患难相依。穷不离，富不弃，人和故土才是知己。说什么一线城市、二线城市，逃离故土成了时尚，离弃乡亲成了荣耀，人的价值成了城市的附属品，不断地向更大的和国外的城市攀爬就成了人生成就的标志。怎么说呢？社会潮流，时代特征，人往高处走，无可非议。可是我要说，那里有雪么？那里有一大群看着你从小变老的人么？还有，那里埋有你生活中难忘的日子么？

初雪之后的树，一丛一丛，一排一排，原来叶落了、枝枯了，一夜之间，霜雪满枝，衬在有雾的背景里，水墨画里的枯笔似的，美得无法描述。不知从哪里飞来一些不肯南迁的鸟，麻雀是寻常见的，乌鸦也不稀奇，喜鹊成双成对爱落高枝，像一些援疆干部似的让人感动。因为新疆过去一直有乌鸦没喜鹊，近年才见喜鹊登枝，看来它并没有在乎是不是"一线城市"。还有一种以前没见过的鸟，形似喜鹊，体型稍小一点，黑顶，长尾，灰蓝背翅，淡红浅灰腹。总是结队成群，几十只飞来飞去，像一个加强排，散兵队形。这些鸟，给初雪后的世界增添了活力和内容，踏落枝头雪，飞过冰雪地，冷吗？看那活泼欢快的样子，似乎不像。

鸟想什么，人不知道。"子非鱼，焉知鱼之乐"，吾非鸟，焉知鸟之饥寒？只见一群鸟飞来飞去，谁能体察这些自由的生灵为自己的自由付出了多么大的代价？秋天的时候就有过两次捉到误入家门的鸟，一只游隼，一只乌鸫。捉住以后关进笼子里，有青瓷盛水，有小罐盛米，游隼还专门准备了碎肉。鸟天性自由，不屈不就，不饮水、不啄米、不食肉。关了一天，知其不从，一并开笼放生去了。那只乌鸫，从我手上展翅高飞之时，竟鸣叫不止，听起来像哈哈大笑的胜利者！我这才知道，鸟有不妥协的品格，不自由，毋宁死，小小的一只凡鸟竟然心气比人高，心性比人硬，佩服，惭愧。所有的生物都有自己的品格和底线，最低的，大概是人。

初雪之后，太阳升起，"须晴日，看红装素裹，分外妖娆"，红日白雪，绝对冷艳。

这时候该扫雪了，实际上是用推雪板推雪。雪厚盈尺，岂能扫动？我一直认为推雪是一种最干净的劳动，不起尘、不扬灰，活动筋骨，空气新鲜，既锻炼了身体，又清理了场院，比那些在健身房里的锻炼自然多了。初雪那么晶莹洁白，堆起来不由你不想堆一个雪人，给它戴个草帽，拿两个柑橘做一对金眼睛，一根胡萝卜做个翘鼻子，手臂间再插一把扫帚，大嘴咧着，也是雪后开心事。

雪很美，初雪更美。风花雪月嘛，踏雪寻梅嘛，雪泥鸿爪嘛，晚来天欲雪嘛，都是雅事。

雪正是我们生命中"可以并乐于承受之轻"，有谁比它更轻呢？它可以像蝴蝶一样轻盈地落在你的睫毛上，也可以像蜻蜓一样落在你的眉梢、眼角。这雨的精灵、冬天盛开的花朵，制造童话的高手，远古洪荒走来的女神……我们人类所遇到的最美妙的朋友！

它虽然没有声音，但它浑身都是旋律，它带着音乐飞翔……你听到了吗？

一朵雪花轻盈若蝉翼，漫天大雪却可以覆盖住崇山峻岭、茫茫旷野，它同时还拥有海潮怒涛般雪崩的力量。它可不光是雅事，仅仅是雅没什么了不起，它具备更伟大的品质，具有更宏伟的力量。

可以说，雪是集真善美为一身的尤物。真也晶莹透彻，美也花蕊飞翔，善呢，冰川雪谷默默为万物储存水源，来年化作江河溪流养育万物浇灌人间，这才是真正的"厚德载物"。

见一次初雪老一岁，雪也是生命刻度和提示，想起几年前写的一首咏雪诗，当时也是12月中旬，是这样写的：

鹅毛大雪降纷纷，

下得天地胖墩墩。

地下已经厚三尺，

天上未见薄一寸；

充塞顿使人间满，

涤虑更让宇宙新；

鸟雀不知何处去，

深深篱边留浅印。

冬日阳光

晚12点半睡觉，一觉醒来已是早晨8点半。这个晚上是无知无觉的，无梦，不起夜。如果以后死了是这样，倒也无妨。既无知觉，何畏死呢？人近七旬，会想到死，它一天天近了，却看不见摸不着。你知道它离你不远了，正如探子报的，"敌已离城三十余里"！那又怎样，无非是一攻即破，猝不及防，一命呜呼；或者是全城军民紧急动员，死守硬抗，坚持数月，杀马充饥，最终还是寡不敌众，破城之时，彼大屠三日，鸡犬不留，仍是难改归途。

死亡是不可抗拒的结局。生命可以让它流产，死亡从不流产。文天祥说对了，一句大白话"人生自古谁无死"道尽人生之大限，从此使天下人释然，以死为归。前几日，忽闻京城老友韩作荣去世，感冒引起心猝死，才66岁。将近40年的老朋友啊，就这么走了，连个招呼也不打，君去何急也。作荣小我一岁，却是最早扶我上《诗刊》的人，他沉默寡言，心中有数，一生爱诗，不离不弃，最后当了《人民文学》主编。《人民文学》主编是人能当的吗？我连想都不敢想。记得有一次莫言问我："你一辈子的最高理想是什么?"我反问："你呢?"他有点羞涩迟疑，壮了壮胆，说："我的最高理想是……能当上《人民文学》主编。"我听了大吃一惊，这小子雄心壮志太大了，都敢往那儿想，我连《解放军文艺》主编都没想过。结果，韩作荣当上了。人家一个农家子弟，没上过大学，但当过兵，凭什么茅盾、刘白羽当过的主编? 埋头苦干，再加上心明眼亮。心明者心中有诗有灵，眼亮者能识作品能识人。他一走，当然也是"挥一挥手，不带走一片云彩"，去天国，上帝也会请诗人吃糖果的，这一条我相信。

现在剩下我们这些暂时还活着的，心有戚戚然，物伤同类。正是11月中旬，上午11点时光，坐在室外前廊，落地玻璃窗外面一览无余尽是初冬之景。葡萄架上已经空了，从5月到10月繁荣几季果实累累的马奶子、玫瑰香、玻璃脆已经人吃、鸟吃、蜂吃，结束了它的盛宴，收拢起根脉，用草垫子盖上，以待来年。院里的花也如明星老去，只有几枝月季不识天意，瘦伶伶的身材举着几朵大花欲放还收。大丽身高叶茂花大，艳丽招摇，热情大放，但有点俗气。不过人家确是制造繁荣景象的高手，俗也罢，还是让人见爱。砍了枝叶，从土里挖出根茎，放进菜窖里过冬，来年春天再种，又是满地高枝大叶红花咧嘴笑。

此刻啊，阳光明媚!

冬日的阳光洒在落地窗上，如同美酒注入透明杯盏。爬墙虎在墙上红似秋枫的红叶，然后渐渐叶落、枯萎，好像刻意在模仿古诗意境"落叶满阶红不扫"似的，仿得乱真。四棵海棠叶落果在，稀零零的枝上挂了不少小铃铛似的海棠果，在阳光的酒里泡着，给过冬的乌鸦备了些救命粮。

天空已不是盛夏的蔚蓝，但仍然是蓝，灰蓝。不是夏天的心境了，夏天是人生的30岁至50岁，现在是秋尽冬来，是60岁以后的人生了。60岁以后是什么样子? 就是眼前这个样子，繁华过后便是凋零，心境灰蓝却仍是蓝。一日之计是夕照明，一年之计是秋近冬。只有这冬日的阳光赛酒浓，温暖贴心不伤身。它已不再酷烈炙热，而是轻抚你的皮肤，温暖你的骨头，融进你的血液，照看你的心脏。它像个性情温和经验丰富的老中医，在你耳边轻声叮咛："老骨头是缺点儿钙了，常出来晒晒。""你全身的那些河流渠溪是有些淤了，要清理了。"我问它："我吸了几十年烟，肺有没有毛病？"它看了看："肺的纹理有些粗糙了。"我问它："是不是抽烟抽的？"它说："抽烟粗糙，不抽烟也粗糙。你活了60多年了，怎么能不让它粗糙？"我听罢，心中释然。这个老中医说得有道理，人家不故弄玄虚，也不拿它的专业吓唬你，不像有些半懂不通的医生，总是把医之大道往术之小路上引，直到以科学的名义把病人逼进狭路。

阳光就这样照临，让人茅塞顿开。

一群鸽子在灰蓝的天空中飞翔，像是要把阳光搅拌匀。它们盘旋，兜圈子，似乎总觉得还没搅匀，不满意，一遍又一遍地兜圈子。更高的天际，盘翔着一只鹰，它兜着更大的圈子，低头俯视那群鸽子，好像在更大的范围搅拌着。

阳光普照着它们，看似无心却有心。

前些日子落的雪，在阳光下消融。房檐上滴答滴答的融水，让人以为是下雨，直到房顶上轰的一声滑落地上的雪块，才使人从恍惚错觉中清醒过来。猛一抬头，忽然眼前横出雁阵摆满天空，阳光照着那阵容，大地望着那迁徙，天地间无声地为之肃穆致敬。这是久违了啊，雁南飞！这几十年你们到哪儿去了？灭绝了？孤零了？还是全被人关进笼子以备烹炸了？少时年年见，欢呼一阵，习以为常，几十年天空杳无踪迹才感觉到心里顿缺一角！没有雁阵的天空如同世界末日的先兆，如果勇毅的跋涉者已经放弃了探求，那么这世界的末日还会远么？

终于，大雁又飞来了，这个上演了亿万年的神话和传说，在中断了几十年之后，又奇迹般地再现，重又延续。我不知道应该感激谁，但我的心中已充满了感激。

愿江河永不断流，湖泊永不枯竭；

愿冰川永不坍塌，北极熊家园常在；

愿冬日阳光永不变为雾霾外的叹息；

愿人类明白除了自己活也让万物活；

……

这时，温暖的阳光开始渐渐稀释，就像朗姆酒里加了冰块。正午那种淡淡金黄的颜色，开始变浅了，光泽有些收敛。这时是下午5点的阳光。上午的光芒已经走了，午休起来依然坐在前廊的落地玻璃窗下，院落境况一览无余。

我喜欢这样呆坐着，什么都不去想，什么仿佛也都想过。思绪的大朵浮云静卧天空，看起来是静止的，一动不动。实际上哪有纹丝不动的云呢？它貌似静止，实则一瞬间也没有停顿，它滑移在灰玻璃似的天空，而且不停地翻滚着，让阳光把每块云朵的缝隙都晒透……

我想，天空真是一本大书。无字，但是有标点有画图，它的内容可以说丰富极了，可是又有几个人去认真读它呢？人们每天都忙着低头看路，谁会想起来仰头看天呢？看天的事交给了气象预报，气象预报也只告诉天的脸色，更多的内容谁去注意呢？就算有心去注意观察，又能看出什么名堂呢？从来天意高难问，人生易老天难老。

就这样静静地坐着，挺好。一天当中最好的时光，就这样静静地从身边溜走。寂寞吗？一点儿也不；恰恰是一些热闹的场合，使我觉得孤独。独处使我充实。"当我沉默着的时候，我觉得充实；我将开口，同时感到空虚。"是的，自从这人世间有了鲁迅，再说的多少话都像是废话了。

人活百岁，算算也不过36000日。这36000日就等于3万多块钱，经得住花么？何况绝大多数人没有这么多存款，两三万属于正常，一两万也还凑合，还有更少的，生命的穷人。所以每一天都是珍贵的。有书名曰《一日长于百年》，悲观还是乐观？我反之曰"百年短于一日"，乐观还是悲观？活着喘口气，死了闭上眼。喘气也不能吸光空气中的氧，闭眼也不能关掉人世间的忙。谁走了地球都照转，但是太阳走了而且再也不回来，地球可就惨了。

现在太阳就正在走远，漫天泼洒的银辉正不断地收回，像一个曾经慷慨大度的人变得越来越吝啬。他收捡着自己挥霍无度的银币，渐渐远去，在西边的山头坐下来歇了一会儿，背影浓缩为一枚殷红的印章。

这时是下午近7点，东部已经天黑了，而西部，西部犹有夕照余光。

原载《黄河文学》2014年第4期

驴知道世界上的路

刘亮程

一、通驴性的人

我写过《通驴性的人》，写过《驴车上的龟兹》。在长篇小说《凿空》中，我写了一群即将被机车替代的驴，在那个被石油井架包围的南疆阿布旦村，毛驴车依然是主要的运输工具，路上的驴蹄印比人的脚印多，蹲下看驴腿比人腿多，村庄的一半是驴的，一半是人的。从远处听村里只有驴叫，走近闻人声。村庄的所有声音笼罩在驴叫声里。驴一直用叫声抵抗机器的到来，第一台链轨拖拉机进村时驴跟在后面叫，胶轮拖拉机进村驴跟在后面叫，小汽车和三轮摩托车进村时驴跟在后面叫，驴见不得比自己声音大的东西。驴跟这些外来的机器比叫声，比了几十年，驴逐渐地没声音了。这是我亲历的驴的末世。我已好久没听到一声驴叫了。

我正在创作的小说《捎话》中，写了一头浑身刺满佛经，从于阗往喀什长途传送经文的驴。那时信仰伊斯兰教的喀喇汗王朝和于阗佛国正进行着长达百年的战争，人和马的生命耗费其中，驴在一旁干农活，托运柴火谷物，斜眼看人打仗。骑驴打不成仗，驴不会像马一样傻傻地为人冲锋陷阵。驴遇事退缩，牵着不走打着倒退。那是1000年前的驴，倔强脾气跟现在一样。我在龟兹佛窟壁画上看见过更早的毛驴，被一个听经的农夫牵着，偏头侧耳，和人一样虔诚用心，模样也跟现在的毛驴一样，鸣叫声肯定也一样。驴没改过口音。变化的是人。那时的龟兹是丝绸之路要冲，过往驴和人一样多。波斯驴，长安驴，龟兹当地驴，走在一条街市，拴在一个槽上，用同一种声音高亢鸣叫，不用翻译。

在新疆，我的写作总是绕不过驴，写着写着，就写到驴那里。我自认是一个通驴性的人，我懂得驴，看一眼就知道驴想什么。民间说"驴鬼得很"，意思是驴会想事情。这里的生活，数千年来被人反复地想过，也被驴反复地想过。只是我们不知道驴怎么想的。驴的想法可能在它高亢的鸣叫里。可是，驴叫声再大也没用，人听不懂。驴和人曾经是一根缰绳两头的动物，有时人牵着驴走，有时驴牵着人走。人去过的地方驴都去过。驴知道这个世界上的路。驴也知道世上已经没有驴走的路了，卸磨杀驴，人不需要驴了。

这几十年里，我眼见驴从人的生活中消失，十年前我写下《龟兹驴志》，那是驴的末世遗书。以后大地上看不见驴时，人会在我的书里看。当然，我不希望驴走到那一步，驴有脑子。人也有脑子。"每当人身边消失一个生命，人的世界便泯灭一次。"这是我在《凿空》里写的。人得在脑子里想点驴的事。

二、北疆的驴

北疆农村的驴，与牛马羊猪生活在一起，驴没啥地位，属于大牲口里的小牲口。赶马车的看不起赶驴车的，赶牛车的也看不起赶驴车的。北疆村庄多为汉人，村里也有几户哈萨克牧民，汉人种地，哈萨克人放牧，牛羊围着地边放，地越种越多，庄稼一直长到沙漠边、山边，牧场便从平原退到山区，牧民进山了。

哈萨克牧民只骑马，不骑驴。种地的汉人也喜欢骑马，拉运用马车牛车，马车跑得快，牛车能负重，驴没正经事干，养的也就不多。

我在北疆古尔班通古特沙漠边的太平渠村生活那些年，村里的驴就不多，我们家没养过驴。但我写得最多的是驴。我喜欢驴，也有驴缘，到哪都能碰到驴。

2000年9月，我沿天山北坡走北疆，走在就是所谓的丝路北道，在伊犁察布查尔县的苞谷地里，碰到一头驴。它老远就扭头看我们，一直看到走近，又看我们走过田埂。大中午，太阳暴热，村里人都睡午觉，大片成熟的苞谷地里独独地拴着头驴，似乎它成了田野的主人，我们突兀地走来让它觉得可疑。它肯定把我们当成偷玉米的了。我被它看得不自在。后来我们走出田地进村了，还感觉背后阴阴地跟着那头驴的眼睛。

驴在北疆是孤独的，没活出啥景象，活得也不欢实。驴只是作为骂人的一个词，比其他牲口更多地出现在乡村语言里：犟驴、驴抬下的、牲口毛驴子、驴前马后、驴唇不对马嘴、驴样子。人为啥拿驴骂人，却很少用其他牲口？这是因为驴的某些秉性像人。比如驴和人一样一年四季都发情，驴体格跟人一般大小，驴眼睛看东西像人一样若有所思，驴倔强起来也跟人一样。人在驴身上看见自己的样子和德性。驴成了一面照人的镜子。更多时候驴又是人打骂出气的工具，鞭抽，棒打，蹄踢，都没事。驴皮实。

三、驴最累

也是这一年10月，我走到东天山半坡的木垒英格堡，那里是天山的一个重要豁口，从古到今人们都从那个口子进出。英格堡的庄稼已收获完，村边的苞谷茬地里，牛、马、羊、猪、毛驴和骡子一伙伙地在吃草撒欢，我跟几个晒太阴的老人坐在西墙根，边聊天边看牲口。

一头公骡在地边调戏一头小母驴。公骡仗着身架高大，举着黑糊糊的一截子，屡次想爬到小母驴身上去，却不能得逞。

小母驴有一绝招，公骡一上去它便将后屁股坐到地上，公骡看上去很无奈，却仍兴致勃勃。我拿相机偷偷过去，想拍几张公骡强暴母驴的镜头。几头牛和两头公驴在一旁吃草，对眼前发生的事不管不问。

我快靠近时公骡发现了我。或许它以为小母驴的主人来了——它应该知道我不是小母驴的主人，在这个小村庄里牲畜和人肯定全都相互认识。可能我手里黑糊糊的相机被它认成了一块石头，它赶紧离开母驴几步，装得若无其事，看一眼远处的山，低头啃一口苞谷茬，根本不理睬我。

我回到墙根，问："公骡欺负小母驴，人也不管？"

"牲口事，管它干啥。"身边的一个男人说。

"那牲口也不管。那几个大牲口应该过去管管。至少，那两头公驴应该过去管管。总不能眼看着一头小母驴挨骡子欺负。"

他们全笑了，眼睛怪怪地看我。

"那这些牲口中谁干活最多、最累。"我转了个问题。

"人最累，还得养牲口。"

"那除了人呢。"

"驴最累吧。"

"为啥?"

"驴想事情，你看它边吃草，边侧耳听人说话。它操心人的事情。有时在地里吃着草，突然一蹦子跑回村里，凑到人群跟前，悄悄地听上一阵，突然一阵鸣叫，发出不同的声音。"

四、驴车大县

我在库车见到的驴一生都不能忘记。它们太多了，到处是驴。尤其库车的万驴巴扎，万辆驴车首尾相接。每逢周五，毛驴车从远近村镇拥向老城。田地里没人了，村子里空掉了，全库车的人和物产集中到老城街道上。街上盛不下，拥到河滩上。库车河水早被挤到河床边一条小渠沟里，驴车成了汹涌澎湃的潮水，每个巴扎日都把宽阔的河滩挤满。

这是2000年，我初到库车的景象。那时库车全县40万人口，4万头驴。我开玩笑说，库车4万驴车，每辆载10人，一次就能拉走全县人。这对驴车来说不算太超重。县志记载，民国三十三年（1944）库车人口10万，驴2.5万头，平均4人一驴。在克孜尔石窟壁画中有商旅负贩图，画有一人一驴，驴背驮载着丝绸之类的货物，这幅1000多年前的壁画是否在说明那时的人驴比例：一人一驴。

至少在公元3世纪，驴已作为运输工具奔走在古丝绸道上。驴最远走到了哪里谁也说不清楚。新中国成立初期，解放军调集南疆数十万头毛驴，负粮载物紧急援藏，大部分是和田喀什驴，数十万头驴几乎全部冻死在翻越莽莽昆仑的冰天雪地。

南疆驴的另一次灾难在五六十年代，当时政府嫌当地驴矮小，引进关中驴交配改良。结果，改良后的驴徒有高大躯体，却不能适应南疆干旱炎热的气候，更不能适应干旱田野的粗杂草料，改良因此中止。南疆黑毛驴这个古老品种有幸保留下来。

10多年前的库车还是全疆有名的毛驴大县。每逢巴扎日，千万辆驴车拥街挤巷，前后不见首尾，没有哪种牲畜在人世间活出这般壮景。羊跟人进了城便变成肉和皮子；牛牵到巴扎上也是被宰卖；鸡、鸽子，大都有去无回。只有驴，跟人一起上街，又一起回到家。虽然也有驴市买卖，只是换个主人。维吾尔人禁吃驴肉，也不用驴皮做皮具，驴可以放心大胆活到老。驴越老，就越能体会到自己比其他动物活得都好。

库车的4万头毛驴，有3万头在老城巴扎上。1万头奔走在赶巴扎的路上。一辆驴车就是一个家、一个货摊子。男人坐在辕上赶车，女人、孩子、货物，全在车厢上。车挨车、车挤车，驴头碰驴头，买卖都在车上做。

库车县每星期有7个大巴扎。周五老城巴扎，周六东河塘巴扎，周日牙哈乡巴扎，周一玉奇乌斯坦巴扎，周二阿拉哈格巴扎，周三齐满乡巴扎，周四哈尼哈塘木巴扎，周五又转回老城。

库车的物产，大多半就装在那些毛驴车上，不停地在全县转。从一个乡到另一个乡，从一个巴扎到另一个巴扎，把驴蹄子都跑短了。

一筐半生西红柿，转遍3个巴扎回来，就彻底红透了。价格却由原先每斤1块掉到7毛。

半麻袋黄瓜，转上两个巴扎卖不完，剩下的只能喂驴了。

熟透的杏子，一两个巴扎卖不出去，就全烂在筐里。一大早摘的无花果，卖到中午便不能看了。越鲜美的东西就越难留住。

最经卖的是那些干货：葡萄干、杏干、无花果干。还有麦子、苞米、枣、巴坦木。能从一个巴扎到另一个巴扎，无限期地卖下去。今年的新杏干已经上货，去年前年的旧杏干，还剩在谁手里，摊开、收起、再摊开。

那时的库车看上去就像一辆大驴车，被千万头毛驴拉着，慢悠悠地走，没啥着急的事情。

五、驴掌

在库车阿斯坦街紧靠麻扎的一间小铁匠房里，95岁的老铁匠尕依提，打了70多年的驴掌，多少代驴在他的锤声里老死。尕依提的眼睛好多年前就花了，他戴一副几乎不透光的厚黑墨镜，闭着眼也能把驴掌打好，在驴背上摸一把，便知道这头驴长什么样的蹄子，用多大号的掌。

他的两个儿子在隔壁一间大铁匠房里打驴掌，兄弟二人又雇了两个帮工的，一天到晚生意不断。大儿子一结婚便跟父亲分了家，接着二儿子学成手艺单干，剩老父亲一人在那间低暗的小作坊里摸黑打铁。只有他们俩知道，父亲的眼睛早看不见东西了，当他戴着厚黑墨镜，给那些老顾客的毛驴钉掌时，他们几乎看不出尔依提的眼睛瞎了。两个儿子也从没把这件事告诉任何人，让人知道了，老父亲就没生意了。

尔依提对毛驴的了解，已经达到了多么深奥的程度，他让我这个自以为"通驴性的人"望尘莫及。他见过的驴，比我见过的人还多呢。

早年，库车老城街巷全是土路时，一副驴掌能用两三个月，跟人穿破一双布鞋的时间差不多。现在街道上铺了石子和柏油，一副驴掌顶多用20天便磨坏了。驴的费用猛增了许多。钉副驴掌七八块钱，马掌12块钱。驴车拉一个人挣5毛，拉15个人，驴才勉强把自己的掌钱挣回来。还有草料钱、套具钱，这些挣够了才是赶驴车人的饭钱。可能毛驴早就知道，它辛辛苦苦也是在给自己挣钱。赶车人只挣了个赶车钱，车的本钱还不知道找谁算呢。

六、驴草料

老城里的驴车户，草料都得买，1公斤苞谷8毛钱，贵的时候1块多。湿草一车十几块，干草一车二三十块。苜蓿要贵一些，论捆子卖。不知道驴会不会算账。赶驴车的人得掰着指头算清楚，今年挣了多少，花了多少。

老城大桥下的宽阔河滩是每个巴扎日的柴草集市，千万辆驴车摆在库车河道里。有卖干梭梭柴的，有卖筐和芨芨扫帚的，再就是卖草料的。买方卖方都赶着驴车，有时一辆车上的东西跑到另一辆车上，买卖就算做成了。空车来的实车回去。也有卖不掉的，一车湿草晒一天变成蔫草，又拉回去。

驴跟着人屁股在集市上转，驴看上的好草人不一定会买，驴在草市上主要看驴。上个巴扎日看见的那头白肚皮母驴，今天怎么没来，可能在大桥那边，堆着大堆筐子的地方。驴忍不住昂叫一声，那头母驴听见了，就会应答。有时一头驴一叫，满河滩的驴全起哄乱叫，那阵势可就大了，人的啥声音都听不见了，耳朵里全是驴声，买卖都谈不成。人只好各管各的牲口，驴嘴上敲一棒，瞪驴一眼，驴就住嘴了。驴眼睛是所有动物中最色的，驴一年四季都发情。人骂好色男人跟毛驴子一样。驴性情活泛，跟人一样，是懂得享乐的好动物。

驴在集市上看见人和人讨价还价，自己跟别的驴交头接耳。拉了一年车，驴在心里大概也会清楚人挣了多少，会花多少给自己买草料，花多少给老婆孩子买衣服吃食。人有时自己花超了，钱不够了，会拍拍驴背："哎，阿达西（朋友），钱没有了，苜蓿嘛就算了，拉一车干麦草回去过日子吧。"驴看见人转了一天，也没吃上抓饭、拌面，只啃了一块干馕，也就不计较什么了。

七、驴拥子

库车老城的每条街每个巷子都有钉驴掌的铁匠铺。做驴拥子、套具的皮匠铺在巷子深处。皮匠活儿臭，尤其熟皮子时气味更难闻，要躲开街市。牛皮套具依旧是库车车户的抢手货，价格比胶皮腈纶套具都贵。尽管后者好看，也同样结实。一条纯牛皮袢20块、25块钱。胶皮车袢顶多卖15块。这是十儿年前的价格。街那头，拐过去那条小巷子里，有个做驴拥子的买买提，有名的酒鬼，做一个驴拥子，能喝掉两瓶酒。他的驴拥子顶多能换回酒钱。所以，做了大半辈子皮活儿，还是个穷光蛋。

他做驴拥子时，酒瓶子酒碗放在身边，缝几针，喝一口。一拃长的大铁针，穿上鞋带一般粗的皮条线，针用得发烫了就伸进酒碗里蘸一下。买他的驴拥子根本不用看，鼻子凑上去闻一下，一股酒香气，压过皮子的膻臊味。这样的拥子驴也爱戴，人自然喜欢买。有趣的是，买买提酒喝得越多，皮活儿做得越细。两瓶酒下肚，身子不晃，手不抖，针脚走得又匀又细，驴拥子上的酒香味也更足。人们给他的外号叫"肖旁"（酿酒房）……买买提肖旁。

那时的库车老城，传统手工制品仍享有很高地位。工厂制造的不锈钢饭勺，3块钱一把，老城人还是喜欢买五六块钱一把的铜饭勺。这些手工制品，又厚又笨，却经久耐用。维吾尔人对铜有特别的喜好，他们信赖铜这种金属。手工打制的铜壶，80元、100元一只，比铝制壶贵多了，他们仍喜欢买。尽管工厂制造的肥皂，换了无数代了，库车老城的自制土肥皂，扁圆的一坨，3块钱一块，满街堆卖的都是。那时我天真地认为，这些手工艺品不会退出街市，就像他们用惯的小黑毛驴，即使整个世界的交通工具都用4个轮子了，他们仍会用这种4只小蹄的可爱动物。现在的库车老城，仍旧有手工打制的东西在卖，尽管没以前多了，还是有人在用这些老东西过日子。

八、毛驴的好处

毛驴是最好的生活帮手，好养活，一把粗杂饲草喂饱肚子，能跟穷人一起过日子。极少生病，跟沙漠里的梭梭柴一样耐干旱。

驴体格小，前腿腾空立起来比人高不了多少，对人没有压力。常见一些高大男人，骑一头比自己还小的黑毛驴，嘚嘚嘚从一个巷子出来，驴屁股上还搭着两褡裢（布袋）货物，真替驴的小腰身担忧，驴却一副无所谓的样子。驴骑一辈子也不会成罗圈腿，它的小腰身夹在人的两腿间大小正合适。不像马，骑着舒服，跑起来也快。但骑久了人的双腿就顺着马肚子长成括弧形了。

在南疆，常见一人一驴车，行走在茫茫沙漠戈壁。前后不见村子，一条模糊的沙石小路，撇开柏油大道，径直地伸向荒漠深处。不知那里面有啥好去处，有什么好东西吸引驴和人，走那么远的荒凉路。有时碰见他们从沙漠出来，依旧一人一驴车，车上放几根梭梭柴和半麻袋疙疙瘩瘩的什么东西。

一走进村子便是驴的世界，家家有驴。每棵树下拴着驴，每条路上都有驴的身影和踪迹。尤其一早一晚，下地收工的驴车一长串，前吆后喝，你追我赶，一幅人驴共世的美好景观。

南疆毛驴保留着驴的古老天性，它们看上去是快乐的。撒欢子，尥尕子，无所顾忌地鸣叫，人驴已经默契到好友同伴的地步。幽默的维吾尔人给他们朝夕相处的小毛驴总结了五个好处。

一、不用花钱。

二、嘴严。跟它一起干了啥事它都不说出去。

三、没有传染病。

四、干多久活它都没意见。

五、你干累了它还把你驮回家去。

毛驴从1岁多就开始干活，一直干到老死，毛驴从不会像人一样老到卧榻不起要别人照顾。驴老得不行时，眼皮会耷拉下来，没力气看东西了，却还能挪动蹄子，拉小半车东西，跑不快，像瞌睡了。走路迟迟缓缓，摇晃着，人也再不催赶它，由着驴性子走，走到实在走不动，驴便一下卧倒在地，像一架草棚塌了。驴一卧倒，便再起不来，顶多一两天，就断气了。

驴的尸体被人拉去埋了，埋在庄稼地或果树下面，这片庄稼或这棵果树便长势非凡，一头驴在下面使劲呢。尽管驴没有坟墓，但人在好多年后都会记得这块地下埋了一头驴。

绕博格达四周，形成东西方文明交汇的漩涡。

博格达还称笔架山，三峰并列，犹如笔架。也是古今文人祭拜的山峰。

我们的登山马队中最招人眼的却是一头黑毛驴，它背上高高地绑着一个大袋子，左右各吊着一个大袋子，比马驮得还多，走起路来一摇一晃。几匹托运东西的马都有人牵着，那头驴没人牵，自个儿走。

毛驴一会儿走在最前面给我们带路，一会儿夹在马队中间。驴主人是位壮实的哈萨克人，他说这个驴今年已经上了五次博格达了，驴知道去博格达的路。

"上一次是跟科考队的人一起上去，他们有好多设备，那些大箱子马都不驮，绑在马背上马不敢走，没办法，全让驴驮。"

"那驴驮一天东西给多少钱？"

"300块。跟马一样。"

"那人呢？"

"一天100块。"

我一直骑马随在毛驴后面，我觉得跟着驴走可靠。我用手机给它拍了好多照片，出山后发在微博上。中午休息时我跟驴交流了一会儿，我顺毛摸它的脖子，它用嘴拱我的胳膊。它认识我，知道我一直跟着它。

在博格达峰下我主持了简洁规范的祭祀仪式，用我的玻璃钢水杯"鸣金三响"，让三人以石敲岩"击鼓三通"，接着祭酒、献帛、诵祭文。我们做这些时，几个随团服务的哈萨克人牵马在一旁坐着，毛驴背上驮三袋子重物，站在祭祀队列旁边，我能看见它。主持到对博格达行仰望礼时，我注意到毛驴的头也抬了起来，那一刻，博格达峰雄伟庄重地耸立在我们一行人和一头驴的眼睛里。

原载《美文》2014年第1期